伴 随 你 成 长

——大学生就业咨询实录

蒋爱丽　编著

机械工业出版社

本书汇集了作者在北京高校毕业生就业指导中心大学生就业之家开展职业咨询工作的真实记录。在本书的每个真实案例中，每个求职的大学生都可以找到自己曾经有的或者即将面临的困惑。这本书可以帮助广大毕业生排忧解惑，笑面职场；同时，本书也为就业指导老师和辅导员提供了完整的案例范本。这些案例涵盖了学生在求职就业各个阶段可能碰到的问题，也反映了大学生就业指导老师在开展大学生职业咨询时艰辛探索的心路历程。

　　本书主要包括职业规划、就业准备、择业策略、求职方法、心理调适、权益保护、职业适应、实习创业等内容，每部分的标题简单地说明了本案例所要解决的主要问题和矛盾所在，信息明确。

图书在版编目（CIP）数据

伴随你成长——大学生就业咨询实录/蒋爱丽编著 . —北京：机械工业出版社，2008.10
ISBN 978-7-111-24738-8

Ⅰ. 伴…　Ⅱ. 蒋…　Ⅲ. 大学生—就业—基本知识　Ⅳ. G647.38

中国版本图书馆 CIP 数据核字（2008）第 113516 号

机械工业出版社（北京市百万庄大街22号　邮政编码100037）
策划编辑：曹俊玲　责任编辑：胡　明　版式设计：霍永明
责任校对：王　欣　封面设计：王伟光　责任印制：邓　博
北京双青印刷厂印刷
2008 年 10 月第 1 版第 1 次印刷
169mm × 239mm・14.75 印张・259 千字
标准书号：ISBN 978-7-111-24738-8
定价：26.00 元

谨以此献给北京高校毕业生就业指导中心为服务于大学生就业辛苦劳动的全体领导和同事！

排着长长的队伍，准备走进招聘会的大学毕业生

前　言

　　大学毕业生个性化职业指导咨询及推荐服务工作历年得到北京市政府、教委和北京高校毕业生就业指导中心领导的高度重视，北京高校毕业生就业指导中心以此作为工作的本职，为用人单位、毕业生和学校开设日日敞开的双选市场、时时接待的职业指导咨询平台，帮助学生找到合适的工作，帮助用人单位找到适合的学生。职业指导咨询使学生提高了就业能力，不仅通过我们的推荐，而且通过我们的帮助让更多的学生依靠自己的能力找到了工作，得到了发展，特别是为家庭困难的未就业毕业生开展了深入的咨询服务，对学生、家庭、社会各方面的影响越加明显。

　　从2004年至今，我曾在北京高校毕业生就业指导中心建立的大学生就业之家接待了数千名来咨询的学生。

　　写这本书是我做大学生职业咨询工作多年的夙愿。我想通过本书真实地告诉那些想了解职业咨询的人们，我们是怎样作大学生就业咨询的，咨询对大学生就业成长有什么帮助；希望那些在就业大潮中需要帮助的毕业生，能够从相应的案例中得到启迪；想给那些与我一样在尽心尽力地作大学生咨询服务而进行艰辛探索、承受巨大压力的就业指导老师、辅导员一些借鉴；想给那些关心我们的领导一个展示，让他们看到有一批大学生就业指导、职业规划人员，以神圣的社会责任感、甘心奉献的工作精神、专业的工作方法、满腔的职业热情奉献着创造性的劳动过程和成果。

　　本书例举的案例全部来自我的咨询实录，我把大学生咨询的带有共性的问题、具有普遍意义的咨询个案总结汇编，反映出学生与就业指导老师更真实的互动过程，既可以使学生、老师对号入座，在相应的案例中得到启发，又可以使学生感受到在他们困惑时，有老师在帮助他们，减轻了学生的就业压力。案例中给出的大多数告知和建议，是在招聘会现场作出的，可能不太符合咨询的规范要求，咨询过程也没有太多的技巧；同时受现场限制不能作很深入的探讨，但是我们的咨询状态是专注的、亲切的、平等互动的。这种咨询最重要的不是方法、不是说教，而是情感和态度，我们的建议和指导可能有很多不足，需要新的理论、方法和技术作指导，随着社会的进步不断总结提高。

本书是我在"大学生就业之家"近4年时间内开展大学生职业咨询工作的总结。业余时间我陆陆续续写了近10章，历经3年，付出了大量心血、时间和精力，但是始终让我忐忑不安的是，由于自己的水平、能力和精力有限，至此未能达到理想状态，另外还有很多案例没能深入挖掘并编写进来，因此深感遗憾。

在编写案例的过程中，有很多人做了大量工作：首都师范大学的实习生吴雯等最初帮助我整理案例草稿；中国青年政治学院的实习生任沁沁承担了最初的文字整理、策划构思方面的大量工作；北京高校大学生就业指导中心的普静、袁波、苏秀丽、王红梅、韩春光、张翔参与了本书的构思和文字整理工作。陈尽染老师常常在深夜伏案疾书，根据职业规划师的理论和技术亲自对某些文章作了提炼；在校研究生张丽、常雪亮利用课余时间运用心理学知识对本书的咨询过程作了修改，张丽也为此搜集甄选了大量的相关知识。另外，还得到了李家华、田光哲、侯志谨、姚裕群等专家的指导，以及大学生就业指导专业咨询志愿服务团苏尚华、曾海波、庄铭科、林欣、陈畅、李烨、蒋冰舒、杨晶等老师的鼓励和点拨。我的家人也给予了我许多支持和亲切关心，在此我代表所有需要帮助的未就业的大学毕业生向他们表示敬意和感谢！

蒋爱丽
2008 年 5 月

目　录

绪　言

一天，我正在忙着写东西，办公室里人声嘈杂，大家都在作招聘会的准备。有人告诉我，门口有位学生想找我咨询，我赶忙放下了手中的活。只见一位女同学背着书包，拘谨地站在门口，弱声弱气地问："您就是蒋老师吗?"

我微笑地注视着她说："是的。"

"我能找您谈谈吗?"

"好啊，进来吧!"

她犹豫了一下："在这儿?"

我意识到她可能遇到了较麻烦的问题，想找我单独谈谈。

我拍抚她的肩膀说："你等我一下。"我转身回到办公室，取了纸杯和咨询记录本，带着她来到空旷的招聘大厅，找到一块有阳光，又清静、无人打扰的地方（当时大学生就业之家还没有咨询室）安排她坐下，并给她倒上一杯水，然后我靠近她坐下来。

"我听同学说您在我们学校作过咨询，做得特别好，我就来了。"女同学说。

"啊，是做过。那你今天过来是有什么问题想谈谈吗?"

"蒋老师，我不知道怎样才能说清楚我的问题。"她眉头紧锁，噘着嘴，眼里噙着泪花。

我轻声说："别着急，慢慢说。"

"我今年马上就要毕业了，可是我不知道自己能干什么。我家里很困难，爸爸妈妈为了让我上学吃了很多苦，哥哥在外打工，也是为了帮助我完成学业。在学校这四年，我就是想把学习搞好，别的什么也没想；现在快毕业了，我要工作了，却不知道干什么好。我想考研，家里都支持我，可是我不忍心让他们再为我吃苦，我哥也该结婚了，我心里好难受……"说着，她忍不住流出泪来，用手捂着脸，身子抽动着，哭声越来越大，泪如泉涌，从她压抑的心中倾泻而出。我拿出纸巾递给她，陪伴在她身边。

她似乎忘记了一切，尽情地嚎啕大哭着，哭声震荡在整个大厅中，也震撼着我的心。

我感受到贫困家庭对大学生子女的殷殷期盼，同时，也感受到当代大学生

面临就业的沉重心理压力。

我在大学生就业之家作咨询，除了招聘会现场问答咨询外，还开展了个性推荐、代理招聘咨询、校园咨询，讲座咨询和像这样一对一的深度咨询。这些让我看到当前大学生就业给大学生本人、家庭、学校和社会带来的深层次问题。有很多学生和家长在咨询时泪流满面、饮泣不止，他们的痛苦、烦恼、疑惑、焦虑、恐惧和自卑都积郁在心头，通过与我交谈，得到宣泄、解脱、帮助和成长。

等到她哭声渐轻后，我说："你想要独立，用自己的工作来为家庭减轻负担、回报亲人，我很理解你的心情和志向，你是很有责任心的大学生，是很懂事的孩子，你很了不起！"

她瞪大了眼睛望着我："老师，您说的是真的吗？我从来没有这么想过，我总觉得对不起他们，不知该如何是好。"

我点点头："嗯，是真的。"我用坚定而信任的眼光看着她，此时，我感觉到眼前这个女孩儿变得亮丽起来，脸上露出了自信的光彩。

她对我说："谢谢您，蒋老师！跟您说完我的事情之后，我觉得心里舒服多了。这些事情在我心里放了很长时间，也不知道为什么见了您之后就毫无顾忌地都说出口了。"

她的脸上绽开了轻松的笑容。

后来，我在大学生就业之家专门设置的就业指导室里精心布置了咨询小区。摆放了黄、绿、蓝色三把舒适的软座椅，玻璃圆桌上摆放着一盆温馨淡雅的绢花，这样营造出了一个温馨、和谐、宁静的氛围，让来询者情绪放松，精神舒畅。我在接待每一位学生时，总是和颜悦色，让学生一进门就有宾至如归的感觉。在咨询中我往往还没说什么，他们就感受到关心和信任，有很多话想说、有很多委屈想倾诉。我感到咨询首先是爱和感情的交流，是建立信任的关系，是互敬互爱、相互学习，而不是居高临下地指导别人，咨询本质上是情感与心灵的沟通对应。

接着，她告诉我她是学国际贸易专业的，她很喜欢她的专业，谈到她在学校的学习状况，她很兴奋，她说她在学校专业课的学习成绩非常优秀。这是让她感觉非常有成就感的事情。她说了很多，我全神贯注地倾听着。

"你能在大学期间充满兴趣、全身心地投入学习，付出辛勤的努力，取得这样好的成绩，形成了你的突出优势。"

"是的，因此我希望找到一份与所学专业对口的工作，也很想去外企工作。"

　　"这些想法可能说明你对自己毕业后的去向有了一些思考。就业就像你的专业学习一样也需要下功夫学习和探索，作好充分准备，相信你也会认真对待的。"

　　讨论过程中，我发现她是一个很有主见、就业方向比较明确也很有专业竞争力的大学生，于是向她介绍了一些搜集就业信息、写简历和面试等求职方法，并告诉她要积极参加学校的就业指导活动和关注学校的就业信息。

　　咨询结束时，她的眼睛亮晶晶的，一扫刚见面时的黯淡、慌乱，红润的脸庞散发着青春的气息，昂首挺胸、步履轻松，简直像换了一个人。

　　后来，我又接到她打来的几次电话，她告诉我她已经通过学校招聘会在大连找到了一份工作，这份工作正是她期待的，是一家规模很大的外企。为了进一步了解公司的情况，她还特地去了一趟大连，感到确实满意后才签了约。

　　我由衷地感叹咨询的高明和奇妙，我伴随一个又一个面临就业困惑的大学毕业生从自卑忧郁的心境中走出来，迈向自信成长的新路程。

　　记得我第一次作咨询，市场部的刘永印主任把我安排到"专家指导"咨询台前，刚坐定，学生们就蜂拥而至，把咨询台团团围住，迫不及待地递过一份份应聘简历，让我提出指导意见。我是第一次见识到这种现场咨询，会场上学生拥挤不堪，我一连六七个小时不停歇地回答着学生们的各种问题。学生们的问题不仅是简历问题，从简历上反映出更深更广的是职业规划和就业准备问题。听着学生们急切的诉说，望着他们渴求的眼神，我感到刚毕业的大学生是那么地需要支持、理解、依靠和帮助。

　　有人曾经问我："大学生到就业之家主要是参加招聘会，最需要的是找到一份工作，你与学生谈谈，就能帮助他们找工作了吗？"

　　我也在想，咨询的作用到底是什么？它能给大学生带来什么帮助？我将怎样给予学生正确的指导？我应以什么样的角色来面对广大毕业生？在这几年的咨询工作中，我一直进行着艰辛的探索。

　　通过学习别人的咨询经验和自己的咨询体会，我认识到做好咨询特别要学会体会他人的感受，学会传达尊重和理解的信息，学会帮助别人更好地认识自我、完善自我。咨询不同于一般的安慰，不仅要使人开心，更要使人成长。成长是咨询的主旋律，通过咨询过程，使来访者自己想清楚问题的本质，知道该怎样做。咨询帮助人学会辩证地看生活中的忧愁烦恼，从危机中看到生机，从困难中看到希望。但这不是靠指教、劝导得来的，而是靠启发、领悟获得的。咨询的作用和目的不是要支配来询者，而是要去扶持他们；不是教训来询者，而是开导他们；不是替来询者决策，而是帮他们决策；是增强来询者的自立能力，而非增强他们对别人的依赖；是使来询者更加相信自我，而非更加迷信别人。咨询需要有感悟、有创造力和想象力，咨询不仅可以帮助他人成长，也可以帮助自己成长。

职业咨询是心理咨询的一部分，但是人们对职业咨询的需求往往高于心理咨询。心理咨询能够关心来询者的内心世界，而职业咨询涉及如何处理来询者内心世界和外在世界之间的关系，是帮助来询者了解自己、了解外部环境，使两者协调一致，并作出恰当的择业和职业调整的过程，职业咨询更注重提高解决职业问题的能力。职业咨询比心理咨询更容易取得效果，因为来询者顾虑少、阻抗小、乐融性强、见效快、更具实效性。大学生职业指导咨询是通过帮助大学生正确选择职业、获得职业、适应职业，从而产生满足感，受到大学生的普遍欢迎。对大学生的职业咨询不是心理治疗、不是职业介绍，因其对应的服务群体大多数是刚刚走向就业市场的大学生，他们不像心理咨询来询者那样有那么多复杂的心理障碍，需要长程细致的心理探索；不像下岗职工那样缺乏求职优势，需要具体指导，推荐介绍工作。大学生需要的职业咨询更多地是在他们最困惑的时候，帮助他们了解就业知识、梳理思路、稳定情绪、调适心理、建立自信、指导方法、确定计划、增长能力、促进成长。陪伴一程，他们就可以自己走好职业选择的路程。因此我感到自己更是一个陪伴者。

然而，在紧张的接待咨询中，特别是招聘会现场咨询，人多嘴杂、时间仓促，在没有充分了解来询学生的详细信息的情况下，容易引导失误。靠什么保证"指导"基本正确，需要我在咨询外下功夫。

一靠基本正确的观点，来自不断地学习和调查。几年来我抓紧时间系统学习了职业规划、职业指导的理论书籍，积极参加了国家职业指导师、全球职业规划师认证的培训，通读了北京大学的《大学生就业指导教程》、《教育学》、《心理学》，北京师范大学心理系研究生班的《心理咨询理论与技术》，市教委的《大学生就业指导》，劳动部编译的《国际职业指导丛书》、《职业指导新理论》、《职业指导新实践》、《职业指导人员——国家职业标准》，国际7版畅销书劳动部推荐的《职业指导——职业生涯规划教程》，中国人民大学的《中国就业战略报告——大学生就业》、《职业生涯规划与发展》，以及《全球职业规划师教程》、《职业生涯咨询》、《职业咨询心理学》、《纵横职场》、《你的职业在哪里》等书。往往是越学越看越觉得自己需要学习，经常是凌晨三点起来看书思考。

抓紧一切机会学习。我积极地从广播、电视、报刊、网络了解国家、企业、学校关于大学生就业的动向，像着了魔似的，我的一切器官都在捕捉与大学生就业相关的信息。

在咨询实践中学习，向来询者学习。咨询本身是助人自助、心灵沟通的过程，我从来访的学生身上了解到毕业生就业的各方面问题，他们的求职经历以及带出来的社会、家庭、学校、用人单位在大学生成长教育、求职就业、职业发展方面最真实的信息，掌握了各类学生的基本情况。

走访调查。我先后走访了几十所不同类型的学校和不同行业的用人单位，深入了解了他们对大学生就业、成长、培养的理念和做法。我与10个行业建立了就业指导联系，详细分析、调查了行业前景、典型企业、企业文化、招聘模式，跟踪学生求职、录用、适应和发展的情况。

二靠自己的经验积累。这些经验来自长期的职场实践和近期对实践产生的悟性。我有近20年的人力资源管理相关经验，又有在中央机关、事业单位、国有企业、外企、民企等不同所有制单位的多行业、多岗位近40年的工作经历，这使我能迅速地理解和掌握职业规划、就业指导理论，在咨询中面对学生的各种问题，能够迅速作出判断。这种特殊的人生经历和积淀，成为我作咨询的优势。在近期大学生就业咨询中我不断学习积累并及时总结，如同心里有个储备库，能够随时调取应用的物资。

三靠专家相互交流支持。在大学生就业之家作咨询，曾经遇到很多困惑，一届届学生层出不穷的问题怎样进一步引导帮助其解决；在咨询模式上怎样做到专业化、标准化、职业化等。我先后得到北京高校毕业生就业指导中心任占忠主任、王智丽副主任、崔超书记、刘永印、王丽、刘金豪，职业指导专家李家华、姚裕群、樊富珉、侯志瑾、田光哲、卫保龄、白玲等领导、老师的鼓励和支持。他们在百忙中抽出时间与我交谈，给我提供了许多宝贵的建议，在我最困难的时候帮助我建立信心，还送书和资料给我，为我选配助理，并且亲自帮助我培训助理，常常让我感动得热泪盈眶。另外，还有学校就业指导中心的主任们、企业的人力资源经理们和职业规划师、职业指导师们，在交流专业技术、经验体会、拓展业务上给了我很大的启发。还有很多支持我工作的咨询部、市场部的业务人员及实习生们，与他们的沟通，让我感到幸福和愉快。他们是一群真做事、做真事的人，愿意在助人成功的体验中，创造、实现自己的价值。2006年，在中心领导的支持下，我在大学生就业之家发起创建了大学生职业指导专业咨询志愿服务团，让所有关心大学生就业、愿意为大学生服务的专业人士与我一起开展大学生就业指导咨询。我

们将共享咨询平台，共商咨询的发展，向着能为大学生提供更多、更实际的专业咨询服务迈进，向职业化、专家化、国际化水平迈进。

　　大学生在成长，大学生职业咨询事业在成长，我愿同他们一起成长。

第 1 编

职业咨询实操录

我在大学生就业之家招聘会咨询台上
与毕业生交谈

第1章 职业规划

关于职业规划的话

来大学生就业之家作职业指导咨询的毕业生提问最多的题目之一是：毕业了，我不知道我能干什么，我不知道我适合干什么。有的学生从上大学开始就不喜欢自己的专业，致使大学四年失意、沮丧，混学分、玩游戏，结果到毕业时干什么都觉得准备不足；有的学生本科加研究生学了7年，到毕业时却不愿再从事与专业相关的工作，做其他的工作又觉得条件不具备，因此困惑不已；有的学生手持简历找工作，但是对应聘何种职位却是茫然不知、犹豫不决，结果被用人单位拒聘；有的学生意识到就业艰难，作了很多准备，如考各种职业资格证、考公务员、考双学位、考英语、考研、参加各种校园活动和社会实践等，但到求职时仍搞不清什么是自己的职业方向。以上这些同学正是由于缺乏必要的职业规划、就业准备等导致了求职困难。在我们针对大学生就业为什么这么难的问题作"大学生就业状况调查"时，发现很多学生没有对自己的职业进行过系统、科学的思考，而更多的是在毕业后求职择业的过程中强烈地感受到职业规划的重要性。越早规划，就业就越主动。与上述做法相反的一些同学，一上学就不断在有效实践中进行有效探索，不盲目跟风考各种资格证书和打工，有针对性地从事自己关注的事情，以深刻了解社会和自我，这部分同学往往能在求职面试中脱颖而出，成为快乐的社会人。

以下是我从众多的咨询中遴选的部分关于报考大学志愿的高中生、在校大学生、大学毕业生以及已就业大学生在职业规划方面的案例。

1.1 职业规划要趁早
——高中生怎样合理报考大学专业

【导语】

南南是北京市重点中学八中高二的学生，他身材瘦高，脸上写满了问号，很是腼腆地走进了大学生就业之家的职业咨询室。南南的问题主要是：马上就到高三了，面临着令人几乎窒息的高考，自己却难以投入学习中，而是一直在思考报考专业的问题。虽然经过反复的考虑，但对报考什么专业却仍然没有一个清晰的结论，所以现在非常焦虑，心情烦躁，直接影响了学习的效果。因此他来到大学生就业之家寻求专家的帮助。

【咨询台】

蒋老师：同学，你好！欢迎你来就业之家！你有什么问题需要帮助吗？

南南：老师您好！我是北京八中的学生南南，想向您咨询一些专业选择的事情。我现在心里特别慌，马上就到高三了，但是我对自己的专业爱好却还不是十分清晰，思考了好久，也不知道自己究竟喜欢做什么。现在什么专业比较热门，毕业后好找工作啊？

蒋老师：听了你的话，我很高兴你这么早就能对自己的报考志愿进行深刻的思考。焦虑的心情是可以理解的，因为高考的意义远不止一场简单的考试，它还关系到今后的职业生涯和个人发展，所以专业的选择是很重要的。咱们可以先从以下的一些问题开始思考，好吧？如果你能静下心来好好想想这些问题的答案，也许你现在的迷惑就能自己很好地解决了。

蒋老师：你现在学习状况如何？

南南：处于班级的中上游水平，所以会迷茫，担心高不成、低不就。

蒋老师：喜欢自己的学校吗？喜欢哪些方面？

南南：我现在的学校环境很好，师生关系融洽，学习氛围也挺好，所以我比较喜欢。

蒋老师：喜欢哪门学科呢？能把6门主课按顺序排列一下吗？

南南：我最喜欢数学了，其次是物理、英语、语文、化学，最后才是政治。

蒋老师：参加过哪些竞赛？水平如何？

南南：参加最多的是数学竞赛，从区级到市级到全国都有，奖没少拿。

蒋老师：想过以后干什么吗？

南南：以前想过，要当数学家。妈妈说我不够现实，数学家只生活在数字符号的世界里。后来，我想能把知识转化为资本是最好的了。

因为南南是一个高二的学生，对于自己、对于社会、对于未来都没有比较全面、清楚、理性的认识，所以，通过不断深入的提问，逐渐摸清了他的想法，推断出他的性格、兴趣、特长、能力和价值观，我请他思考了以下9

个方面的问题：①现在学习状况如何？②喜欢自己的学校吗？喜欢哪些方面？③喜欢哪门学科？把 6 门主课按顺序排列。④参加过哪些竞赛，水平如何？⑤小时候曾经看过什么书？⑥小时候的志愿是长大后干什么？⑦组织或参加过什么社会活动？⑧父母是做什么工作的？⑨上大学的目的是什么？⑩找专家咨询是自愿的还是家长要求的？

　　蒋老师：这些问题可能对认识你自己有些帮助，认真地问问自己的内心对这些问题的想法。

　　之后，南南又接受了通用问卷测评，从个人的性格特征、职业倾向、学科兴趣和成长环境等方面分析了他所具有的潜质。

　　在上面基本信息的基础上，根据当前的就业趋势，我们又一起分析什么专业更适合他的条件，可以更好地发挥他的潜质。

　　一个小时过去了，南南的眼神中多了几分镇定，南南的语调逐渐坚定起来，脸上露出了笑容。谈话结束后，南南高兴地说：“我好像对自己的方向有些清楚了。”

　　我相信南南在接下来的日子里，能够更好地投入到高考的复习中去，在认清自己的基础上，通过不懈的奋斗向着自己的理想迈进。

【咨询手记】

　　国外的职业生涯规划和实践往往是从小学开始的，而国内常常是到了就业的时候才考虑自己适合什么工作的问题，而这个问题不是懂几个理论就可以真正解决的，必须要有一个自我实践和自我探索相结合的过程才能逐渐清晰，因此，职业生涯的提前引入对高考报志愿是很有帮助的。影响到一个人职业兴趣发展的天赋和性格在大学前就是可知的，职业测评和规划可以发现个人天生的优势，帮助其进行专业选择，减少职业发展弯路，带来未来工作上更高的满足感。

　　考生填报志愿，首先要真正清楚自己的兴趣专长，分析自己究竟适合并喜欢哪方面的工作，报自己喜欢的专业，然后根据自己的考试成绩，在可选范围内挑选理想的学校和专业。

　　高考的意义远不止一场简单的考试，它关系到今后的职业生涯和个人发展，但是仅仅几页纸的测评就可以为学生指点今后的人生道路吗？心理测评只能反映某一时段的心理状态，而此种心理状态产生的原因是多样的，并且会随时间、环境的变化而变化，这就说明心理测量不可能完全准确。另外，专业不等于职业，不是学了经济学就可以当企业家，学了法律就必须当律师。

目前的南南正处于职业生涯的探索期，因此他的职业规划还要进行多个时段的调整，在未来的时间里，还需要根据具体情况进行改变。

1.2 职业规划不是算命
——家长怎样帮助孩子报考大学专业

【导语】

这天，大学生就业之家来了两位不同寻常的客人。一对相互搀扶的老夫妇颤巍巍地走进就业之家的职业指导咨询部，是什么让他们这么大年纪了，还非得亲自登门？原来老两口是为了外孙女小静而来的。

小静目前正在加拿大一所中学读高三，马上就要上大学了，学什么专业好呢？全家人主动为她当起了参谋，一时争论四起，众口难调，小静本人却并没有明确表态，这下更加急坏了两位老人，于是双双来到大学生就业之家想找职业指导老师问个明白。

【咨询台】

家长：我们的外孙女很优秀啊！她原来是北京一所重点中学的学生会主席，自理能力和领导能力都非常强，数学、英语特别好。凭着出色的成绩，她自己就联系到国外直接读了高中，我们家长都非常高兴能有这么好的孩子！

蒋老师：能力这么强的孩子的确是很令家长欣慰啊，很羡慕你们教育出这么一位出色的孩子。那么，现在我能帮助二老什么呢？

家长：我们对她将来大学的专业担心啊，有很多因素需要考虑，但是又不知道以哪个为主，而且她的父母工作都很忙，没有太多的时间关心她，只有我们多操心了。她在学校期间参加了工程科技竞赛，取得了优异的成绩，加拿大一所大学已经向她发出录取通知书了，要选择一些工程设计等工科专业；她还在国外打工教小孩子画画，因为爱好美术，也曾经想过学习建筑美学专业；她的数学成绩是全校第三名，如果考个精算专业，也是非常不错的，精算师这个职业在国内外就业都是稀缺的高级金领，发展前景很好。通过反复的比较和综合的考虑，我们全家人一致看好精算专业。您觉得学哪个专业好呢？我们就是想听听您的意见。

蒋老师：这个孩子的发展在同龄人里已经是很全面了，并且都取得了不错的成绩，的确是一位能力很强的学生，因此她可以选择的方向也相对比较多。那么，我想知道她自己是怎样想的。

家长：孩子的前途事关重大，而且她还小，对社会的发展情况并不是很了解，因此主要是我们帮她作选择。

蒋老师：家长把自己的经验、教训讲述给孩子，从更加全面的角度帮助孩子，这对她来说应该是件很幸福的事情，这样做也可以在大方向上注意引导孩子的认识和选择。然而，需要注意的是，我们毕竟不是孩子本人，并且很有可能在建议的时候戴上成年人的有色眼镜，这样的结果很有可能会导致把自己的观点强加于孩子，左右孩子自己的选择。从职业规划的专业角度来讲，报考什么专业、选择什么职业，我们都要了解学生本人的具体情况，如要了解个人的需求、价值观、兴趣、技能、职业倾向和相关职场的信息资源等。

家长：原来是这样啊，我们一直以为家长的建议会是最好的呢，毕竟是过来人嘛！本来还想着取得您的支持呢……没想到还要考虑这么多的东西。看来我们的思想落后了，还停留在家长做主的时代里。那现在有什么办法帮帮我们的孙女吗？

蒋老师：二老也别着急，根据我从你们那获得的信息，我感觉你们的孙女应该是一位很有主见的女孩儿，只是可能还有一些小小的困扰阻碍她作决定。我建议孩子如果来得及的话，放暑假回国后，能不能当面细谈。就您孩子本身的素质来说，她具备选择专业的能力，将来也会有很好的发展前景，我们作为家长，尽可能不要给她施加过多的压力，多听听她的想法，给她表达自己思想的机会。另外，国外高中一般都设有职业顾问，她可以到那里去咨询，可以听听他们的建议。

家长：太谢谢您了！我们回去一定要告诉孙女去当地的职业咨询机构咨询咨询，有机会一定带着她来这里，亲自听您的分析，肯定对她的将来很有帮助。

【咨询手记】

来就业之家咨询的家长很多，他们往往带着焦虑的情绪，想为自己的孩子选择一个好的前途，而不是把选择权还给孩子、倾听孩子的心声。我们的职业咨询、职业规划主要是帮助真正的来访者在纷繁的信息冲击面前保持一份控制感和方向感，一个最好的方法是确切地了解自己。职业规划不是算命，要考虑多方面的因素，包括了解个人的需求、价值观、兴趣、技能、职业倾向和有关职场的信息资源。

这一案例，虽然并没有给出也无法给出具体报考什么专业的方案，但却

传达了职业规划的理念：自由生命的意义在于自我选择及自我承担，没有他人可以剥夺自我选择权，职业规划咨询则是助人自助，而非对来询者指手画脚地替他决定命运。

【案例回访】

时间：2006 年 7 月 10 日 14：00 时

小静姥爷：小静现在就读于加拿大多伦多附近的滑铁卢大学数学系，这是北美数学专业最棒的学校之一，专业涵盖的范围很广泛，包括数学与金融、计算机科学、纯数学等。比尔·盖茨每年都会去学校讲学。

老人家说去年在大学生就业之家接受咨询后，很受启发。孩子暑假回家的时候，全家人认真作了一次商榷，当然主要还是尊重孩子的意见。专业选择就是在暑假的时候确定的，这也是根据孩子自身的兴趣选择的。

职业规划做得早，对于孩子的成长是有利的，不过现在国内针对高中生的咨询还不是很多。

【知识链接】

高中生职业规划三步曲

对于高中生来说，要想考上理想的大学和专业，除了考试前的准备、考试中的发挥以外，大家最关心的就是高考志愿的填报了。然而要填好志愿并不容易，尤其是面对五花八门的专业不知道如何选择，社会的飞速发展使得就业形势难以把握。北京市教育科学研究院曾经作过一个调查，调查结果表明：42.1% 的大学生对所学专业不满意；如果可以重新选择，65.5% 的大学生表示将选择别的专业。由此可见，盲目地填报志愿造成了多么严重的后果！

很多学生和家长都会从将来的发展来选择学什么专业，这可以说是职业规划理念的萌芽，但是很多人都不知道到底怎样才算科学地从就业和发展的角度填报专业。是看热门冷门吗？是看什么专业好找工作吗？职业规划三步曲是什么？

高中生在高考时除了严峻的考试压力，还同样面对人生第一次重大的职业选择。在估算分数的同时，更多的人会根据分数来选择自己报考的院校和专业。什么专业才适合自己呢？职业规划告诉我们，学生和家长应该从哪些方面着手分析、思考学生未来职业发展。总的说来有三大步骤：第一，了解学生自身，包括了解学生的兴趣爱好、性格、潜能等。第二，了解专业和学校的信息。第三，综合分析自身的情况和专业、就业的信息，作出匹配的选择，明晰将来的发展方向。

1. 了解学生自身

（1）兴趣。俗话说：兴趣是最好的老师。浓厚的兴趣是取得成功的关键，如果对一件事情兴趣盎然，就会乐此不疲，创新不断。例如，有的人很喜欢跟人打交道，喜欢组织、管理性质的活动，有的人喜欢制作一些模型，做一些动手的活动。每个人的兴趣点不一样，直接影响了他们将来上大学对所学的专业和职业发展的兴趣。

（2）性格。一个人的性格与职业的适应性有很密切的关系，职业没有好坏之分，所以说"三百六十行，行行出状元。"一般来说，外向的人更适合选择能够充分发挥自己行动能力和积极性的专业，例如管理、法律、经济、市场营销等；内向的人更适合选择能够发挥自己的计划性、敏感性、逻辑性的职业，例如研发人员、会计、技术人员等。

（3）潜能和优势。高中生的潜能在高三已经初现端倪，有的人擅长逻辑推理，有的人擅长形象思维，有的人对数字非常敏感，有的人有很好的文笔，这些潜在的能力和优势如果能够在专业上得到发挥，就会事半功倍，轻松地完成学业，轻松地取得成功。

2. 了解专业和学校的信息

事实上，很多学生上了大学后才发现，学习的专业跟自己当初想的并不一样，很多学生发出感叹："原来是学这个的啊"，"学这个专业怎么还要做实验啊，我最讨厌做实验了"，因此在填报志愿的时候最好对所填报的学校和专业有一个完整、清楚的了解，不能盲目地去报，不能"听名字不错"就胡乱填报。这方面的信息包括很多方面，例如学校的地理位置、专业设置、课程设置、师资力量、重点实验室、所在省的招生分数、招生指标等。

3. 综合分析

有了前面充分的分析和了解，最重要的就是针对自己的情况，包括兴趣特点、性格特质、能力倾向、学习成绩等，结合所了解的专业和学校的信息，找出最适合自己的方向。科学的方法是使用一些职业规划方面的工具来帮助分析。

高考关系到学生的长远发展，因此在填报高考志愿的时候一定要有长远的眼光，最重要的是不要"随大流"，而要充分考虑自身的情况，从职业规划和职业发展的角度去分析，这样才能正确、科学地填报志愿。

（摘自：腾讯教育）

1.3 及时补救,为所未晚
——在校生怎样处理专业与就业倾向的冲突

【导语】

帅气、阳光的男生小然,现在就读于首都经贸大学大兴校区经济学专业本科二年级,在校内校外都是活跃分子。初中时的小然就做过导游,也曾经帮助父亲的公司作过营销;上大学后,他担任了学生会的体育部部长,同时还积极参加外联部、文娱部等组织的各种活动,干得都非常出色。但一提到自己的专业,他的神情马上黯淡了。想到今后的就业,他着急地问:我该怎么办呢?为了这个问题,他专程来到大学生就业之家咨询。

【咨询台】

小然:老师,我真的非常郁闷!自从上了大学,我一直不喜欢自己所学的专业,每天都浑浑噩噩地上课,根本不知道学的是什么;到了考试的时候,也只是应付而已,致使所有的成绩都很差,甚至还有几科不及格。再这样下去,我可能连毕业都有困难了,您说我现在该怎么办呢?

蒋老师:听了你的情况,我很理解你对未来的担忧心情,也能感觉你是对自己负责任的大学生。但是我有一些感到困惑的地方,既然知道前途充满困难,那是什么阻挡了你改变自己呢?

小然:怎么说呢,大学里所学的专业并不是我的第一选择。当初家长反复跟我说这个专业如何如何好,最后就只有屈服于他们了。其实我根本就不喜欢,在学习的时候,自己内心会有一种反感,好像非要证明父母的选择是错误的,就要跟他们对着干。我非常喜欢管理、市场营销和社会活动,所以积极地参加学校的学生活动、加入学生会,在这些事情上享受着成功的喜悦,同时也逃避着专业课给我的失败感,非常矛盾。我也知道,这样下去,最后会害了自己,但是就是改变不了自己的想法,控制不了自己的行为……

蒋老师:你不喜欢现在的专业而喜欢其他的,是否还有其他更深的原因呢?愿意深入探索吗?

小然:嗯,当初之所以接受父母的建议,是因为我以为学经济能帮助我以后做生意,没想到课程不实际,研究曲线、概率等,枯燥乏味、非常难懂,而且实用性差。我喜欢与人打交道,喜欢做那种富有冒险性、挑战性、有活力、有激情的事；我能吃苦受累，喜欢快节奏的生活，不能闲着、不能忍受单调枯燥，越难做的事就越喜欢。只有这样，我才会觉得生活有意义。

蒋老师：小然，你对自己是很了解的，很多体验让你认识了自己。我非常认可你的自我探索精神，很早就明白了自己要的生活。虽然你现在还处在迷茫期，但是如果你能换个视角看看现在的话会更好：自己的社交能力很强，可以继续保持并发展下去；另外，虽然所选的专业有些不理想，但是学校现在的资源很多，你可以去听听对自己将来职业有帮助的课程，充实自己的实力；还要明白的就是，自己对专业的反感究竟是对父母的反抗还是其他的原因，可以说这也是你自己需要思考的问题，也许你可以从这样的角度去思考。另外，还要注意分析对专业学习缺乏兴趣是否因为自己下的功夫不够，不愿意承受学习的辛苦。

小然：对啊，蒋老师您的一席话，真是让我茅塞顿开。以我这么富于挑战的性格，如果能早些这么想的话，肯定会有很多收获的。谢谢您！

蒋老师：像你这样的在校大学生其实为数不少，有的学生开始消沉，在玩电脑游戏中寻找乐趣、混日子，有的则干脆放纵自己……但是最终还是不能解决问题的。你能采取积极的态度、寻求帮助，及时调整自己，就是一个很好的开始。接下来的日子，以挑战的精神过好大学四年生活，这也是你职业规划中重要的一部分内容。

小然：是的，我得好好规划自己，您能告诉我一些方法吗？

（他用凝重的目光看着我，让我感到他是个对自己很负责的大学生，我很愿意与他共同讨论）

蒋老师：可以尝试先通过自我评估或职业测评工具来辅助进行自我分析，找到自己的职业兴趣、价值观及人格特性，从而选择相适应的专业进行发展。如果现在所学的专业与职业方向确实不符合自己的人格特征，可以考虑改专业。

很多学校可以调整专业或已开始采取入学不分专业的方式，让学生充分了解自己和专业之后再作决定。

但是如果你们学校不允许改换专业的话，可以通过选修与职业目标的有关课程、参加有关的社会实践来弥补自己的缺憾。现在高校各专业的融合程度也在不断加深，专业课程有很多相通之处。你可以从中找到更适合自己职业方向的学习乐趣。

专业固然对就业起到相当重要的作用，但在如今的人才市场上，越来越多的用人单位"不限专业"进行跨专业选人，比如销售、管理类职位更易实

行"不限专业"，这对有志进行跨专业就业的同学来说不失为一个好消息。

小然：我一定好好思考。以前对自己的将来虽然有想法，但是总是在消极的情绪中沉浸，一味地怨天尤人，这下看来要多从自己身上找原因啦！谢谢您！

【咨询手记】

小然是首都经济贸易大学的学生会干部，曾执着地来过十几次电话恳请我去他们学校讲课。但是那些天我太忙了，校园咨询、就业情况调查、个性推荐、做讲座课件，让我忙得喘不过气来，最后累得头痛呕吐，住进了医院。他听说后又多次要求来看我，考虑到他路途遥远，我就让他在我病好之后带着问题过来谈谈，还可以通过他了解一些毕业生就业的情况。

对小然的咨询应有几个时段，但他没有再来，也许是担心劳累我，也许是通过学校的职业测评和咨询已解决了问题。我感觉很多大学生是非常有主见和行动能力的，已经在实践职业规划的原则，能够积极探索自己的未来，并从现在就开始做一些事情，他们需要的只是更多的鼓励和支持。

这个案例暴露了许多问题：首先，参加高考的学生对职业规划的意识较弱。其次，学生在填报志愿时比较盲目。考上大学后，他们才知道自己的兴趣、自己的潜能与所学专业不匹配。很多学校也对学生想换专业的愿望表示理解，甚至一些学校在开学后的一段时间还专门留出时间来让学生重新选报专业，以便于让学生学到自己喜欢的和适合的专业，从而提高就业满意率。虽然有一些学校调换专业不是太容易，但是我们仍然可以通过自己多方面的努力来完善自己的状况。

所以，对于准备换专业的学生来说，要抓紧时间深入了解自己的兴趣、专业的需求、自己的潜能适合学习哪种专业等，作必要的调查，必要的时候请职业规划师和自己的老师、师兄师姐帮助参谋，尽快确定自己的新方向。而对于那些还没有条件换专业的同学，就要利用选修课之便，尽量向自己心仪的、将来择业时能用得上的专业靠拢，利用课余时间补上这一课。

职业规划有一个很重要的作用，就是激发来访者自我探索与自我实践的信心，使他们思考并意识到职业规划的本质和重要性，从而主动行动而不是被动地听取指导。

【案例回访】

小然：当时，我为专业不感兴趣的问题感到万念俱灰的时候，蒋老师能够站在学生的角度，用她丰富的知识理念、人生经验，切合实际地为我作分析，引导我看到了一幅不同的图画，也调动了我挑战困难的勇气和决心。我特别感谢蒋老师，她在自己生病的时候，还能那么认真负责地对待我这样一个普通学生，真是被老师的人格魅力所感动。

1.4　职业方向明确，学习热情高涨
——在校生怎样思考职业方向

【导语】

小洋是农学院食品科学专业二年级的学生，曾在大学生就业之家实习招聘会上找到一份在网络公司实习的工作。其间他表现很出色，业绩非常突出，实习结束时老板特意与他谈话，在表达了满意、赞许之情的同时，也语重心长地谈到他今后的发展，建议应结合专业知识，学做营养师，这也是日渐发展的中国将来不错的职业定向。营养师是什么性质的工作？可不可以把它当作职业目标？自己是否适合做？自己该作哪些准备？营养师怎样找工作……带着一系列问题，小洋怀着忐忑不安的心情走进大学生就业之家咨询室。

【咨询台】

小洋：老师您好！能告诉我营养师是什么性质的工作吗？我真的是很困惑。虽然我已经上网了解了很多关于营养保健的信息，但是仍然对于自己将来是否能从事这个职业有着很大的疑惑。随着人们生活质量的提高，大家越来越重视营养保健，各行各业、各类人群都需要食品营养人员。国家和北京市刚下发的《营养条例》中规定，今后社区、幼儿园、医院、学校、大型企事业单位、新兴健身俱乐部、敬老院及饮食饭店等地方都应配备营养管理师，开展日常营养与健康咨询。目前我国营养保健专业人员还不到 4 000 人，需求巨大，这一切都说明营养师会有一个很好的发展前景，但是可以把它当作职业目标吗？我自己是否适合从事这个职业呢？

蒋老师：你能够自己主动查找相关信息，说明你对自己的将来很负责任，这很好。你对自己现在学的专业是否很有兴趣？学习情况怎样？

小洋：我很喜欢这个专业，当初报志愿的时候就是自己的第一选择。虽然可能在那个时候自己也不是太清楚，但是凭着自己的兴趣，以及后来在课程中学到的知识，我是越来越喜欢这个专业了，热情也很高涨。我认为这个

专业是很有希望的，而且自己的成绩也很好，还跟着老师做过一些课题。但是学习好，并不一定就代表能在这个行业发展，我的老师都是这方面的专家，但是谁也没有真正地做过一名营养师，似乎这个职业在中国很冷门。

蒋老师：听完你的话，感觉你是在为将来这个职业是否能够在中国生存而焦虑，对吗？

小洋：嗯。好像是这样的，我一方面想做这个工作，一方面又担心将来自己都养活不了自己。我希望自己将来的职业能与市场需求相结合，在市场需求中找到这个专业的切入点，这样的工作才不会被淘汰，才能够生存。另外，我更愿意做有挑战性的、与人交流的工作，而且最好是时尚的、工作时间弹性比较大、收入又高的工作，这可能也不容易达到吧，似乎只是理想状态。

蒋老师：看起来你对自己已经有了一些比较深入的思考，听着你现在侃侃而谈，我很明确地感觉到你有很强的职业兴趣和职业冲动感，似乎已经找到了学习、工作的奋斗目标了。那么对于"自己该作哪些准备、营养师怎样找工作"等问题还有困惑吗？是不是自己心里已经有计划啦？能跟我说说吗？

小洋：多谢老师的鼓励，好像以前担心的问题现在都有了解决办法。我的计划很多，但在这之前，我一直是犹豫的，不知道实施下去的结果会如何，但是现在我知道了，努力就会有收获。我一定会好好学习下学期开设的专业课，把基础知识学扎实；而且我还要兼修更多有关食品营养的保健课；要随时关注最新信息；还要学些医学知识；英语也要加油通过口语考试；到大三暑假时再找个专业对口的单位实习，练练实际技能；另外我还想尝试做个性营养设计……

蒋老师：你还可以再作一些了解，对自己、对社会、对职场的认识会使你更清楚自己的努力目标和行动计划。我想，如果你有很好的专业理论作为基础，又兼具类似营养师等职位应具备的知识结构和一些从业经验，再培养踏实肯干的职业素养，你的就业之路是会很宽广的。

小洋：原来我还有考研的想法，但现在就一心准备就业啦。可做的事真是很多，我也知道今后该怎么做了。我一定会成功的！我有信心！您就等着我的好消息吧！非常感谢您的启发式指导，让我自己看清了自己的心理愿望和能力资源。

结束谈话时，他脸上挂着如他名字般的洋洋笑意。他非常感谢指导老师与他心对心的交流，在以后的节日他还发来表示祝福的短信，传递着欢乐的心情。

【咨询手记】

　　这个案例实际谈话时间有一小时，主要是小洋在说，我只是针对他要咨询的问题促进他自己的思考，探索他内心的感受和想法，从而减轻他的心理压力。从这个案例中可以看到：大学生及早规划职业，能达到在校期间职业方向明确、学习热情高涨、言行规范自觉、信息搜集主动和就业准备全面的良好效果。

　　在交谈中我也很受感动，这名学生的思考其实是比较全面的，也具有一定的科学性，并且把自己的职业和国家的发展联系起来，是很宏观的考虑问题的方式。国家的发展为大学生就业、实现自己的理想提供了广阔的空间，把个人职业规划与社会的需要结合起来，将大有作为。这是我们作职业规划时非常重要的方面，需要特别考虑。

　　通过倾听和探讨，使来询者能够把自己的思路清晰化、条理化，从而能够制定明确的计划，采取有效的行动，这正是职业规划师专业功力的体现。因为，生命的活力和激情是发自每一个人的内心，而不是靠外在刺激维持的。

【案例回访】

　　小洋：我现在正在三元（隶属中国农业部的国企）第四分厂实习，这个工作比较切合我的专业和爱好。我自己还是想做营养师，也一直在朝着这个方向努力，通过更进一步的了解，我认为营养师的前景是非常好的。

　　三元厂目前正处在转型发展的境地，我个人认为，从品质方面看，三元乳品还是很好的；但是从广告、盈利方面，蒙牛和伊利做得好得多，这也是三元在经营模式等方面存在的问题。所以，我还打算在管理经营模式方面多学点知识，希望能够派上用场。

　　蒋老师当时听完我的想法之后，给了我很大的鼓励。我当时的想法可能还不太明朗，但是经过和蒋老师探讨，我的信心很快就建立起来了，后来也就朝着那个方向去做了。

　　当时是带着一些疑惑去咨询的，说实话并没有报多希望。但是经过了一番引导式思考、讨论，我真的是有了自己探索的信心和力量。职业指导对于迷茫、矛盾的学生而言，作用是非常大的。在这个群体比较烦躁的时候，有一个外力给予某些方面的引导，真是受益匪浅。希望更多的人能够得到职业指导的帮助。

1.5 目标决定行动，行动决定成功
——怎样认清考研与就业的关系

【导语】

6月份，北京的天气已经是热得有些难以忍受了，然而，几场大雨使干燥的空气中透着些清新，也给人们烦躁的心带来了一些慰藉。雨后，大学生就业之家职业指导咨询台前挤满了学生，众多的应届毕业生中间也夹杂着一些略显稚嫩的大三学生。这些学生面临的问题，不是能否马上找到一份工作，而是疑惑于大学最后一年，是准备考研，还是找工作？我们的指导老师面临的是一群学生的共同发问。

【咨询台】

蒋老师：能说说你们的具体困惑吗？只有具体才能有针对性啊。

小陈：我先说吧，这个问题已经困扰我快半年了，再不说就快愁坏我了。我特担心一年之后，凭着本科专业去找工作不理想，况且我是女生，肯定会难上加难的。我正在考虑通过考研转专业的事情呢，但是不知道又会怎样，哪个专业比较好。

小锐：我是工科类学校中一名优秀的本科生，主要是想通过考研提高学历层次。不过，我的实践能力很强，在学校曾经参加过全国大赛和一些研究项目，目前，有多家企业已经向我发出了面试通知。考虑到自己在学校积累的就业素质，心中不免有些矛盾：是继续求学，还是马上就业？两者对我都有很大的吸引力，舍哪个心理都不好受，担心以后会后悔。

小晨：我是北京××大学的毕业生，学习一般，学校也一般，自己感觉挺自卑的，基本上在找工作时没有什么竞争优势，想通过考研转换学校，不知道会不会好些？

蒋老师：因为咱们现在是招聘会现场咨询，还有很多的学生在等着询问，所以不能展开具体讨论，非常抱歉。我们只是简单地说说，你们看可以吗？

学生：好的，我们理解，您快说吧！

蒋老师：你们提出的问题是很有代表性的，总体而言就是考研和就业的选择问题。虽然你们的原因是多方面的，但是可能主要是因为这两者都自身有巨大吸引力；而且还有一点就是，两者都有失败的风险。那么，考虑到成本和收益的时候，很多同学会感到彷徨，思考不清楚。所以，焦虑的心情是可以理解的。

学生：经老师这么一点，好像是这个情况，两者都有利弊，凭我们现在的状况，很难思考清楚，所以也就没法作出选择，这也许就是当局者迷吧。那要怎么办呢？

蒋老师：也许首先要问问自己，考研带给你的是什么，你为什么要考研，需要考虑的是考研是不是自己的内心需求，就是说考研要有明确的目的。如果只是为逃避就业压力而选择考研是不可取的，因为原有的问题还是没有解决。在现实中就有这样的案例：考上研究生又不愿意上或毕业了仍不知自己能干什么。其次，在就业与考研的选择上，自信也是很重要的，不要因为自己是非名校、女生、非热门专业就自卑。专业重要、学校重要，但最重要的是你喜欢什么，做自己喜欢的事情才可能在你擅长的领域做得出色。任何一种选择都会带来风险，我们不可能达到完美。

学生：啊，有道理。

蒋老师：因此，我们必须先确定自己的兴趣并愿意付出。高学历者在就业的时候一般具有优势，这是国内的现实。如果你毕业于名牌大学、获得硕士学位对你找工作时会有帮助，但前提也应是你报考的专业是自己有兴趣的学科，这关系到你今后的发展，不只是一次就业、一份工作。另外，对于考研是否对就业有利还不能一概而论，还要看具体的专业。对于经验积累比较重要的专业，及早就业会相对更有优势。

学生：这确实需要回去好好想想。

蒋老师：每个人在选择读研或是工作的时候，最好考虑一下自身发展的规划情况、本科生就业的机会、家庭的经济情况、自身的学习研究能力、读研后预期的情形等。对这些情况作一个大概的评估，就可以得出读研和就业哪个更合适的结论了。无论考研与否，都要从自己的实际出发，理性地看待考研，这样才能更有利于今后的发展。我相信大家会有自己的选择的，如果再有需要，可以到咨询室来咱们一起详细探讨。

【咨询手记】

应当说，大学生考研总体上顺应了社会发展的现实需要，对提高整个社会或民族素质具有积极意义，但的确也存在着不容忽视的主观盲目性和从众心理，以及客观上的被动和无奈的选择。每一个大学生都应有清醒的认识和深刻的反思：考研的目的是什么？考取研究生是否是衡量人才的唯一

标准？

无论考研与否，社会已把我们带入了一个不可回避的学习时代，人类已经进入了一个高度现代化的学习社会。尤其应看到：在这个社会，学习是终身的，不分受教育阶段与工作阶段；学习会在各种环境与场合进行，学校只是学习的一种场所；学习的形态和方式呈现出多样化，越来越讲求个性和自主性；每一阶段的学习只具有相对的意义，考试结果和学历文凭已不再是检验一个人所学成果和知识状况的唯一指标。对一个人来说，当代社会越来越关注的是：是否具有较高的科学文化知识和人品素质，能否适应社会发展需要，可否做到自身的可持续发展。

考研和就业是一个普遍问题，对于面临这两种选择的同学来讲，最关键的是要明白自己的初衷是为了推迟就业，还是真正职业兴趣所在。前者的风险是：花 2～3 年时间很可能依然面临就业难题，而工作经验少 2～3 年，同时做 2～3 年自己不感兴趣的研究。研究生制度的本质是为了对某类专业有兴趣的人提供深入研究的机会。如果把考研作为达到另一个目的的手段，就像永远活在他乡的人，心灵将会不停地漂泊。

1.6 高处不胜寒
——研究生怎样使就业之路更辉煌

【导语】

在常人眼中，研究生比本科生更理性、就业心态更成熟，更清楚自己想要什么，就业之路似乎更辉煌，前途也似乎更加光明。但是在我的咨询台前，也有一些研究生仍然挣扎在迷茫之中……

【咨询台】

小胜：蒋老师，您一定要帮帮我呀。我现在越来越没底了，不知道自己将来能干什么工作，自己这些年的学都白上了，怎么办呢？

蒋老师：你好！先平静一下情绪，慢慢说。

小胜：嗯。是这样的，我现在是北京大学软件工程专业的研究生，本科在北大学的专业是化学分子工程。因为听别人说这个专业不好就业，就又学了一个第二专业——经济学，但是临到毕业才发现这两个专业都不是自己喜欢的，于是又报考了研究生。本以为找到了自己喜欢的专业，可以好好做一番事业，可是没想到，现在自己仍然感到好像缺点什么，做什么都提不起兴趣。我最近才发现原来自己更愿意进入公司的市场部门工作，而不喜欢在研究所作研究。

蒋老师：看着你这样年轻的面孔，没想到有这么丰富的求学经历，这是一笔财富啊。那么，你自己怎样看待专业的这几次转换呢？

小胜：这样反复地改换专业，说实话，我自己也迷糊了。每一个专业其实并没有学得很好，只是当时喜欢就去学了，没想到到头来都是错的，真的很郁闷。我感觉这么多年的努力都白搭了，今后自己的职业也不知道何去何从……

蒋老师：那么你现在喜欢从事的工作是经过仔细考虑的吗？和你以前的喜好有什么不同吗？

小胜：嗯。您这样问倒是提醒了我。的确，这次的感觉和以前的喜欢不太一样。读本科的时候，考虑得不是很成熟，只是凭着一时的兴趣和别人的推荐，就盲目地选择了专业。所以在学的过程中并不是很刻苦，成绩也很一般。我早已经有了现在这个想法，只是一直没有勇气真正拿出来思考，害怕自己总朝令夕改，也害怕家长的反对，同学的嘲笑……

蒋老师：那么是不是可以理解为这次的想法才是你最真实、最想为之努力的想法？

小胜：是啊，这才是我最想做的事情！看来我已经欺骗了自己很多年。那现在这种状况，我能做些什么呢？专业又不能改了，我怎么办啊？

蒋老师：你是否可以认真地作些职业规划，充分地了解自己、分析自己的特性和潜质，确定自己的职业发展方向，为自己的选择作准备。既然你知道以前是在欺骗自己，那么，我感觉，凭着你自己的能力，有力量选择走自己喜欢的路，对吗？

小胜：您说得对，我知道该怎么做了。谢谢您的指导。

蒋老师：不客气！相信你自己的能力和选择，只要付出，就一定会有收获。

【另案】

硕士毕业生玉玉，在参加就业之家金融招聘会的时候，向职业指导老师讲述了她的苦恼。在大学本科阶段和研究生阶段总共学习了 7 年计算机专业，马上就要毕业了，她却越来越觉得自己在专业上缺乏工作激情和创新思维，害怕在这个行业就业。研究生读完了想去做财会方面的工作，可是又没有这

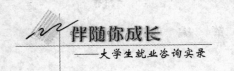

方面的知识准备和从业经验，因此在求职择业上处于一种尴尬境地：会做的事不想做，想做的事做不了。玉玉后悔地说："如果我早一天知道什么是职业规划，及早调整自己，可能就业时就不会是今天这种情况了。"

【咨询手记】

作为职业规划辅导老师，看到这些学生到了研究生阶段，还是对自己的职业定向问题感到这么困惑，真的是很着急。也许并不是谁的错造成了现在这种状况，但是怎样才能更多更好地帮助这样一个群体呢？针对上面两个同学，我作出了如下分析。

（1）小胜和玉玉在准备就业和求职的过程中才开始探索自己的个性，如果更早些对自己进行深入的思考，可能这种遗憾就会少些。自我评估越准确、越全面，越能帮助自己作好职业规划，进而才能明确地知道自己应该如何选专业、如何选职业、如何积累自己的技能和经验、如何调整自己、如何发展。最佳的职业生涯规划过程首先是了解自己，我对自己知道多少，我想要什么。然后将对自己的了解结合到职场的现实中去。这样就能够有针对性地去选择那些让你兴奋和充满热情的专业进行学习或培训。兴奋和热情是一些潜在的用人单位看重的两项重要指标。

（2）职场需求热点的变化是非常快的，我们要做的是通过评估，了解自己，从而确定最适合自己个性的职业，那种跟风式的择校择业策略是非常有害的。一是会浪费你经过多年努力获得的教育资质；二是在职场变化中，你可能处于缺乏准备的状态，因而只能听从变化主宰命运了。

（3）在清晰地认识自我后，制定正确合理的职业目标并且实施计划。职业规划，不是一个简单直线型的过程，不会根据事先给出的步骤达到某个具体的目的地，而是一个需要不断自我调整的动态过程。对于小胜和玉玉，可以在现有情况下，分析和评估自己已经拥有的知识和技能，从中发现那些过去已经积累的、不需要更多培训即可迁移的技能，也就是常说的"整合资源"。实际上，我们在就业时所要寻找的并非是某一个唯一适合自己的工作，而是一系列职业选择，但它要适合于我们的背景、个性、年龄阶段、职业兴趣等。比如目前很多用人单位需要有多方面的专业背景，能根据市场需求和公司运作综合成一种新的特殊能力的复合型人才。像小胜和玉玉可以考虑这样一种发展方向。

职业规划是一门实践的艺术，通过自我探索和自我实践的不断循环，逐渐找到人职匹配最佳点，从而找到通往自己生涯巅峰的最佳道路。

1.7 赚到第一桶金
——大学生怎样作职业设计

【导语】

小王是北京化工大学的一名大专毕业生，在大学生就业之家职业指导咨询台前，他谈到自己今后的规划：在 30 岁之前迅速积累资金，就业的目的是创业，再也不愿像在农村的父母那样辛苦地劳作。因此他要找个赚钱多、赚钱快的工作。但是怎样才能找一份这样的工作呢，面对着当前的招聘现状，他不知自己还能做些什么……

【咨询台】

小王：老师您好！我是一名大专生，想找一份赚钱快、赚钱多的工作，我应该怎么办呢？怎样才能达到自己的目标呢？您能给我一些建议吗？

蒋老师：你好！看来你对自己的职业要求很单一，就是一个待遇问题，对吗？能告诉我为什么你只看重工资这一方面吗？

小王：因为我来自农村，好不容易出来了，就不想再回去，那里的生活太苦、太没意思了，我要自己在外面闯一番事业。而这些都需要钱，所以我必须先赚够一定的钱，才能做自己的大事业。

蒋老师：你的想法比较典型，也代表了一些学生的人生愿望和就业观念。这些同学不愿按照常规的道路发展，不局限于常人的就业形式，远大的抱负激励他们要有所作为，强劲的动力使他们不甘寂寞。但是，光有远大的理想是不够的，还要仔细为理想而制定计划，培养技能，高报酬要有高付出。目标虽宏大，但实现目标的路还很长，要有吃大苦、耐大劳的准备，而且坚韧的奋斗精神和承受挫折的心理素质更是缺一不可。

小王：我不在乎工作多苦多累，只要是待遇丰厚就可以了，为了自己的理想，我可以忍受磨难，我也会积极锻炼自己的心理承受能力。但是我对自己更适合从事什么类型的职业还不是很清楚，您能帮我分析一下吗？

蒋老师：这个可以通过做一份职业测评和咨询辅助调查来完成。你可以先做一份简单的问卷评估，然后我们一起来分析。

小王：原来还有专门的工具啊，我一定认真做，一会儿给您。

蒋老师：通过你的问卷分析，我们发现你有较强的与人沟通、与人打交道的能力，具备较强的吃苦精神，这样的话，是不是可以从自己的专业——营销工作做起呢？这种工作比较好进入，社会需求量大，对学历的要求也不是很高。虽然起点低，但是只要肯坚持，能忍耐，能吃苦，个人奋斗的空间还是很大的。经过一段时间的积累，一般会有不错的结果。但同时你还要注意积累一些企业管理方面的知识，这就需要在实践中加强培养，也可以参加一些培训或者相关的辅导来学习。

小王：听完您的分析，我对自己似乎重新认识了一次，更加清楚了自己的个性特征，对将来从事的职业方向也有了准备，对我自身的一些不足之处，也一定会尽力弥补的。真的很感谢您！

【咨询手记】

穷人的孩子早当家，对于像小王这样的学生，我感到应给予充分的鼓励和支持。但是也应该让他明白，任何事情都是一个循序渐进的发展过程，欲速则不达。一个需要十年才能达到的目标，如果非要在五年之内完成，就会变形，就会给目标的完成者带来无法承受的压力。指导老师要做的最重要的事情就是帮助来访者安下心来，作好规划、分解目标。

【案例回访】

咨询后不久，小王经学校推荐找到了一个与专业相关的工作，做着既可学到知识又非常有挑战性的销售工作。他告诉我他做得非常愉快，因为这是一份正在向着心中的目标努力的工作。

【知识链接1】

如何为大学生作职业发展规划辅导

为学生做职业生涯个性设计应该有以下几个步骤。

1. 收纳面谈

个人信息收集：包括性别、年龄、专业、学历、毕业届别等，有关咨询问题的背景、主要困惑等。

2. 专家分析

（1）个人问题类型："专业与个人兴趣不符"、"大专生职业定位"等。

（2）职业测评：职业适应性测评、心理测评、人格测试、情商测试等。

（3）咨询调查：详细了解来访者的成长过程、学校生活及学习情况；在访谈中观察、分析来访者的成就欲望、动机、人格特点及兴趣爱好等。

（4）职业定位：在搜集基本资料后，即行汇总、综合分析，专家会诊给出结论（适合从事哪些职业、哪些行业，选择范围和发展方向的建议）。

（5）生涯规划：确定五到十年的职业目标，分解目标的阶段性实现时间表和相应的实施措施。从什么样的起点进入、从业时限、知识结构、实践清单、毕业求职的应聘职位建议等。

做这样一个规划至少要一周时间，对于学生来说最重要的是在整个咨询过程中学会成长，学会自己分析自己，学会面对问题、解决问题。辅导老师可以通过指导学生自己做，通过与学生讨论，以点评的方式帮助学生完成。

【知识链接2】

大学生如何进行初步自我职业规划

职业规划是一个与"职场成功"密切相关的话题。如果说职业生涯是人生的重要组成部分，那么职业规划就是人生规划不可缺少的部分。作为大学生，应该如何规划自己的职业人生呢？

第一步：问自己五个 W。①Who am I（我是谁）。面对自己，真实地写出每一个想到的答案，并按重要性排序，比如自己的专业、家庭情况、年龄、性别、性格、动手能力及思考能力等。②What will I do（我想做什么）。可以将自己从小时候开始喜欢做的事情写下来。③What can I do（我会做什么）。可以把自己有能力做的，还有通过潜能开发能够做的事写下来。④What does the situational low me to do（环境支持或允许我做什么）。将自己所处的家庭、单位、学校和社会关系等各种环境因素考虑进去。⑤What is the plan of my career and life（我的职业与生活规划是什么）。

第二步：SWOT（优势、劣势、机遇、挑战）分析。分析自己性格、所处环境的优势和劣势，以及一生中可能会有哪些机遇、职业生涯中可能的威胁。

第三步：分析需求。首先，写下 10 条未来五年你认为自己应做的事情，确切、无限制地给头脑空间。其次，根据"我死的时候会满足，如果……"假想如果离开人世，何种成绩、地位、金钱、家庭、社会责任状况能让你满足。

第四步：长期和短期的目标。例如，如果需求是想授课，赚很多钱，有很好的社会地位，则你可选择成为管理讲师。在拥有丰富的管理知识和经验、优秀的演讲技能和交流沟通技能的长期目标的基础上，你可以制定自己的短期目标来一步步实现。

第五步：阻碍。写下阻碍你达到目标的自己的缺点，所处环境中的劣势。这些缺点和目标有所联系而非分析所有缺点。然后可以着手改正。

第六步：提升计划。现在写下你要克服这些不足所需的行动计划，要明确、要有期限。你可能会需要掌握某些新的技能、提高某些目前的技能或学习新的知识。

第七步：寻求帮助。能分析出自己行为习惯中的缺点并不难，但要去改变它们却很难。相信你的父母、老师、朋友、上级主管、职业咨询顾问都可以帮助你。有外力的协助和监督会帮助你更有效地完成这一步骤。

第八步：分析自身角色。制定明确的实施计划，反思一下相对应的职业对你的要求和期望与你自己对工作的要求与期望分别是什么，并通过具体工作认可你的价值和成绩。

当然，这八个步骤只能让同学们对自己的职业取向有一个初步的认识，如果能够借助专业职业咨询公司运用专业测评工具进行较为科学、系统的职业测评和规划，职业规划效果会更准确。

1.8　准确的自我定位＋不懈的自我完善＝成功
——已就业学生怎样重新定位

【导语】

立岩是一位年近 30 岁的大学生，不同寻常的经历使得他对职业指导求之若渴，听同学说大学生就业之家有老师专门作面对面职业辅导，他不辞长途劳顿赶来咨询。

【咨询台】

立岩：老师，您好，找到这真不容易啊！我真是恨自己为什么以前没有发现这个地方，否则也不会落到现在这个境况……

蒋老师（堂堂八尺男儿，竟然一进来就痛哭起来，是什么事情把他愁成这个样子呢）：有什么委屈和难处，想哭就自由地发泄出来吧，在这里是最安全的，你放心。

立岩：我的成长经历是非常复杂的，也很艰辛，有过多种从业经历。我中学毕业后曾在一家研究所做过三年试验工，后来下海经商，做转手买卖，中间还做过汽车维修、电工，有上岗证。2002 年我又参加高考，进入信息职业技术学院学习电子商务专业。2005 年毕业，本打算专科升本科，但没有成功，所以就开始准备就业。但是到现在为止，我也不知道处在这种状况下，做什么合适，该怎么发展？

蒋老师：那么你现在能认识到自己有哪些优势吗？也许以前的你一直处于一种比较自卑的心态下，进而影响到你对自己的正确认识，现在能不能摘掉有色眼镜，还自己一个公正的判断？

立岩：嗯，您说得有道理，因为自己和别人的经历不同，所以会感觉好像是比别人低一等似的，现在想想，自己也有很多的优势：①有近 8 年丰富的工作经历，对社会、对市场有较深刻的认识和体验。②经过专业学习，掌握了计算机知识及网络、电子商务等技能。③在学校作案例分析、演讲、企业策划，突出表现出自己多年工作积淀的成果。④精力旺盛、乐观积极、敢于冒险、善于社交。⑤不怕艰苦，喜欢具有挑战性的工作，愿意从基层干起，心态务实……

蒋老师：是啊，经过自我分析，你还是具有很多优秀的品质和特长的，以前你认为的缺点，现在都成了优点，难道这些不应该成为你找工作的优势吗？只有正确地认识自己，才能充分发挥自己的优势，找到合适的工作。下面我们来做一个非正式的评估，会涉及你的职业兴趣、价值观、人格特征等，希望你在仔细思考后，回答下面的问题，然后咱们一起分析讨论，好吗？

立岩：好的，我会好好做的，谢谢您！

蒋老师：你觉得通过测评对你有什么帮助吗？

立岩：我觉得我在企业家的类型特征上比较突出。

蒋老师：通过你的问卷回答，我们可以看出：你基本属于企业家类型，适合做的职业为市场营销、经理、采购人员、项目推广人等。从你以前的经历和现已掌握的知识技能，以及个人的兴趣、优势等来看，可以考虑从企业的营销工作干起，然后根据行业需要，及时补充有关知识，如生产管理和零售营销，生产和物流管理、营销技术、工商业经营管理、房地产等理论知识等，进而可以考虑向企业管理方向发展。你觉得怎么样，是不是符合你的想法？你是否再仔细考虑一下？

立岩：您真是说到我的心坎里了，好像以前一直藏得很深的东西被您一下子看透了一样，我也是好像突然明白了自己。现在自己再也不会迷茫和自

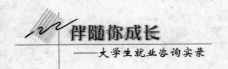

卑了，今后一定努力锻炼自己的专业能力，争取能够按照自己的性格和环境的特点，找到一份最合适的工作。谢谢您！

【另案】

小刚是河南某医学院临床医学专业的学生，可是毕业后却不喜欢做医疗工作，先后做了广告、电影场务、人事行政、培训、餐饮等工作。小刚总想着要挣大钱，多次换工作，现在已经 27 岁，还是不知道哪种职业最适合自己。为此，他找到大学生就业之家寻求指导。

在了解了小刚的情况后，我建议他首先进行一个简单的自我分析，然后再选择职业。在各种职业体验中发现自己的特长，进而确定职业目标是否适合，要看是否适合自己的技术背景、兴趣、气质、性格、技能和价值观等，因此分析自己很重要。如果只是以挣钱多少去衡量就业取向，频繁更换职业，终究不能形成自己的核心竞争力，也就不可能有适时的职业提升和较高的薪酬回报。有了对自己的分析之后，自我定位也很重要，主要是了解自己的需要、了解自己的态度、了解自己的能力、了解职业，给自己制定符合实际的职业目标。

杨杰是某旅游学校的学生，毕业后进了一家五星级饭店做调酒师，可是出于父母的愿望，转行自筹资金开网吧，干了两年没赚到钱，自行停业。备受挫败感折磨的杨杰，又回到了酒店上班，从头干起调酒工作，每天熬夜班，接待各种客人，不仅工作很辛苦，而且收入较低。这时父母心疼他，让他再找个培训班或学校，学些其他能轻松挣钱的技术。杨杰很痛苦，自己已经 26 岁了，再去学什么呢？

他向大学生就业之家的指导老师求教，并开始考虑自己的职业发展。经过与指导老师的交流讨论，杨杰反省自己最喜欢、最适合、最可能做、最有乐趣、并且能得到满足的还是当一名调酒师，只要自己坚持下来，是会取得一定成就的。他分析自身条件，坚信自己的决定是正确的，安下心来钻研业务。指导老师又帮他分析了横向和纵向发展的前景，指出他需要学习提高的方向。经过一年的努力，杨杰已经成为一名出色的调酒师，而且还当上了主管。

【咨询手记】

对于已就业学生的咨询是十分难作的，要反复多次。由于前几届学生没有职业规划意识，在职业选择上经历坎坷，需要重新认真分析他们的个性情况，帮助他们发现自己的优势和潜力，总结职业经验，进一步认识职业倾向，选择职业，确定发展路线。还有一个重要的方面是帮助他们在自己多种职业的体验中探索自己的职业锚是什么。

职业生涯发展实际上是一个持续不断的探索过程，在这一过程中每个人都在根据自己的天资、能力、动机、需要、态度和价值观慢慢形成与职业有关的自我概念。随着自我概念的逐渐形成，个人就会越来越明显地形成一个占主要地位的才干和贡献区域，即选定职业锚，完成自己的职业生涯定位。职业锚会告诉他到底什么东西是最重要的。职业锚产生于早期职业生涯阶段，是以自己的工作经验为基础的，经过多次确认和强化以后，才能找到自己的职业定位。而职业生涯后期还可能会根据变化的情况，重新选定自己的职业锚。

在职业规划的实践过程中，并不是一次就可以准确定位的，需要了解自我，要经过多次尝试。在这个过程中需要注意的是，每次尝试都要认真深入，而不要浅尝辄止。因为浅层努力往往由于技能不足而无法达成良好结果，如果这样的失败多了，会给自身带来负面的感受，形成心理学上所说的刻板印象，从而失去真正了解自我的机会和信心。

大学生就业之家组织大学生职业指导专业咨询志愿
服务团的老师辅导北京赛区大学生参加全国大赛

【知识链接】

什么是职业锚

职业锚是美国 MIT 斯隆管理学院的人类资源管理专家埃德加·施恩教授（Edgar. H. Schein）通过长达 20 余年跟踪研究创立的理论。其核心观点指出，一个人在面临困难的职业选择时，他无论如何也不会放弃的内心深层次的东西，包括才能、动机和价值观的综合。它是人们内心深处的自我认知，即使没有机会去实践，它依然会存在而且不易改变，这即是职业锚。

职业锚的类型包括：

1. 技术职能型（TF）

专注于在专业领域中展示自己的技能，并不断提升自己的技术能力。以此获取认可，并乐于接受来自于专业领域的挑战，会极力避免全面管理的职位，因为这意味脱离自己擅长的专业领域。

2. 管理型（GM）

渴望升迁到组织中更高的管理职位，这样你能够整合其他人的工作，并对组织中某项工作的绩效承担责任。你希望为最终的结果承担责任，并把组织的成功看成自己的工作。

3. 自主独立型（AU）

期望按照自己的方式工作和生活，工作有足够的灵活性，并由自己来决定何时及如何工作。不愿任何程度上的公司约束，尝试寻找一些足够自由的职业，如教育、咨询等。你宁可放弃升职加薪的机会，也不愿意丧失自己的自主独立性。为了能有最大程度的自主和独立，可能创建自己的公司。

4. 安全稳定型（SE）

不肯放弃的是稳定的或终身雇佣制的职位。你关注财务安全（如养老金和退休金方案）和就业安全。对组织忠诚，对雇主言听计从，希望以此换取终身雇佣的承诺。安全稳定型职业锚取向的人总是关心安全和稳定问题，并把自我认知建立在如何管理安全和稳定上。

5. 创造创业型（EC）

愿意凭借自己的能力和冒险愿望，扫除障碍，创立属于自己的公司或组织。希望向世界证明你有能力创建一家企业，一旦时机成熟，就会尽快开始自己的创业历程。希望自己的企业有非常高的现金收入，以证明你自己的能力。

6. 服务奉献型（SV）

始终不肯放弃的是做一些有价值的事，比如让世界更适合人类居住、解决环境问题、增进人与人之间的和谐、帮助他人、增强人们的安全感、用新产品治疗疾病等。宁可离开原来的组织，也不会放弃对这些工作机会的追求。同样，也可能拒绝任何使你离开这些工作的调动和晋升。

7. 挑战型（CH）

始终不肯放弃的是解决看上去无法解决的问题、战胜强硬的对手或克服面临的困难。职业的意义在于战胜不可能的事情。新奇、多变和困难是挑战的决定因素，如果一件事情非常容易，它马上会变得令人厌倦。

8. 生活型（LS）

始终不肯放弃的是平衡并整合个人、家庭和职业的需要。希望生活中的各个部分能够协调统一向前发展，为了满足这个期望，也许宁可放弃职业中的某些方面（晋升带来的跨地区调动，可能打乱你的生活）。你与众不同的地方在于过自己的生活，包括居住在什么地方、如何处理家庭事务即在某一组织内如何发展自己。

与大学生就职业咨询志愿服务团的老师们
研究大学生职业规划报告

第 2 章 就 业 准 备

关于就业准备的话

来大学生就业之家咨询的学生有很多这样的问题:"怎样才能找到与专业对口的单位实习?""如何作就业准备?""实习时应该如何表现才能被别人认可?""去外企工作,该怎样准备?""我的学校不是名牌大学,我的专业很冷门,以后可怎么办啊?"有的学生看见招聘会上没有与自己专业对口的职位,就感到无所适从;有的学生因实习中没有表现好,出现了差错,而错过了机会;有的学生做的工作与自己的性格和职业类型不符,因而感到提不起精神,变得懒散;有的同学因为自己是女生、非名校毕业、学历也不高,所以感到困惑和忧愁;有的学生留学回国后,一时不适应国内的环境,从而感到迷失了方向;有的学生写的简历没有切合企业的关注点,所以虽然优秀,却屡屡碰壁。这些学生从一定意义上说,是由于缺乏就业准备而导致了就业困惑。

不打没有准备的战役,有了好的规划,下一步就应该着手进行全方位的准备了。职业准备有长期准备和短期准备,如找什么样的实习单位,加入什么样的学生社团,要怎么锻炼自己的能力,都是职业准备必须面对的问题。只有时刻准备着,才能在千变万化的求职市场中打一场漂亮的战役!

以下是我从众多的咨询中遴选的部分关于在校生、女生、留学生、优秀生、非名校学生、非主流专业学生、考研失利的学生在就业准备方面的案例。

2.1 向社会推销自己的第一步
——怎样找到一份合适的实习工作

【导语】

小崔是北京交通大学物流管理专业三年级的学生,他来到大学生就业之家,希望得到关于怎样找到物流管理的实习单位的指导。物流管理是一个在中国刚刚兴起的职业，对于这个专业的学生而言，要找到对口的实习单位还是有些困难的，需要大家多方面的支持。

【咨询台】

小崔：老师，您好！我是大三的学生，今年就要开始实习了，但是学校并不负责帮我们联系实习单位，所以只有自己去找，但是我也不清楚应该怎样找到和专业比较对口的实习单位，什么样的单位是对口的。

蒋老师：你学的是物流管理，根据这个专业的知识以及我掌握的信息，你可以到信息、仓储和运输行业的配送中心或到企业的物流部门去寻找机会。

小崔：这些地方都容易进吗？人家会接受我这个未毕业的学生吗？心理总是有些忐忑不安。

蒋老师：不能很贸然地说难进或者是容易进，咱们还是分析一下你可以在什么地方作准备吧。

小崔：应该怎样作准备呢？我以前从来没有实习过，更没有接触过公司，不知道他们需要具备什么能力的人才。

蒋老师：你可以把实习看成是求职就业的演练，因此要认真对待。首先根据个人的职业规划和实习目标，通过上网或者向老师请教，搜集资料，认清职业的需要，了解用人单位的需求。

其次，要制作一份简历，全面真实地展现自己———一份让人"赏心悦目"的简历可以让招聘者很快地了解你的概况，以争取进一步的沟通机会。但是最好针对不同的单位和职位调整简历，做到有重点地介绍自己的能力适合某项工作。

再次，要准备面试。在接到实习单位的面试通知后，最好能先到网上全面了解一下该单位的情况，以便在面试时用最短的时间缩短自己和单位的距离，回答提问也能更有针对性。此外，还应该至少拥有一套正式、得体的服装，简洁、清爽的着装会为你加上不少印象分的。

最后，就是要摆正自己的心态，尽量做到平静地接受失败的事实，并且能够继续坚持自己的目标。

小崔：原来有这么多程序，我以前虽然着急，但是心里一直没有具体的实施方案，现在好了，可以自己先试试了。但是，在具体的寻找过程中会不会碰到很多困难呢？怎么去处理？

蒋老师：你最希望从实习中收获什么？是要见见世面、锻炼自己的能力，还是积累社会经验，或是要为将来的工作作铺垫？

小崔：都想，但不知道能不能达到。（不好意思）

蒋老师：嗯，这些目的都是很'正当'的。找实习单位必须有一个准确的定位，随波逐流是找不到适合自己的实习岗位的。

小崔：怎么获取这样的信息呢？就是像您刚说的上网搜索吗？

蒋老师：不只是这样。信息渠道一定要多，我们可以考虑下面的一些途径：可以到网上看看各公司有关招聘的信息；可以参加各大公司的学生俱乐部（或者类似组织），这些公司会优先将实习信息通知你，也可能会优先录取你；还可以登录各个名校 bbs 的求职版，那上面会经常发布一些实习信息。

此外，联系一些已经或者曾经在大公司工作的朋友、同学、亲戚，请他们提供内部信息或推荐，这恰恰是目前成功率很高的求职方法。当然还有其他的方法，你也可以继续了解。

小崔：蒋老师，您说的我都记下了，回去马上行动。谢谢您！以后有什么困难，希望还能和您联系，好吗？

蒋老师：可以，在就业方面有什么困惑，可以来这里说说，我们会尽力帮助像你这样的大学生的。不用客气！

【咨询手记】

职业准备对于学生来讲是一个角色转换的实习锻炼期。从生涯规划角度

在就业之家大教室为未就业毕业生作沟通技能训练

看，每个人不同时期有不同的角色，如子女、学生、工作者及父母等。而不同的角色，需要承担的工作和生活的内容是不同的，且常需要同时具备多种角色，这时关键角色起到关键作用，而关键角色的关键特质是需要不断锻炼的。处于职业准备期的学生，首先要从寻找工作和实习机会开始，要以一个工作者的角度体验，自己要主动寻找实习途径，寻找信息来源，这个过程需要咨询师的引导，但具体操作一定要学生自己来完成，这样才能使学生摆脱依赖性，从而成为具有独立解决问题能力的工作者。

【知识链接】

实 习 攻 略

宜主动出击：找实习岗位和找工作一样，要讲究方法。公司一般不会对外公布实习机会。实习生可以主动与其人力资源部门联系，争取实习机会。可以特别留意正在招聘的公司，这说明它正缺乏人手，在没有招到合适员工的情况下，很有可能会暂时选择实习生替代。

宜知己知彼：求职信和求职电话要稳、准、狠，即稳当地了解公司所处行业的大背景及所申请岗位的要求，准确地阐述自己的竞争优势，相信自己就是对方要找的人；同时很诚恳地表现出低姿态，表达对实习的渴望。此外，规范的简历、良好的面试技巧都有助于提高得到实习机会的成功率。

宜避热趋冷：寻找实习单位时，宜避开热门的实习单位和实习发布网站，勇于找冷门公司，回避热点信息和实习高峰期，这样实习成功的可能性会更大。

忌免费午餐：实习生与实习单位之间是双赢关系，主动跟对方说我不要钱来干活是很糟糕的开始，说明自己缺乏自信。有价值的付出一定要有价值的回报，不存在施舍性的实习岗位，能够为雇主创造价值的实习生才是对方所需，而理性地考虑到实习生价值的单位会给予实习生更多的锻炼机会。

忌盲目实习：未来求职拼的是专业度而不是态度。谋职实习不应是简单的劳动经验的积累和态度的培养，比如端盘子一类的工作，可能会增加挫折体验；与专业不对口的实习在未来求职竞争时含金量很低，从找工作的角度看，这样的实习弊大于利。

（摘自：中国新闻周刊）

2.2　实习效果看得见

—— 怎样让实习发挥最大效益

【导语】

对于有实习愿望的大学生而言，什么样的单位是合适的？一定要到与专业相关的部门吗？不同阶段的实习情况一样吗？如何在实习的过程中取得最大的收获呢？这些问题是常被问到的，也是学生感到困惑的，下面这几个学生就是带着这样的问题来到咨询台前的，让我们一起来看看吧。

【咨询台】

小亮：我是大学一年级的学生，听说大学生就业之家有实习招聘会，就约同学一起来看看。主要是想见识一下，没想到找一份实习工作挺不容易：先得有一份实习简历，还要作现场应聘面试，回答面试官的各种问题等。我感到即使这么复杂，好像也不一定能找到实习单位。我想向您请教一些问题，就是实习与打工、勤工助学和社会实践有什么区别？实习和自己的学业、成长和就业有什么关系？怎样实习能有所收获呢？

蒋老师：你这么早就能想到将来职业的问题，而且思考了这么多，是位很有准备的年轻人。针对你的问题，首先你怎么看待实习，现在实习的概念已不是过去意义上单纯的专业实习了。现在的职场比过去复杂得多，人员竞争也比过去激烈得多，市场要求大学生要有全面的素质。仅掌握科学文化知识是不够的，还要在各方面都具备较强的就业力和市场竞争力。特别是理论转变能力，即与实际结合的能力、职业素养、沟通协调能力等方面，都需要在真正的职场中得到磨炼和提升。因此，打工兼职、勤工助学、社会实践与实习的意义在加深社会体验、锻炼适应社会的能力方面是相通的。其次，不同学习阶段实习内容不一样。一年级职业指导的内容是了解所学专业的职业前景，加深对学习的意义的理解，唤起自己提升全面素质的积极性。这时实习的目的可以是初步接触社会，通过销售等岗位进行社会实践，打工或者勤工俭学等。另外，多参加学校有影响的竞赛、研讨会，参加专业团体活动，参与老师或导师的研究项目，给报刊杂志投稿发表学科论文等，这些也都是高质量的专业实践，是企业很看重的素质。

小宋、小李、小胡：我们分别是学工科、管理和会计的大三学生，来到招聘会现场，想找单位实习从而积累经验、了解工作环境和体验职场环境，为将来就业作准备。可是，实习招聘会上多数是销售职位或兼职岗位，想找个与专业对口的实习岗位很不容易，这样的实习对就业有帮助吗？

蒋老师：你们的担忧我很能理解，怕这种和专业不着边际的实习，对自己将来的工作于事无补，甚至还会浪费时间和精力，对吗？不知道你们三个对实习的概念以及将来的职业要求有什么认识？

小宋、小李、小胡：我们将来都想从事和专业相关的工作，毕竟学了这么多年，再改换别的工作，竞争力就更小了，难度也会加大。在学校里的理论知识已经算是积累得差不多了，所以想在实际的工作中在锻炼一下，积累一些实战经验，但是这些实习单位实在是难以满足我们的需求。这使我们心情很低落，有些失望。

蒋老师：确实有很多学生去实习后有这样的抱怨，感觉学不到东西。其实你们对自己的认识和职业定位还是很清晰的，但是可能忽视了时代的新特性。现在人才市场竞争激烈，需要大量复合型人才，仅拥有专项专业知识是非常不够的。只有突破传统的观点，调整心态，勇于吃苦，从最基本的工作做起，真正融入企业文化，才能积累经验，提高竞争力，成为抢手的人才。像校园销售代表、市场调查员都是非常锻炼人的机会，最能锻炼学生的团队合作能力、沟通能力、说服能力和组织协调策划能力、心理承受能力等多方面的能力。作产品调研，是帮助你了解企业工艺水平的好方式，看似苦累而又基础的事情正是大学生体会公司文化的基本途径之一。对企业来说，因为学生实习时间较短，很难安排一个复杂的大项目。再加上学生本身还缺乏基本的专业知识，因此实习不太好安排。

小宋、小李、小胡：听了您的分析，我们似乎对实习有了新的认识，那么我们现在应该作哪些调整和准备呢？

蒋老师：经历了一年级的新奇阶段，二年级、三年级的主要任务发生了改变。这是很重要的一个阶段：学习专业知识、职业技能，思考并设计职业生涯，结合社会需求建立知识结构，进行技能培养，提高职业素质，以及塑造适应未来就业市场需要的"全方位人才"。如果确定将来从事本专业的工作，那么实习最好以专业实践、就业准备为目的，应积极选择与所学专业相关的实习单位。但是，这并不代表可以忽视其他方面的素质培养。在适当的时候，可以从事一些看似与专业不相关的工作，积累多方面的能力。到了四年级，就是实现就业的关键期了，最好能接受就业制度政策和求职的技巧指导、心理辅导等，为自己量身选择合适的职业。

小宋、小李、小胡：是啊，以前我们有太大偏见，只看见本专业一个方向，目光太狭窄了。就我们的具体专业，还有什么需要注意的呢？

蒋老师：具体说，作为会计专业的学生，除了在会计岗位上实习外，也可以在企业综合岗位上实习锻炼，如在中小企业的文秘助理、外贸、管理等岗位上了解企业的运营，通过了解宏观、微观情况，并以此作为背景知识，对会计专业知识的理解更有深度。而对工科学生的实习，学校和用人单位要承担风险，付出人力、财力代价，一般会较少有单位接收个人实习。是否可考虑针对一个研究课题作社会调查或市场推广、项目策划？这样还可以一举多得，不仅能了解企业、接触企业、观摩工作环境，还能为毕业论文作准备，也能从中发现自己的就业的志向等。对于管理专业的学生，从现在的情况分析，很少有用人单位给在校生提供管理岗位，因此做一些相关的辅助工作，学会结合专业知识细心体验、留心观察，学会做些细致烦杂的事情。因此，可以考虑放低要求，从基层做起，积攒经验，为今后的就业作准备。

小宋、小李、小胡：谢谢您，蒋老师。听了您的一席话，我们真是长了见识，回去一定好好考虑您的建议，不会那么片面地认识实习，关键是自己要有心，事事洞明皆学问。各种实习的机会都是在锻炼自己，提高素质。

【咨询手记】

职业规划的基本思路是认识自己、了解职业，从而达到入职的最优匹配。认识自我，包括了解自己性格、价值观、职业兴趣和职业能力。而实习是帮助自己了解这些特质的必经之路，也是了解职业的有效行动，更是提高技能的手段。说到技能，即我们常说的综合素质，专业的说法分为专业技能和通用技能。而实习最关键的往往是锻炼学生的通用技能，即沟通能力、协调能力和组织能力等。这些技能是所有岗位都必须具备的，也是学生最缺乏、用人单位最头疼的。所以，在实习中更有效地提升自己的通用能力是提高自己竞争力的一个关键，也是判断实习效果的着眼点。

2.3　内在与外在的统一
——实习时怎样表现自己

【导语】

小何即将开始实习，但是非常担心自己表现得不好。因为据她了解，很

多同学在实习的时候没有表现好，出现了各种状况，进而错过了很多好机会。为了避免这种情况的出现，她提前来到了大学生就业之家……

【咨询台】

蒋老师（关切地看着小何）：你在做哪方面的实习？

小何：销售代表。这样的工作如果要吸引客户，女生有良好的外貌是很吃香的。可是我的外表并不出众，在这点上，我就很担心。

蒋老师：那你觉得做这样一份实习工作对你来说最重要的是什么？

小何：我觉得内在素质也很重要。

蒋老师：是的，外表的确很重要，但却不是唯一的因素。在真正的工作过程中，能让别人印象深刻的，应该是除此之外的内在魅力。在与人交往时，保持良好的气质很重要，但是一定要记住：不管别人对你的第一印象如何，一定要争取让他进一步了解你，把自己深厚的内涵展现给你的顾客，这样才能赢得赞赏和信任。我以前曾经接待过这样一位学生，他初次到实习单位时，经理明确地说："你可以走了，我们这里不适合你。"但是这位学生没有退缩，而是用坚定地语气告诉他们，"我有足够的能力来胜任这份工作"，并对其展示了参加过的一些实践活动的证明和获得的相关证书。同时诚恳地告知对方：我很需要这个实习的机会，想通过它锻炼自己的应变能力、沟通能力和表达能力。同时也会在实习期间，遵守公司的制度，和大家一起为公司的利益奋斗，因此我会更加珍惜它。怀着"不达目的，誓不罢休"的心劲儿，这位同学适度地阐述了自己的能力、优势，并向经理力争，终于得到了这个机会。所以，在任何时候，都不要畏惧权威，要学会推销自己、展示自己，争取自己的权利。

小何：嗯，应主动把自己的内在特质展现出来，使自己的工作能力被领导看见。那么在实习中怎样表现自己，才能得到用人单位的认可，同时又能锻炼自己呢？

蒋老师：我想，你应该表现出坚强的意志，不怕吃苦，坚持到底。在企业中工作与在学校上学不一样，在学校的努力看的是过程，一次不行还可以重新再来。但在企业里，尤其是做销售工作，这种逻辑就不成立了。因为自己的努力与学校没有直接的利益关系，却与企业有直接的利益关系。努力了之后目标没有达到，那也没有用，看重工作成果而不问过程，这是许多人在企业中工作感受到的压力。所以心里一定要有吃苦受累的准备，还要及时调整自己的心态，接受领导的批评和教导，吸取失败的教训，总结成功的经验，在考验中顽强地生存下来的就是强者。

小何：如果工作的强度很大，自己真的承受不了怎么办？

蒋老师：公司和学校不同，工作和学习不同，前者有着严格的考核，后者较为随意。这就要求你战胜随意、战胜惰性。当然，工作也不是完全不考虑人性的，你可以根据自己的情况，机智地向公司领导表达自己的意思，争取得到领导的理解和协调。

小何：看来我还要学会语言沟通的技巧。我还很担心如何与人相处方面的问题，都说社会是个大熔炉，各种关系交错复杂，我不知道以后应该怎么去应对。

蒋老师：用自己踏实、肯干、诚实、敬业的精神赢得他人的尊重，同时也要尊重公司的每一个人。实习的时候，虚心地向同事和领导多请教。尽可能帮同事多做一些力所能及的事情。在自己出现失误的时候，要虚心地接受批评，同时尽快改正等。任何事情，只要你自己提前意识到了，相信依靠自己的能力就会很好地解决的。

小何：对，我以前就是有些不自信，总是把事情想得很难，然后就会焦虑，更加不利于事情的发展。以后我一定要尽量纠正自己的心态，避免这种恶性循环的产生。谢谢您的指导。

【咨询手记】

小何的问题典型地反映了通用技能的重要性。她的不自信源于对沟通技能的缺乏以及对自己这方面技能的不了解，所以总是对未知有恐惧心理。但当指导老师提示一些工作需要的基本态度和技能的时候，小何明白了自己的方向，因此会根据这些在实践中提升自我。而所有这些技能和态度都是大家在工作中取得成就和提高的必要因素。当同学们能在实习中提高这些技能和态度的时候，就走上了成功的转型之路。

2.4　勇于探索，发现真我
　　——怎样通过实习认识自己

【导语】

大学生就业之家有很多实习生，他们在这里发挥着各自的作用，帮助搜集企业信息，接待来访学生和用人单位，协助做市场招聘，推荐工作单位等，每个人都很努力。问到他们为什么来这里实习的时候，大家各有收获：

"在这里工作可以接触社会，对自己在沟通、交流、管理、监督、协调、写作、人才服务等多个社会化生存方面的能力都有全面的锻炼。"

"就业之家是个非常有发展前景的工作单位，希望能通过自己较好的表现留下来继续工作。"

"就业之家的理念就是帮助大学生找到就业机会，解决就业问题。在这里实习，亲身参与一些招聘指导服务工作，会对整个就业形势和用人单位的招聘形式、用人要求等有更深刻的认识，对自己以后就业会有帮助。"

然而，北京化工大学化工工艺专业 2005 届毕业生小 Z 实习了一段时间，却发现自己并不像别人那样喜欢这里，但又说不出究竟是什么原因，心里憋得难受。于是，他主动找到指导老师进行咨询。

【咨询台】

小 Z：蒋老师，您好！这些日子过得真难受，自己对工作也没有兴趣，体会不到其他人那样的快乐。您说我这是怎么了？难道是所谓的职业倦怠？好像不太可能啊……

蒋老师：你在这工作的时间还不是很长吧，职业倦怠的可能性的确不大。这种情况持续多久了？最开始来的时候是什么样？你来这里的目的是什么？

小 Z：时间不长，刚来到时候还好，每天都能很好地完成任务，也可以从中学到一些东西。但是最近，突然感觉没有激情了，干什么都提不起精神，懒懒散散的，真觉得对不起这里的老师们。我来这里之前也没有怎么想，只是学校里有这样一个机会，就来了。

蒋老师：你感觉自己喜欢不喜欢做这样的事？

小 Z：不喜欢。这让我比较疑惑，不知自己喜欢做什么。

蒋老师：这样的话，你现在的表现似乎可以找出原因了。我想，如果你愿意，现在你来做一个入职匹配测评问卷，之后我们再一起分析你适合的职业类型。

小 Z：好的，我会仔细考虑每一个问题的。

蒋老师：通过你的回答，我们可以看出你是一位非常典型的拥有"现实型＋常规型"人格的同学。你可能很喜欢实用型的职业环境，而避免社会型职业环境吧？虽然你有很强的实际操作能力和很大的兴趣，但是缺乏人际沟通能力。在测评的结果中，你的社会型入职匹配分数最低，而就业之家的工作是介于社会型和管理型之间的工作，所以出现现在这种情况也就不足为奇了。这是否是让你感觉难受的原因呢？

小Z：还真是这样的，我的确更喜欢做具体的技术工作，总觉得与人打交道太累，还是技术工作更简单易作。您说我以后应该怎样做？如何改善这种状况呢？

蒋老师：其实改善这种情况很容易，那就是找到你喜欢的工作类型，然后用心投入地去做。

小Z：您说得太对了。以前总是怕失去机会，现在想想还是应该有选择地放弃，什么都想要，最后可能什么也得不到。在以后实习的时候，应该想清楚，自己需要的是什么，不要简单地抓住机会就上，那样反而不能帮助自己。不过这次也是有收获的，这样的实习虽然不是我喜欢的，却让我深刻地认识到自己的特性，澄清了在就业方向上的模糊认识。我想毕业后去家乡的工业企业就业，发挥自己的专业特长，做自己喜欢做的。谢谢您！

【咨询手记】

实习的收获是多方面的：锻炼自己提高能力、挣钱补贴学费和生活费、为就业作准备等，但还有一个收获就是能在实践中认识自己、探索个性、深入作好职业规划。因此，在实习期间无论是做得顺利还是不顺利，都要主动认真分析自己。在必要的情况下，请职业指导老师帮助评估。

实习对大学生是必要的，但不可盲目进行，应在职业规划之下进行，这样才会更有效果。了解自己的兴趣、职业倾向、知识构成和入职匹配度，再去做可以为就业作准备的实习工作，选择与自己专业、未来职业相适应的实习内容和实习单位，收效会更大。

任何时候，都要保持一颗清醒的头脑，不断地探索自己、认识自己，才能在职业的道路上获得成功。

2.5　女子当自强
—— 女大学生怎样作好就业准备

【导语】

"找工作难，大学生找工作难上难，女大学生找工作难于上青天。"这是时下一句女大学生就业的无奈感叹，说出了女性在找工作中面临的难题。王玉就是这样一群女生中的一员，她是北京某大学的三年级学生，专业是工商管理。非名校出身、学历不高，再加上又是女生，所以相对他人更要下一番功夫找工作——这是她对自己的总体定位。她坐在咨询台前，瘦小的身躯显得那么疲惫不堪，脸上布满愁云……

【咨询台】

王玉：因为自己是女生，受一些硬性因素的制约，我不得不从多方面着手为未来工作作准备。下面就是我的一些准备方案：

（1）准备公务员考试。现在公务员考试很火，若能考上，结果是很好的，工作稳定，是国家机关的工作人员，而且各方面待遇也不错。不过，公务员的门槛不好进，成功的比例太小了，而且还有一些不可控制的影响因素。虽然准备考，但不能在这一棵树上吊死。

（2）学会计。为了更好地提高自己的管理专业业务水平，我选修了会计学，今后还打算考会计证书，这是一个含金量很高的证书，可以为今后"万一没有找到工作"铺条后路。

（3）复习考研。学历高就能找到更好的工作，这是不争的事实。但是考研竞争压力很大，自己也没有多大把握，所以如果能找到好工作，就可以放弃考研。

（4）抓紧一切时间争取多考一些证书，托福、计算机等级证书、英语口语等级证书等，多多益善，有总比没有强吧。用人单位看见一打证书，肯定会另眼相待的。

蒋老师：为自己今后就业多作些准备是应该的，但是作为女生，你最希望做什么样的工作？如果公务员、会计让你二选一，你会做什么？如果考上研究生，将来面临就业，你又会怎样择业呢？

王玉（侧着脑袋认真地思考起来，眼睛里浸润着晶莹的泪水）：我曾经在学生会工作过，活动策划的工作做起来得心应手，自己也喜欢那种类型的工作，所以我内心一直以来的职业愿望是当一名企业策划，一来与自己的专业对口，二来这样的工作能更好地展现自己的才华，体现自己的价值。但是令我苦恼的是企业策划这样的工作机会是不会给应届毕业生的，所以我只能退而找一些成功几率大的工作。即便我作了多手准备，每天都很忙很累，可是并不能确定这些就是有用的，只是给自己一个借口罢了。我对自己的前途仍然是茫然不知所措，感觉似乎想做什么都很难。再加上自己是女生，好多应聘单位直接要求只招男生，真是让人既气愤又无奈。

蒋老师：人的精力是有限的，如果把有限的精力平摊到无限的工作中，最后会把自己累坏的，而且效果不一定最佳。所以建议你：找到一个最明确的方向，然后为着这个目标，制订计划，作好全面的准备，而不是为好几个项目作大面积铺开的泛泛准备。"样样通，样样松"的样子是不受应聘单位青睐的，他们更喜欢在专业技能上不同凡响的人。男女生的性别因素固然在求职中会有一定的影响，不能否认这样的现象影响着女性的就业选择。但是一位高素质的女生可能会比一位普通的男生更受欢迎，所以用人单位最最看重的还是个人的能力。因此，即使某家公司的招聘要求上明确写着只招男生，如果你具备这个工作能力，而且非常向往这个职业，一样可以去争取，试着用自己的优势去打造自己的将来。但如果真是属于性别歧视的公司，你也大可不必在意，这样的公司不值得你去服务。

王玉：是啊，以前自己总觉得多就是好，所以总是不断地去考取各种证件，但是其实每个都是学过就忘了，不能说具备哪方面的能力。如果真的拿这些证书去面试，可能还会给自己带来不良的影响。我应该好好规划，思考自己的职业方向，只要是我希望并且有能力胜任的工作，我都会去争取。这样的感觉真好，谢谢您！

【咨询手记】

确实，很多单位招聘时会关注性别差异，女生相对于男生来说在就业时一般处于劣势，为此而产生在就业准备上多努力的想法是很好的。但是准备不能盲目，也不可能方方面面都尝试，毕竟一个人的精力有限，只能有选择地作准备，确保在竞争对手面前取胜。王玉同学虽然说已经注意到自己的兴趣和长处了，却不知道如何发挥，只是一味地对将来不自信，采取了一系列铺后路的打算，从而每科准备也没有尽最大的努力。这样的准备，每次机会都可能会流失，且得不偿失。结果付出了很多，回报却不尽如人意。这个时候作一份职业策划就很有必要的了，了解自己、明确目标，然后朝这个目标前进，争取多做对这个目标有益的事，有的放矢，这样就可以既充实不盲目，又轻松易行了。

职业规划其实是一种让人轻松快乐地取得成功的方式。因为规划会让人清晰地了解自己的方向，在朝这个方向行走的时候，只需要适度的准备就可以了，而不是像无头苍蝇似地拼命付出，那样反而无所收获。

【知识链接】

大学生考证族：
拿证书寻求心理平衡和安慰

考证热，一方面反映了大学生的求知愿望，希望通过考证书检验自己学习的成果，同时也通过考试这样一种方式督促自己更好地学习相关知识。但面对如此多的学生不顾自己专业，不顾证书是否对自己有所帮助就盲目报考，也暴露出不少大学生心理的不塌实，目标不明确，对于未来没有很好的职业规划和把握，"眉毛胡子一把抓"，多角度出击，以求通过多拿证增加求职竞争力。从某种程度上说，扩招之后，大学毕业生逐年增多，出现了严重的"供大于求"的局面，"僧多粥少"，就业难已成为不争的事实，客观上加大了不少大学生的心理压力。而一时找不到合适的途径增加就业"砝码"，最现实的办法就是通过多拿证书寻求心理平衡和安慰。

一些社会培训机构对于"大学生考证"也起到了推波助澜的作用。笔者曾经看到一家招生培训机构在高校校园里张贴的培训考证"承诺"："只需交500元，我们提供考试代报名、培训，学员只需准备好材料，其余都由我们代办，我们将提供全程服务，保证通过率达到80%。"而更有甚者，部分培训机构更是把招生宣传做到了"家"，直接雇用高校校园代理，直接到宿舍宣传，客观上也造成了一定的"舆论攻势"，让不少学生自愿加入到考证的队伍中。而受群体相互交叉感染效应的影响，不少大学生出现了盲目跟风考证的现象，即使不是真正需要但坚决不能比别人的证书少，不能输在一纸证书上的心理暗示为考证热"火上浇油"。

而仔细分析，大学生考证的实际价值有多大？笔者认为还应该辩证地看待。据一项调查结果显示，在中国有52%的学生表示自己找工作时缺乏社会经验。影响力、创造力和团队精神是大学生顺利进入职场的关键能力。

我们可以将流行于大学生校园的证书作一简单的分类，公共技能型证书如英语等级考试证书，专业性证书以及实用操作型证书如驾驶证等。笔者认为正确的做法是，大学生首先应给自己明确定位，对自己进行职业规划，选择适合自己发展的职业，有针对性地考取相应的证书，"选准目标再有针对性出击"，适当考取社会认可度比较高，和以后工作密切相关的证书，不要盲目追求证书的数量，大学生不能把精力全都投入到考证上面，要注重专业知识的学习以及实际工作能力的提升，注重个人综合能力的培养。

（摘自：中国教育在线就业频道）

2.6　专业知识是大学生求职的优势
——怎样认识自己所学专业的就业前景

【导语】

来就业之家的时候，小李神情忧郁。她是北京中医药大学中药学专业大二的学生，虽然才大二，她已经开始为自己专业的就业前途担忧了。她说自己很迷惑以后会走向什么岗位，希望通过指导，清楚自己现在应该为就业作哪些准备。

【咨询台】

小李：老师，我学的专业毕业后可以做医药销售，但我总是担心自己会完不成业绩，所以一直不想做，从心理排斥这种职业选择。可除了做医药销售，我不知道我的专业还能做什么？

蒋老师：我理解你的担忧，这是每个学生都会经历的心理过程，只要及早分析，做到真正地理解职业选择的步骤，就可以很快解决你现在的担心。据了解，中药学专业的就业面很广，毕业生可去一些与中药以及相关领域的教学、科研和生产单位；也可以在中药生产、检验、流通、使用和研究与开发领域从事中药鉴定、设计、制剂及临床合理用药等方面工作；还可以在药品检验与管理机构工作；甚至还可以到各级各类医院药剂科和药品经营企业工作。怎么你的眼里就只有那一种选择呢？

小李：真的吗？可我以为只能做医药销售，以前的一些师姐师兄好多都是做这种工作的，好像很累。

蒋老师：你现在才大二，还有时间去更加深入和全面地了解自己的专业。你可以通过各种渠道了解本专业的就业前景，询问高年级的师兄师姐的毕业去向是一个不错的方法，这可以增强对于本专业的信心，消除不必要的担忧是有好处的；但是还有许多其他的渠道，比如说现在网络这么便利、信息又多，是一种应该好好利用的方式；还有可以和本专业的老师探讨专业的前景，就业形势等。

小李：我以前只看重了一条路，而那又不是自己喜欢的，所以才会这么

烦闷，现在心情舒畅多了，感觉眼前都亮了很多。那么，这个专业需要社会实践吗？

蒋老师：这个问题问得很好、很及时！实践，对于任何专业都是必要的，除了努力地学习专业知识以外，还要寻找适当的机会进行职业实践。扎实的专业知识和实际技能是应对将来就业的好方法。在学习和实践的过程中，我们还应当积极地去发现和培养自己在专业领域内的兴趣点。以便日后在面临纷繁复杂的就业机会时，能从自己的实际出发，选择合适自己的职位，做到有的放矢，这样也会大大增加成功就业的机会。

小李（站起身来，深深地向蒋老师鞠了一躬）：谢谢老师，我知道了，我会把学习和实践结合起来，让这两者互相补充、互为提高。我要利用接下来的两三年时间，认真规划自己未来的职业和生活。再次谢谢您为我驱除了心中的阴云。

【咨询手记】

看着小李脸上的笑容和清澈的眸子，我的内心流过一丝暖意，她终于可以爽朗地笑了，相信她的将来一定会很好。可能很多大学生在对自己的专业了解不深时，会像小李一样陷入过分担心和不自信的境地。在这种情况下，最好的办法就是引导其多渠道地寻求信息，重新树立对于专业和自己的信心，静下心来学习知识技能，了解自己的兴趣点。这样就能在真正面临就业时，既有充分的知识能力储备，又对自己的兴趣很明确，从而达到成功为自己进行职业定位，迈出职业生涯成功的第一步。

很多同学往往误把工作当成生活的全部，因此导致自我的迷失。其实，工作只是生活的组成部分，一系列的工作和职业变迁，才是整个职业生涯的含义。因此要从更开放的视野来观察和实践，才能寻找到合适的职业生涯之路。

2.7 就业形势细分析
——大学生怎样认识专业

【导语】

小郭，女，2006届管理科学与工程专业毕业生。临近毕业了，她却突然迷茫起来。

她所学的管理科学与工程专业怎么找工作呢？这个专业到底能做什么？在学这个专业之前，小郭从未明确地思考过这些问题，每天都糊里糊涂地上着学，转眼间快毕业了，自己一下子不知道怎么办了。

【咨询台】

小郭：老师，您好！我学习的是管理科学与工程专业，但不知道我的专业今后到底可以做什么，您能帮帮我吗？这些日子真是急死我了。

蒋老师：先慢慢静下心来，这样对你来这里咨询才能有收获！（看着她慢慢平静下来，我才细心的讲解起来）计算机管理与技术是种软科学或者可以说是软技术，它强调的是人的一种行政管理的能力，它与一般的行政管理专业不同，侧重于计算机工程方面。这方面的公司你可以重点看看。

小郭：我想应聘联想，也参加了联想的英语笔试测试，因为当时的精神状态不是太好，所以结果很不理想；我还想做 IT 项目组织管理协调类的工作，去过 IBM，但是 IBM 要求我做技术工作，因为自己学习的数学、计算机方面的知识少，所以就没有敢去应聘，怕自己的水平差得太多。其实之前，我也学习过 ERP 软件、企业整体信息化以及管理软件等，但是就是感觉自己的要求很高，而实力好像又不是很强，还有就是也不知道究竟哪个职业是最适合自己的……

蒋老师：这么说你有很广泛的就业市场。随着社会的发展，很多企业都需用你们这类人才。大型企业或公司虽然好，体制也相对健全，但是竞争的确很厉害，所以不妨把自己的目标定得实际一些，这样也可以在中小型企业中找到适合自己的职位。简历要做，但不要照常规一样过于强调简历，应该在应聘求职过程中，主动积极地向用人单位说明自己这个专业的学习内容、研究方向，想做的职位是哪些，有哪些特长，自己承担起推广这个专业的任务，努力为自己争取机会。机会是给有准备的人的。

小郭：谢谢老师的指导。我想我应详细分析就业形势，全面认识自己的专业，找到与市场的契合点。

【咨询手记】

社会的需求和发展推动了许多专业的产生，而这些专业的产生本可以很好地为社会服务，但是由于专业本身不为社会了解，所以阻碍了专业的进一步发展，也堵塞了学生的就业渠道。例如社会工作专业，很多地方都需要这样的人才，它是随着社会发展的需要从西方引入的专业，特别是现在以建立和谐社会为目标的社会背景下。但是很多人并不了解这个专业，不知道它是做什么的，很多并不专业的人士做了社工，而社会工作专业的毕业生却找不到工作，产生了错位。对此，沟通和推广是每个毕业生找工作的重要法宝，让用人单位了解是求职的第一步，也是成功的重要一步。不是没有单位需要你，而是没人了解你。

2.8 优势在于适合
——大学生怎样才能具备在外企工作的能力

【导语】

小石是人文大学英语专业三年级的学生，想在毕业后进入外企工作，但对于如何准备应聘却无所适从。带着这个疑问，小石在就业之家实习招聘会上向指导老师进行了咨询。

【咨询台】

小石：作为一名英语专业的学生，去外企工作是不是比较正确的选择，是不是有比较大的优势呢？

蒋老师：这个问题要多角度进行分析。英语专业其实可以从事教育、培训、管理、行政等多方面的工作，因此就业范围是很广泛的。尤其是现在，全国又一次掀起了英语学习的热潮，迎接 2008 年奥运会的到来，对英语的重视使得你们这些英语专业的学生更为抢手。选择外企的确不错，但是外企竞争比较激烈，还要考虑个人的兴趣和追求目标。不过，即使是外企，也应该区别对待，有些企业是可以去锻炼的，但并不是每个都值得一试。

小石：如果我想在外企的应聘中脱颖而出，应该注意什么问题？

蒋老师：据我了解，外企看重的是求职者的综合素质以及发展的潜力。也就是不光看你的专业能力，还有你的学习潜力、团队精神和个人基本素质等。另外，外企与所有单位一样还看重求职者是否和应聘岗位相适合。在一个外企的宣讲会上，曾有一位学子现场问到，怎样才能在面试中脱颖而出。外企老总回答说，我们并不需要你能脱颖而出，你要能在面试前了解你自己，了解你的岗位，要看这个岗位是否适合你，我们也是看你是否是最适合的，而不是看你是否是表现最突出的。所以，要全面充分地给自己定位并了解对方才是最重要的。此外，在面试时要充分放开，个性开朗活泼的学生最受欢迎。艾默生网络能源公司市场部的负责人在宣讲时就强调，他们需要的人要达到以下四点：清晰的就业方向，强烈的坚韧性，良好的沟通协调能力和人际交往理解力，个性要开朗活泼。用人单位更看重实际能力和团队合作能力。

小石：原来是这样，我知道自己回去后该怎么做了，谢谢您！

【咨询手记】

在日常生活中我们感受不到水的价值，但是在沙漠中却能体会到水的珍贵。看起来这好像是一个人才过剩的时代，大学生为找不到工作而烦恼，但是我们接触到的用人单位也烦恼——他们为找不到合适的人才而烦恼。这位外企老总的话代表了绝大多数外企的心声，我们要找的是合适的人才，优秀的人才有的是，但是未必合适。因为优秀都是相对的，一个优秀的档案管理人才一般不是一个优秀的表演人才。但是合适的却是确定的，合适意味着适才所适，意味着人才与公司资源都能得到最大化的利用与发挥。所以在此提醒广大的毕业生朋友，在求职时要找自己合适的，在面试时也要合适地表达自己与职业相匹配的一面，而不是表达你最优秀的但与职业无关的一面。因此在人才竞争激烈的就业时代，我们特别要主动探索自己、探索职业，做好人职匹配的工作。

我们很多同学往往只注重面试技巧、简历编写和怎么回答难题，但正如华盛顿所说，诚实是最佳策略。所谓诚实，对于找工作来讲，恰恰是真正了解自我需求，了解岗位需求。

希望广大的应聘外企的学生能够认识到这点，这样才能达到人才和职业的最佳匹配，发挥自己的长处。

【知识链接】

外企知识知多少

1. 外企用人标准

（1）教育背景。许多外资企业要求员工具有本科或以上学历。比如程序开发、医药开发则要求有硕士或更高的学历；虽然说许多企业并不以学历为重，但从长远看，随着市场与职场竞争的加剧，企业对学历的要求呈渐升趋势。

（2）英语水平。大部分外企尤其是欧美企业对英语水平都有个基本的要求，如简单的日常口语对话，以及阅读文件与撰写简单报告的能力；需要注意的是，外企在招聘人才时，一般不看求职者的外语四级、六级证书，而是有专门的语言测试，因为他们更重视应用。

（3）计算机应用能力。熟练使用常用的办公室软件如 Word、Excel、PowerPoint、Access 和用于日常沟通的办公软件如 Outlook、Exchange、Lotus Notes 以及行业专用软件如 AutoCAD、PhotoShop、FrontPage、Dream Weaver、MS - Project 等已经成为一种基本的能力。还有互联网应用技能，使用互联网完成基本的信息搜索等能力也很重要。

（4）其他。外资企业也十分注重员工的操守，如诚实和责任感、团队意识、沟通能力、实干精神、工作效率和创新能力等。

2. 外企企业文化

每个企业有着不同的历史文化背景，也有不同的组织文化模式，其表现在管理风格及对人员的要求上有很大差异。国家模式、管理方式、制度氛围、晋升环境都有差异。如欧美企业比较注重个人的创造性与实际能力的发挥，管理氛围相对民主与宽松；以工作业绩为指标进行提职或加薪。日本企业，注重团队合作精神，管理制度非常严格，"年功序列"（即中国的论资排辈）现象非常明显。

所以，认清自己求职的公司的文化背景和组织文化特色，了解这些特点，对你有针对性地选择适合自己的公司非常有帮助，也会帮助你避免许多不必要的失败，从而使成功几率大大增加。

3. 如何应聘外企职位

面对林林总总的招聘广告，你需要做两件事：筛选和分析。筛选即通过观察招聘广告评估企业的实力。一般来说，有实力的外企为寻到一位人才，其招聘广告也不会吝惜投入（当然也非全部如此）；分析就是分析招聘广告的真假和招聘职位的竞争力，自己是不是适合。筛选与分析之后，你还需要在简历的设计与包装、投递形式和投递时间等方面作一定的准备。

4. 外企面试技巧

（1）准时。正规的外资企业都非常重视这一点，它可以间接映射你的人品与工作风格。

（2）重视细节。从踏入大门的那一刻起，你的一举一动也许已经纳入考官的眼界。你与前台小姐的对话，你进入 Office 的姿态、眼神、坐姿等，都反映了你的形象，决定你成功与否。

（3）举止得体。你的举止、开门与关门的动作、与面试官坐立的顺序等，都是面试官评价你的依据。

（4）自信。你是否给人以自信的神态，是否有主见。

（5）谈话礼仪。你抢话吗，注意眼神交流吗，有各种小动作吗，注意说声谢谢吗？

（6）资料准备。你带齐面试官需要的相关的资料了吗，你的简历按照要求准备了吗？

（7）不卑不亢。你是否过分自谦，是否有阿谀之嫌，是否能从容应对。

（8）面试离开时。在你未完全离开公司之前，你的一举一动仍处在考官们的视线之中。

（9）面试之后。写一份简短的、发自你内心的表达感谢的信给面试官。

5. 应聘外企要知己知彼

在面试之前，能够先了解一下你应聘的公司的发展历史、组织结构、主营业务、产品类型和服务理念等，会对你有很大的帮助。如果可能，也尽量搜集一些有关你应聘企业的经营状况及职位方面的信息。这些信息单靠网络等渠道收集是不全面的，建议你可以去向职业顾问咨询，因为那里有你需要的信息。

知己知彼，有备而战，这样才能攻破企业选人和用人的"防线"。职业顾问不仅可以为你提供大量的外企信息，还能帮助你系统深入地了解自己……

（摘自：http：//www.eshangxue.com）

2.9　摆脱求职十字路口的迷茫
——大学生怎样确定就业方向

【导语】

小张，女，重庆人，北京工商大学经济学院 2006 届研究生，会计专业，29 岁。临近毕业，小张开始准备找工作，在此之前，小张对自己的职业没有明确的规划，也不太懂得什么择业策略。面对不同的用人单位，面对自己的专业和爱好兴趣，小张不知所措。更重要的是，在北京寻找一份工作不再是一件很容易的事情，怎样为自己的人生定位，小张一筹莫展。矛盾之中，小

张来到了大学生就业之家中关村招聘会的咨询台前……

【咨询台】

小张：老师您好，请问民营企业、外企、国企用人有什么不同特点？

蒋老师（从她的第一个问题，我就用直觉判断出：作为应届毕业生，她在就业准备上还没有做好。可以说这是所有大学生的通病，他们的社会经验不足，在校期间也没有作职业规划，没有与相关的单位进行过接触，导致了面临毕业时候的迷茫。梳理清楚自己的思绪，我马上把我知道的信息告诉了她）：一般来说，民营企业在创业上与市场紧密相联，它们积极进取，寻找创新之路、进行技术攻坚，具有创业人的风格。外企在用人策略上是相当规范的，很标准，但同时也具有相当的人性化管理体制。国有企业由于本身的性质，在人际关系、人员的协调以及文化影响上都具有历史性因素，也就是说在很多方面是讲政治的。

小张：请问像我学会计专业，选择哪一类企业好？

蒋老师：能具体说说你学的专业吗？

小张：我学会计学专业好几年了，不过一直不大喜欢这个专业。

蒋老师：那你喜欢什么呢？

小张：我一直喜欢文科专业，想去一个大的国际机构工作。

蒋老师：你有这样的工作想法，有没有作过一些相关的准备？

小张：还没有，不知道该怎么迈出第一步。而且是直到毕业的时候，才突然间发现所学专业和兴趣点在找工作时发生了冲突，更加不知道是应该选择自己的兴趣还是选择自己原有的专业去工作了。况且现在北京就业并不容易，我也不知道该如何定位了。

蒋老师：我很理解你内心的矛盾。如果选择自己感兴趣的专业，在工作的过程中难免会遇到比用自己所学专业找工作更大的困难，但是，自己如果不选择自己的兴趣，即使找到了工作，也不太快乐。

小张：老师您太理解我了。谢谢！（小张眼睛含泪）我求职以来受过的气不少，总是得不到理解。

蒋老师：你想找和自己所学专业不相关的工作，就要及时地给自己"充电"，不断完善自己，进而使自己的知识、技能和未来的职业发展、人生发展相联系。当你意识到自己有不足时，不要悲观失望，要及时补充自己、完善自己，才能更好地发展。

小张：明白了，老师，我会好好准备的。谢谢您！

【咨询手记】

小张面临的问题在很多毕业生身上都存在。造成这种现象的原因就是，现在还有很多的学生，在上大学时并没有很好地选择自己的专业；或是家长帮其选择了一个家长认为不错的专业，可是自己的孩子却并不喜欢这个专业。而大学生本身，也缺乏长远的眼光，只看到了短期的学习生活，认为找工作只是毕业以后的事情，没能及早对自己的人生作出很好的规划。到了毕业时突然发现许多问题迎面而来，自己却不知所措。

针对这样的问题，最好的办法就是和他们一起作一下职业测评。根据实际情况，制定一张长远的人生规划表，在规划好的基础上积极地作各种就业的准备，这样就能在求职的时候做到胸有成竹，最终获得理想的职位。

【案例回访】

在老师的指导建议下，经过小张自己的努力，她考上了北京市公务员，也是经济类的。她对这个工作还是比较感兴趣的，也特别感谢蒋老师对她的帮助。

【知识链接】

职业测评——解决职业定位问题

"我不知道自己适合做什么！"——不论什么年龄，大家问咨询师的都是同一个问题。

在个人的职业生涯中，从选择专业开始，找工作、跳槽、晋升，每一步大家都在问：我是什么样的人，我适合什么？现实中，很多人没有通过客观的手段回答这个问题，而是依靠直觉进行决策。这样导致很多人在职业发展上走了弯路，遇到了很多职业困扰，从社会角度上来说，这更是一种人力资源的浪费。

职业心理学家认为，进行职业定位，首先应该从认识自我开始——职业测评是认识自我的一种非常有效的手段。

职业测评是一种了解个人与职业相关的各种心理特质的方法。准确地说，职业测评是一种心理测验，它是通过一系列的科学手段对人的一些基本心理特质（能力素质、个性特点）进行测量与评估。通过评估，分析你的各种特

点，再结合工作的特点，帮助你进行职业选择，这也就是通常意义上说的"人职匹配"。职业测评有两种用途：

（1）服务于企业——帮助企业选人。

（2）服务于个人——帮助个人选职业。

职业测评有效吗？有效，因为它提供的结果非常有用：测评结果是通过比较得出的（职业测评都会有一个大多数人的平均分数，自己的分数与其比较之后会看出差异），有比较才会更加准确，更加客观。测评结果是个人意识到但又说不清楚的特点，不能够系统地描述和分析；平常大家都会对自己有一个感性的认识，但实质上并不明确，也并不一定十分准确。通过职业测评，可能就会发现一个真正的你。测评结果会为你的职业选择提供可依据的信息，帮助指导老师和你更准确地了解自己。在测评结果基础上的专家建议才能更加可信。就如同医生看病之前会给病人做各种检查和化验一样。

职业测评通过什么形式进行？有哪些种类？主要形式是通过纸笔测验的方法，也就是现在大家在网上、书上经常可以看到的"回答一系列问题的测验"。

常见的职业测评的类型主要有五类：

（1）职业兴趣测验——了解个人对职业的兴趣，即"你喜欢做什么"。

（2）职业价值观及动机测验——了解个人在职业发展中重视的价值观以及驱动力，即"你要什么"。

（3）职业能力测验——考察个人的基本或特殊的能力素质，如你的逻辑推理能力、口头表达能力，即"你擅长什么"。

（4）个性测验——考察个人与职业相关的个性特点，即"你是怎样的一个人"。

（5）职业发展评估测验——主要是评估你的求职技巧、职业发展阶段等。

（摘自：大学生就业测评网）

2.10 充分发挥个人优势，积极主动出击
——留学生怎样在国内作好就业准备

【导语】

眼前这位海外归来的学子——小蓝的确很优秀，在北京工业大学读完热能工程本科后，远渡重洋，到加拿大参加了三年金融本科的学习，取得双学

士学位；此后，到英国阿伯丁大学读了一年的金融硕士课程。小蓝的研究方向是投资分析、风险分析。来到就业之家，他不是为能否找到好工作而发愁，而是不知道哪些渠道能够更有效地获得就业信息。外国一般有着很完善的职业咨询服务系统，甚至每个学校的就业部门都有专业的职业策划服务，它们会主动收集用人单位信息，依据专业和就业方向用电子邮件发给适合的学生；如果学生对就业的方向不清楚，可以获得免费的就业指导咨询，包括专门的个性化分析、建议，技术性地修改简历等。回国之后，小蓝迷失了方向，找不到可以获得就业指导的途径，因此来到了我们这里。

【咨询台】

小蓝：老师，您看我现在的问题怎么解决？可能我有些不适应国内的情况。已经回来好久了，但是却找不到合适的招聘信息，感觉信息源太少了。这可以说是个社会发展的问题，难道在国内就没有一个比较完善的职业咨询机构吗？

蒋老师：你的这种感受我很理解，习惯了国外比较完善的体系，突然回到中国可能会有些不适应，这也需要通过时间和自己的努力来平衡。找工作需要自己积极主动地获取信息和寻求服务，相比国外，我们在这一方面的差距还是比较大的。但是经过政府的多年努力，获得就业信息和就业指导的渠道已经很多了，譬如：大学生就业之家、北京人事局人才服务中心和外企人才服务中心等；在各大就业网站和各高校的就业指导网或学生论坛都会有丰富的就业信息和相关的指导与建议；通过在相关行业工作的同学、朋友和家人可能直接由用人单位内部得到消息等。就你学的金融专业而言，还可以有针对性地去财经类招聘网站或中央财经大学之类的财经院校的就业网及时关注最新的就业信息。此外，还可以直接到银行、投资公司等与自己专业对口的单位，通过电话联系或直接上门自荐。

小蓝（紧锁的眉头放松了）：原来国内也有这么多搜集信息的渠道，看来是我以前只知道抱怨信息不多，而没有去实际搜索造成的。

蒋老师：此外，你在择业时首先要尽可能多地了解现有留学生回国就业的相关政策，也可以多渠道地结识一些留学回国人员，借鉴他们的求职经历。

小蓝：对我的择业方向准备，老师有什么建议吗？

蒋老师：对于刚刚毕业的学生来说，在创业开始阶段，可能困难一些，如果选择国内的金融外企，可能更能发挥出你现有的优势，工作性质合适，发展前景也不错。在寻找合适的相关职位时你也可以与有关猎头公司进行联

系，以便获得更专业、更全面和更深入的信息与服务。

小蓝：多谢您的建议，我回去一定把这些再好好考虑考虑，不能只知道埋怨而不知道努力寻找渠道解决问题。

蒋老师：这就对了，年轻人应该充分发挥自己的热情，结合自己的优势，在明确就业方向之后，只要积极主动地寻找，相信你一定会找到一份可以施展自己才学的工作。

【咨询手记】

目前社会上的就业渠道分为社会招聘会，校园招聘，网上招聘，机构招聘，公司内部招聘，在实际操作中，据统计，通过朋友介绍内部招聘的途径最为有效。作为寻找就业机会的同学，要在找工作之前的一段时间开始着手从不同的渠道比如校友、亲戚和朋友等方面开展工作，这样的就职成功率可能会高些，而不要只采用大众化的手段。

【知识链接】

就业前景成为海外留学的"着眼点"

据留学 e 网留学业务部经理杜勋透露，学成归国的留学生切勿"眼高手低"，应该从基层工作做起。"海归"找工作难是由于对自己的希望值太高所致，建议海外归来的才俊从基层做起。由于中国各方面发展迅速，海外归国的留学生一时对国家各方面的信息缺乏了解，需要有一个适应期，脚踏实地地从企业基层做起，了解企业运作的流程，从而会更有利于今后的工作。此外，即将出国的留学生在海外学习时，应多参与社会工作，积累经验。在工作中积累的经验不仅对于今后就业有益，而且学生还可以在工作过程中培养自己分析问题、解决问题的能力。专家提醒：适合自己的专业才是就业的首选。

学生在出国留学前根据自身的实际情况以及兴趣爱好选择适合自己的专业是关键，这会更加有利于未来的就业。据中国驻澳使馆前教育参赞李振平教授表示，如今"海归"、"海待"就业问题凸显，很大的原因就是，学生在出国留学前对自己所选专业以及今后就业的前景没有作很好的规划。

建议学生在出国前，首先根据自身的实际情况以及兴趣爱好选择适合自身发展的专业。由于一些学生和家长对留学的盲目性造成只定位于院校在全球的排名，忽略对专业设置的考虑，而实际上部分海外学府虽然知名度高但有的专业未必是强势。另外，学生在出国前对自己未来就业前景需要作出很好的规划。依据个人选择的专业，规划自己就业的方向以及未来发展的方向，避免归国后出现就业目标不明确的现象。

此外，学生海外"镀金"掌握真本领将是今后就业的有力保障。海外留学生的学历含金量高，但企业在招聘人才时会"好中选优"，更加注重工作能力以及个人素质。建议即将出国留学的学生充分利用好在国外学习的机会，学习到真正的学术知识并积累社会经验，为今后就业打好基础。

（摘自：北京青年报）

2.11　认清个人优势，作好就业定位
——优秀生怎样作就业准备

【导语】

山西人小张，是北京语言文化大学 2006 届毕业生，学的是计算机科学与技术专业。她学习能力很强，英语水平比较好，自己愿意付出努力，不怕辛苦，也闲不住。小张在学校里表现很积极，通过自己的争取，获得了很多实习机会。2005 年 10 月在亚洲教育论坛实习，给外国教育部长做翻译。自己也曾带过旅游参观团，萍水相逢却有很多外国人和自己联系。为人处世方面也很有原则，在学校里学习、人际关系都很好。然而，就是这么一个优秀学生，临近毕业了，却找不到工作。她想去惠普公司或摩托罗拉公司，但屡次被拒绝。小张在网上也投了许多简历，同时还投了华为、联想的海外市场部，然而，都没有得到面试机会。倒是有一些不想去的企业，打电话来让她去面试。

为什么自己这么优秀，那些大型企业却不愿意要她，是自己哪方面做得不够好，还是进那些企业真的是好比登天？带着希望和困惑，小张来到了我们的咨询室。

【咨询台】

蒋老师（赞许地）：听完你的叙述，我的第一感觉就是：你很优秀！真的是应该祝贺你现在取得的成绩。虽然目前的工作还有些似雾里看花，但是你的实力和努力，总会有机会像朵美丽的花明朗起来的。对吗？

小张：谢谢您的赞扬，我都有些不敢相信我的实力有那么强了，也许是这段时间被打击的次数多了吧，自信心不如以前了。

蒋老师：这种情况也是可以理解的，希望你能首先正视自己的能力，保持一份良好的自信心，然后再谈工作的具体细节，好吧。现在，你喜欢什么样的工作？

小张：想做商务助理、对外交流员，最好是能把计算机与英文结合起来的工作。但是每次有邀请面试的回音，都是软件开发方面的，这不是我喜欢做的工作，与人打交道的工作才是我比较擅长的。

蒋老师：看起来你好像对自己的就业方向已经作了决定，那么你是怎样作就业准备的呢？

小张：准备大概一个月了。11月写完简历就陆续投出，参加招聘会投了大概20份，中华英才网、智联招聘都投递过。但一些给我发出面试通知的公司，却不是自己感兴趣的，比如深圳的某公司、软件开发部门等，所以我都没有去参加面试。

蒋老师：能让我看看你的简历吗？

小张：（她很紧张地递给我，就像在接受一家公司的审视一样，然后焦急地等候我的回音）您看怎么样？这可是我费了好大功夫才准备好的！

蒋老师：虽然你的能力很强，但是你的简历可不是像你人一样强。之前你说的喜欢的工作类型与你简历上体现的学习经历、实习机会和自己拥有的能力等，好像有些不一致。你很有营销、市场意识和分析策略方面的才能，同时自己也想创业挑战风险，并且精力充沛，很具有营销人员的特质，但是你的简历中并没有体现出这些内容。也许这就是造成你现在求职过程中出现问题的原因！

小张：经您这么一提醒，好像还真是这样。以前只是把自己在学校里的情况写出来，以为公司需要的就是这些了，看来好像是思路有些偏离了。那么怎么写简历会更好呢？

蒋老师：首先，简历一定要好好构思，把自己求职的目标与自己在简历中展示给用人单位的学识、经历和能力结合起来。让招聘公司感觉你的能力是能够很好地适合求职的工作的。很多优秀的毕业生找不到工作的原因就出在这里。虽然你优秀，但却并不适合用人单位提供的工作，因为毕业生的优秀与用人单位提供的岗位没有联系。其次，站在用人单位的角度思考不同的职位信息，从而有针对性地书写简历。最后，就业面一定要广，不能只想着去一个大的企业和公司，而忽视了发展机遇很好的小公司和小企业。最好针对不同的工作性质写几份侧重点不同的简历，这样会更有针对性。

小张：看来我的确应该多站在用人单位的角度考虑问题，从需求方所需要的展示自己的能力。太感谢您了，我知道自己应该怎样做了。

咨询结束，小张站起来，深深鞠了个躬。然后一路小跑地回去了。

【咨询手记】

与小张的谈话很愉快，因为小张是一个既能积极思考又善于行动的人。只要理清就业准备思路，她会很快找到适合的工作的。在后来的招聘会上，我又见到小张，她说自己重新整理了简历，在这个过程中考虑了自己的优势、特长和兴趣，给自己作了适当的定位。她来招聘会是想更多地了解企业，使自己的职业决策更准确。看着她那么自信地与 HR 交谈着，我为她的成长感到高兴。

其实小张的这种情况在应届毕业生中是很常见的，有很多毕业生在学校里表现很优秀，我们根本想不到他们会找不到工作。可是偏偏就是他们，在找工作时却马失前蹄。这类学生因为在学校里很优秀，也从没有想到过自己会找不到工作，所以在就业准备时就不太认真，对于简历的书写、如何突出自我的优势和自我的了解都不太明确。这样，在求职中难免会遇到一些挫折。

给予他们一些很具体的建议，是必要的。

2.12 打造自己的优势（一）
——非名校学生怎样作就业准备

【导语】

小迟是北京××学院电子信息专业的大三学生，由于学校不是名校，自己又是女生，家长对她的就业前景比较担心，她的母亲崔女士特意打电话到就业之家为女儿进行咨询。

【咨询台】

崔女士：我女儿高考时只因 2 分之差落到了二本，即使这样，由于她有种不服输的心理，所以在学习上非常要强，已经通过了英语六级考试，还取得了几个计算机方面的证书，并在学校做专业项目等。她十分喜欢自己的专业，但就是她的学校不怎么样。

蒋老师：她自己是这样认为的吗？

崔女士：这是我的担心，她好像不像我这样着急。

蒋老师：您的女儿非常让我敬佩，她虽然没考到好学校，但是她能够珍惜学习机会，这么上进。我能理解您对孩子的担心，您主要是考虑到女儿不是名牌大学的学生，怕她将来就业的时候受到影响，可以这样理解吗？

崔女士：是的，听说现在女生不好就业，我就更加担心了，希望您能给我提点建议。

蒋老师：您说的情况在一些行业中确实存在，但也不是那么绝对，我想我们还是应该客观地分析一下您女儿的情况。首先从优势方面来说：学习好、专业热、英语六级、计算机相关证书、实习项目经验、还有北京户口等。

崔女士：这样看来，优势还是占了大多数。

蒋老师：那您担心什么呢？

崔女士：我担心她不是名校进不了名企。

蒋老师：这些您应该多与孩子沟通，她也许应该尽自己最大的努力弄清自己的人生目标是什么，毕业后想从事什么样的工作。有时候我们会被当前的不利因素遮住眼睛，这样只是会陷在消极的情绪里面，进而还会影响前进的动力和勇气。我们作为家长，要帮助孩子看到自己的优势，合理发挥、努力争取自己喜欢的职业；目前，大学生就业比较集中，因此许多外企和一流国企把门槛设得比较高，非名校的毕业生想进名企可能比较困难。这种情况我们家长和毕业生都应作好思想准备，在求职和职业发展上可以采取一些灵活的策略，比如先到一些普通的公司，选择那些条件不是最佳但符合自己发展和学习的单位，避热就冷，一些著名公司看似冷的职位也许更好进入。而且竞争力最主要的是持续学习、自我培训、形成特色，也许有一天转变的机会就会到来。

崔女士：您说得很有道理，我知道该怎么做了，谢谢您！

【咨询手记】

这个案例虽然只是电话咨询，但我们也能从中看出一些问题，崔女士的女儿迟同学条件不错，在就业市场上已经具备了相当的竞争力，但显然崔女士给了女儿过大的压力，太过介入迟同学的学习生活了。家长这样的心情可以理解，但是如果太多地干预孩子的独立成长，把一些无形的压力施于他们，势必会引起一系列的不良反应，比如孩子的反抗或者变得唯唯诺诺等，相信这些也不是家长愿意看到的。所以，父母应该还给孩子一个自己的世界，只是在他们需要的时候给予一定的指导和支持，这样才能锻炼出真正的有能力的人才。

【案例回访】

　　崔女士的"望女成凤"思想影响了她对女儿能力的正确定位，在女儿还是大二学生的时候，就为她未来的就业担忧了，并且认为以后就业形势会很紧张。而自己的女儿不是很乖，比较闹腾，所以她特别担心自己的女儿会处于劣势。但是通过我和崔女士女儿的联系，发现她的女儿对自己的未来很有把握，对自己的职业也很有想法。"皇帝不急太监急"的担忧，使得母女俩之间会经常出现矛盾。

2.13　打造自己的优势（二）
——非主流专业学生怎样作就业准备

【导语】

　　小赵是首都师范大学劳动与就业保障专业的一名毕业生，她已经去过工体、农展馆、教育局等多处招聘会了，也经历过几次面试，但是依然没有找到合适的单位。她也不知道该如何为就业作准备。带着疑问，她来到了就业之家的招聘会现场的咨询台前……

【咨询台】

　　小赵：老师，您好！我是首都师范大学劳动与就业保障专业的学生，在找工作的过程中发现，这个专业现在好像没有什么优势，用人单位不认，您说我现在怎么办呢？

　　蒋老师：你的意思是不是说你的专业在你们学校不是主流专业，找工作的时候没有竞争力？

　　小赵：对，就是这种情况。我可以从哪些方面作些准备呢？

　　蒋老师：你的想法很好，就业前的确应该作相应的准备，这种准备是多方面的，包括了解自己的兴趣和特长、自己的能力，为自己正确定位，有了准确的定位，再了解你要从事的职位的要求，根据这些要求去准备你的求职简历和面试。

　　小赵：我以前倒没有想过这些，只是想到自己的专业出去没优势。现在思路开阔多了。老师就我的专业而言，应该怎样定位呢？

　　蒋老师：就你学习的专业而言，涉及了管理学与经济学、社会学的专业知识，该专业的学生掌握了劳动与社会保障工作的理论知识以及系统的现代管理技术与方法，能在政府部门、政策研究部门和大中型企事业单位工作，因此就业方向是广阔的。接下来，你可以分析哪些学科对自己有优势，在就业时就可以考虑向那些学科靠拢。

小赵：老师您说得太对了，我这就回去给自己定好位，然后有针对性地为求职作准备，谢谢您！

【咨询手记】

小赵的情况代表了大部分非主流专业或是长线专业学生的就业状况。相比较而言，这些专业的学生就业口径较狭窄，就业的难度可能更大。但是这些专业的学生只要自信面对，找准切入点，充分准备，仍然能够成功就业。这次的咨询，我个人说话比较多，小赵主要在倾听。选择这种方式，是因为此刻的小赵是迷茫的，迷失了前进的方向，她更需要明确而具体的建议。如果还让她在这里发表各种对自己、对专业的埋怨，她更会深陷自己为自己设下的泥潭中不可自拔。

2.14　任重道远，重振雄风
——考研失利后的学生怎样作就业准备

【导语】

小张是北京中医药大学中医临床专业 2005 届的毕业生。在校品学兼优，曾多次在几家大医院实习并取得了一些临床经验，经过长期的比较，他选择了考研。就业高峰期诸多用人单位到学校选人他都未动心，一门心思准备考试，但是考研结束了，结果很出人意料，他居然没有考上。即使他处于这种抑郁的状态下，也不得不迅速地投入到找工作的队伍中。令他措手不及的是，就业比考研还难，自己根本不知道该从哪方面入手……

【咨询台】

小张：老师，您好！我原来一心一意复习考研，没有想过找工作的事情，本以为自己考研没问题，但没想到最后还是失利了。最近的心情一直很不好，什么都不想干，但是又不能不干，同学们的工作都已经定得差不多了，只有我还是这个样子，所以也只有硬着头皮找工作了。不找工作还好，觉得很容易，但是一找工作才发现，就业并不比考研轻松。

蒋老师：面对考研失利，你并没有一味地陷在自责和糟糕的心情里，而是马上又投入到找工作中，这是很值得称赞的精神状态。我理解你现在的心情，但是现在的困难是一个必然的阶段，谁也无法逾越，能告诉我你现在遇到什么困难了吗？

小张：谢谢您给我的鼓励，听到这样的话我心里很高兴，也有了信心。但是现在我不知该作哪些就业的准备，感觉很困难。

蒋老师：这是因为你在学校没有系统地接受过就业指导教育，对就业政策、程序和择业策略都缺乏认识，就业准备不足；你曾经心仪的就业单位已经过了招聘期，而目前就业高潮已过，信息贫乏，条件苛刻，让你感到不容易，所以感到没有希望；另外，你还未从考研的状态中转过来，所以目前状态会让你感觉很困难，对吗？

小张：现在您这么一说，心理明白多了。那么我应该怎么做呢？

蒋老师：首先，对于刚经历考研的同学来说，确实有一个心态调整的过程，这需要时间。虽然处在前途攸关的时刻，可能来不及处理考研失利带来的不良情绪，就要继续投入到另一场就业的战斗中，这是一个需要良好的心理承受能力和转换能力的过程，需自己尽快调整。另外，这时候找工作时间上略微不占优势，但也要看到还是有一些单位在招聘的，也有一些考研未通过的同学仍然在找工作，所以不能因此泄气，而且这时要抓紧时间补就业准备的课，比如就业政策、择业策略和信息收集的方法等。像就业政策，你可以问问你们学校就业指导中心的老师，每个学校都在为因考研而耽误学习就业知识的学生开展就业应聘知识培训，信息收集的方法和择业策略可以问现在的同学和已就业的师兄师姐，也可以利用网络等工具来了解。一切都还来得及，不要灰心，只要去做就一定能有收获的。经历了考研的磨炼，更加提高了你的心理素质，这对你找工作更有利，老师相信你的能力！

小张：谢谢老师的鼓励和指导，我现在已经知道自己下一步该做什么了，谢谢您！

【咨询手记】

小张的情况代表了一类大学毕业生的情况。有一部分同学从大三开始决定考研，大四便准备考试，一心扑在考研上，没有想过找工作，所以也没有为找工作作相应的准备。但最后考研却失利了，这时他们不得不投入到找工

作的大潮中。这时他们感到手足无措。首先他们要在心态上迅速地完成适应和转换；另外又要积极地作各种就业准备，补充相应的就业知识。给这样的同学作指导，应从帮助他们调整心态上入手，在此基础上再告诉他们一些就业准备的知识和方法。

与志愿团辅导老师、咨询部的职业指导助理在一起

第3章　择业策略

关于择业策略的话

择业是继高考后又一次重要的人生抉择。我在大学生就业之家近4年的咨询中发现，学生在职业选择中存在着很多困惑。怎样在两个优秀企业中做选择？怎样看待在国企就业？怎样面对多种就业选择？怎样应对市场对职业方向的冲击？女大学生怎样走出择业障碍？民办院校学生怎样认清自己的择业优势？怎样摆脱择业短视造成的就业困境？怎样处理家长与毕业生的就业冲突？怎样选择就业地域？军校毕业生、大龄毕业生怎样择业？这些是困扰大学生职业选择最多的问题。

大学生在择业上由于可选择的太多，反而不知如何是好，进而失去了自我。只有充分分析自己、了解自己、认识自己、把握自己的优势、特质，认识市场与社会的需求，才能在择业中有清楚的定位。否则人云亦云，不但会因为选择不适合自己、干不好工作非常痛苦，还会因选择不适而丧失自己的竞争优势，给今后的发展造成更加不利影响。选择就业方向，需要的不仅是胆量，更要有策略。策略体现的是全局观、整体观，能在众多的选择中抓住重点，抓住有利于自己发展的关键点。

以下是我从众多的咨询中遴选的部分关于大专生、本科生、研究生、在京外籍毕业生、京外院校学生、女生、民办院校毕业生、大龄特殊专业毕业生、军校毕业生在择业策略方面的案例。

3.1　鱼和熊掌不可兼得
　　　　——怎样在两个优秀企业中作选择

【导语】

小敖是北京科技大学2006届的硕士毕业生，学的是计算机专业。和很多在求职过程中失利的人相比，他是幸运的。他的手中攥着两个大企业的准入书：一个是华为集团，各方面条件都不错，但给他解决的是深圳市户口；一个是北京的首信软件公司，给他北京市户口，但其他条件不如华为。

一直以来，小敖的职业理想是去一家能给自己很好发展空间的单位，同时，他又不愿意离开北京，而这样的矛盾，集中在了对两个企业的选择之中。如何抉择呢？小敖陷入了两难境地。焦急之中，他来到大学生就业之家在北京体育师范学院体育场举办的万人招聘会上的咨询台前，求助于蒋老师。

【咨询台】

小敖：老师，我现在面临着一个痛苦的选择，您能帮帮我吗？

蒋老师：是什么让你感到如此难以抉择？

小敖：是这样，我现在拿到了两家公司的 Offer，一家是华为集团，年薪20～30万元，落户深圳，以后还有出国培训的机会，但我也听到一些同学说在那里工作特别累；另一家是首信软件公司，可以给我解决北京市户口，我女朋友也在北京读博士，这样就可以不用两地分开，但这家公司的其他条件不如华为。

蒋老师：这的确是一个比较难抉择的问题。你想去华为，因为那里的发展空间大，但是又怕会比较辛苦；而且如果去了那里，就要和女朋友分居两地，这都是你不愿意的，是吗？但是如果去首信，虽然可以留在北京，与女朋友在一起，但是没有那么好的发展前途，我理解的对吗？两个方面都有吸引你的地方，但也都有一些缺点，不能全面地满足你的需要。

小敖：您说得对，我就是这么想的，您说我该怎么办呢？我现在就想能够尽快作出决定，也好一心一意为工作作准备。

蒋老师：小敖，找工作时你最看重的是什么？

小敖：能不能学到东西，对自己将来的事业发展有没有帮助。

蒋老师：从这个出发点看，你认为哪个工作更适合你呢？

小敖：当然是华为了。这个我也想到了，但是我担心去了深圳，就要和女朋友分开，另外今后孩子不能在北京接受教育。

蒋老师：那有没有什么解决的办法？

小敖：蒋老师，我可以先到华为那边去工作。

蒋老师：看起来你好像已经作了决定，那你是怎样考虑的？

小敖：我目前还没有比去华为集团更好的工作机会，可以先在华为工作，先签一年合同，因为在那里能学习到很多有用的东西，而且待遇丰厚，又可以迅速积累资金和经验。一年以后如果北京有了更好的机会可以再回来发展。

另外，即使我去深圳了，只要女友留在北京，以后孩子想在北京接受教育，是没有多大影响的。反过来，如果不去华为，虽然能解决北京市户口，但没有迅速学习提升的空间，工作也会做得不顺心，也许结果还不如去那边先发展一年。

蒋老师：你在工作选择上考虑的因素较多，但可能没有那么完美的工作，都必须承担一定的风险，要有这种思想准备。我想这个最后决策要由你来定！在详细分析两个工作的利弊时，要摆出优势和劣势，比较分析。对你选择工作的焦点作一排序，如工作机会、出国培训、年薪、户口、家庭和工作轻松程度，在排序中看看哪些是你最看重的。在清醒冷静的情况下作出选择，但这最后的选择可能必须有所取舍。

小敖：虽然您没有帮我作具体的分析，但告诉我的分析方法让我有些清醒了。谢谢蒋老师！

【咨询手记】

这是一个典型的择业案例，很多同学在择业时都会遇到这样的两难选择。两个或多个 Offer 都各有优势，这时该怎么办？他们陷入了痛苦的选择。为了解决这样的难题，不妨拉个平衡单，把各个单位的优势和劣势都列出来，然后再权衡利弊，作出最终的选择。然后想办法弥补已选出的单位的劣势或者个人的利益冲突。

【知识链接】

生涯平衡单

使用说明：

以下各项，根据其对你的重要程度，在"权重"栏目下按 1～5 分打分，重要程度越高分值越高。如果你现在有 2 个以上的职业选择，则对这些选择都进行得分评估，填入"打分"栏目，将打分乘以权重，得出加权得分。最后可以根据各选项加权得分合计，协助你进行决策。

举例：

收入对我来说比较重要，我给收入赋予 4 分的权重。我目前的工作，收入值达到了 5 分，则加权得分为 20。新的工作收入不高，只达到 3 分，则新工作此项的加权得分为 12 分。

考虑因素/选择项目	权重	职业选择 1		职业选择 2		职业选择 3	
		打分	加权得分	打分	加权得分	打分	加权得分
个人物质方面的得失							
1. 收入							
2. 工作的难易程度							
3. 升迁的机会							
4. 工作环境的安全							
5. 休闲的时间							
6. 生活变化							
7. 对健康的影响							
8. 就业机会							
9. 其他							
他人物质方面的得失							
1. 家庭经济							
2. 家庭地位							
3. 与家人相处的时间							
4. 其他							
个人精神方面的得失							
1. 生活方式的改变							
2. 成就感							
3. 自我实现的程度							
4. 兴趣的满足							
5. 挑战性							
6. 社会声望的提高							
7. 其他							
他人精神方面的得失							
1. 父母							
2. 师长							
3. 配偶							
4. 其他							
总分							

3.2 国企，想说爱你不容易
——怎样选择第一份工作

【导语】

曾经，国企的铁饭碗让无数毕业生趋之若鹜，今天，风光不再的国企成了很多毕业生眼中的鸡肋，签了，心有不甘；不签，弃之可惜。签还是不签，再一次成为毕业生小李的两难选择。

小李，男，北京人，北京某学院2006届毕业生，市政管理专业，大专。临近毕业，他在学校的推荐下到某国营建筑企业实习。一个月后，单位领导觉得小李表现不错，专业也对口，提出和他签约。小李本人却不大乐意，一是他不太喜欢这个单位，觉得这里的人员素质差，工作环境不好。周围的同事都是些施工人员，整天抽烟喝酒，这让刚出校门的小李很不适应。更重要的是，小李觉得在这样一个国企没什么发展前途，薪水不高，并且一签就是五年，跳槽还得付违约金。还不如一开始就找个心仪的工作，比如一些外企，起点高，今后发展也容易些。另外，小李更希望从事和计算机行业相关的工作，哪怕是中小企业也行。但学校的指导老师认为这是个好机会，劝小李赶快签。小李却觉得老师只是为了完成学校的就业任务，没有从他的角度考虑问题。他不想签，但是又怕失去这个机会。矛盾之中小李来到了大学生就业之家。

【咨询台】

由于小李未提前预约，他来咨询的那天我刚好去医院看病了，但是他说第二天就要决定了，和妈妈坚持要当天咨询，就在医院一直等到我出来。我看完病已经是中午了，我们都还没吃饭，于是我们就来到医院附近的一个小饭馆。在饭桌上，我与小李分析了签还是不签的利弊。

1. 如果签

从小李讲述的情况来看，如果签了这家国营企业，他一进去就可以做技术质量管理工作，对于一个大专生来说，这样的工作起点是比较高的。这说明单位急需他这样的人才，领导非常重视他，这对他未来的发展非常有利。如果踏实肯干，可以补修所喜欢的计算机技术，在工作中发挥特长，成为有特色的人才，更受重视。因此，如果签，就要考虑到国营企业工作是个机会，看重的是可以发挥专业特长，领导重视，有发展机遇，那么就是解决适应环境的问题了。任何企业都不会那么理想，都有不尽如人意的地方。

但签的话，期限是五年，这又涉及一个时间成本的问题。如果小李带着抵触情绪签约，今后工作起来也不会全心投入，可能五年的时间就浪费掉了，而且，一旦中途违约，将要交一笔违约金，这笔违约金对家庭条件不太好的小李来说不是个小数目。

2. 如果不签

首先，如果真正是来自内心的兴趣而致，小李有可能在其他企业找到自己感兴趣的工作。比如小李想从事的计算机行业，发展迅速，对相关人才的需求也非常旺盛，但竞争也很激烈，问题在于目前小李应聘此行业并没有技术上的优势，即使进入这一行业的小公司，也只能从事销售或服务工作，最好在作决策前对这样的公司做些了解。如果要从事差距较大的工作，需要恶补技术知识，承担挑战风险。

其次，从招聘时期来说，4 月份已经是企业招聘应届毕业生的晚期，大多数单位该招的都招满了，再去找好单位，也比较困难。现在不签，将错失招聘的最佳时间。

再次，小李的家庭条件不是很好。父亲长年生病，母亲退休在家，生活负担很重。小李的工作不仅关系到他一个人的职业前景，更关系到一个家庭的生存问题。从这个角度来讲，先就业解决生存问题是当务之急。

那天我们就这点谈了很多，这期间我从各个角度与小李分析了签与不签的利弊。回到就业之家，我根据小李的要求给他作了"人职匹配"测评。测评结果显示：小李是一个非常朴实的孩子，踏实、有责任心、人际关系也非常好。这样的性格在国企还是比较适合的。

【咨询手记】

客观地说，小李的这种矛盾在很多毕业生身上都存在。造成这种状况的最大原因，是他们的就业期望和社会现实之间的差距过大，缺乏明确的职业定位。常言道"人往高处走"，刚出校门的大学生一般对于未来的职业发展有着较高的目标，但关键是要结合目前的客观环境以及自身条件综合考虑。

因此，我最终给小李的建议是：想找到有激情的工作环境，一定要知道自己喜欢什么，不喜欢什么。一般年轻的刚毕业的大学生可能比较喜欢一个开放的环境，在聪明开朗的老板领导下，做着新鲜的、有创意的工作，每天都有成长，可以保持一颗好奇之心，不断尝试新东西。无论在国企从事专业工作还是到中小企业做计算机方向的工作，对于大学毕业生来说第一份工作的首要任务是接受训练、是学习。因此选择第一份工作要看这个职业，从做人做事等方面给自己补充营养，学到东西；要看是否能用上所学的专业知识；是否有兴趣从事这份工作。毕业生就业，不一定要挑一个待遇很好的公司，而是选一个企业文化好、教育好、可以学习很多工作技能、有很多培训机制的公司。以外企、高薪作为求职目标，对一个刚毕业的学生而言是不合适的，要看自己的综合条件是否适合，不要只看待遇和职衔，要挑一个能够学习，能够做事，真正能让自己成长的环境。当你意识到自己目前只是一头驴，因此安下心来，静静地耕耘积累，终有一天你会变成一匹飞奔的骏马，在职场上肆意驰骋，一往无前。

3.3 签约国企是鸡肋还是机会
——怎样积极应聘国营企业

【导语】

为更有效地了解和帮助用人单位选择毕业生，我结合企业代理招聘展开了职业咨询。这次是大学生就业之家为一家国有企业进行招聘。该单位的要求是：男性、党员、理工学科应届本科毕业、京外户口、英语能力好、形象好、主要从事外贸工作，试用期岗位工资 800 元。

在对用人单位进行了详细了解之后，我向清华大学、北京航空航天大学、北京理工大学、北京工商大学、北京化工大学等发出通知。

6 月 1 日是招聘的日子，然而当天来人并不多。

小岑是北京化工大学国贸专业的毕业生，来自浙江，他很兴奋地来到这里。因为现在已经过了寻找工作的最佳时期，学校里很多同专业同学都找到了理想的工作，如三星、雀巢、卡夫食品、精英公司等，还有的出了国。为了不再错过工作机会，他来到了就业中心应聘，寻求老师的帮助。

【咨询台】

小岑：找过的工作真是不少，但总因为这样那样的原因最终与它失之交臂，我来就业之家想和老师谈谈自己的情况。我很愿意从事外贸行业的工作，因此这次机会对我很重要。老师，您能帮帮我吗？（小岑的声音带着江浙一带的口音）

蒋老师：能告诉我你都找过些什么工作吗？

小岑：我曾应聘过富士通公司，但没有通过面试，主要原因是缺乏专业知识和理工背景；去过金远程科贸中心应聘，主要工作是负责电脑操作和管理进出货，但是因为该企业要求马上开始上班，我的时间却排不开，所以没有接受这个工作；还有一些单位我已经实习过一段时间，但是发现并不是自己喜欢做的工作，所以最后并未与实习公司签就业协议。

蒋老师：看来你的确有过不少应聘工作的经历和经验，那么你对这次应聘单位的条件了解多少？你觉得自己的优势在哪里？

小岑：我英语成绩特别好，通过了英语六级，在学校能与外教自如交流，能流利地使用英语应对生活中的事务，比如帮助外教修电脑等。我们学校开设了可获得国际商贸证书的课程，课程采取全英文授课的形式，是我们学校的特色，我学习了这一课程，收获很多。大学四年学习成绩良好；在人际交往方面，我的能力比较强，曾在学校担任宣传委员，组织过郊游等活动；还做过销售方面的兼职；大三时被评为优秀团员，大四被评为优秀团干部。

蒋老师：很好啊。学校里面的优秀表现，是你很重要的一笔财富。

小岑：这次能不能抓住机会，我心里现在也是七上八下的，真的很希望能够得到这份工作（他脸上是坚定的，但也带着一丝疑惑）。

蒋老师：那你对这个单位给的工资，有什么想法吗？

小岑：我看中的是机会，是单位能给予的展示自身能力的舞台和发展前景。虽然暂时的工资比较低，但我想凭着我自身的能力，应该会很快有所改善的。

（这天来应聘的学生之所以不多，一是有些学生不符合用人单位要求，二是有些学生看到试用期 800 元不屑一顾，像小岑能前来应聘确实是对他心态和求职目标的一个考验。其实我很了解这家国营企业，本身是中央企业，效益非常好，试用期 800 元只是他考验学生的一个重要条件，就是要从其中选拔那些真正看重发展和有眼光、踏实肯干的学生。就看谁能接住这个天上掉下的馅饼！为了帮助小岑通过应聘，我必须清楚他到底是怎样想的）

蒋老师：你怎样看待应聘国营企业？

小岑：我在网上了解了这家企业，它是中央企业，很早就进行了市场机制改革，既是国家基础行业，又有广阔的市场，非常有实力。在您介绍该企业的具体情况时，我注意到他们非常需要毕业生，主要是配合处长开展外贸工作，说明用人单位急需要人，这样对我来说是个非常难得的机会，我即可在领导的亲自带领下学到很多东西，发挥我的专业特长，又可与企业共同成长。我来自浙江小镇，我知道父辈们艰苦创业的过程，我能应聘到国营大型企业做外贸已经是非常幸运了，在试用期给出的 800 元，我相信工资收入会随着事业的做大和我的努力而改变的。

（我真为小岑高兴，也为这家企业高兴）

蒋老师：你对自己作了认真的分析，对用人单位也作了必要的了解，那么你是否有信心应聘了？

小岑：是的，我现在很有信心了。但是我还有些顾虑，如何在面试的时候把这种心理展现出来呢？怎么能让他们感觉到我就是那个要找的人呢？

蒋老师：那咱们就来看看如何在面试中展现自己吧。如果要想面试成功，你首先还需要多了解这家企业，如业务内容、企业文化，了解一些对你而言相对薄弱的关于钢铁设备贸易的流程和特点，要明确地表明自己对这份工作的喜欢和付出，让招聘单位感觉到一种工作的热情。面试时着重突出自己的优势，要尽量全面，包括自己的英语能力、专业背景、交际能力和政治背景等，着重介绍用人单位关心的问题。

（另外在与小岑的交谈中我发现他有些小毛病，这可能对应聘和今后工作都会有影响，我及时提醒他要注意坐姿、眼神的配合，讲话声音大一点，语速尽量放慢，弥补自己普通话稍差的缺陷等）

小岑：今天的谈话对我帮助太大了，我想我得马上行动了。谢谢老师！

【案例回访】

我们的咨询便成了面试和就业指导。过后我向用人单位推荐了小岑。小岑以他朴实的心态和认真的专业准备通过了人事部门、业务部门和总经理的面试，最终被录用了。

三个月之后，蒋老师对小岑作了一次回访。回访中得知：小岑已经转正，现在是助理经济师，工资提到了 3 000 元左右，各方面的福利待遇都出人意料的好。

小岑感慨地说："单位的工作环境很好，人文氛围也好，同事关系融洽，领导特别照顾我，经常亲自教导、培养我，给我很多机会。因为工作与专业很对口，学习很多在学校根本学不到的东西，感觉业务水平提高很快，现在正努力开拓新的客户，对于各方面都很满意。"小岑透露说他刚来时有形收入也不止 800 元，更何况无形的，总之他感到自己各方面收获很大。

【咨询手记】

与小岑的交谈使我感到，大学生对于工作的接受和适应心态不同，结果会是不同的。

只有以满意的心态去接受一份工作，以满意的心态去履行一份责任，以满意的心态去对待周围的事物，才最终能得到用人单位的满意，更使自己满意于这样一种工作的状态，受益最大的无疑是自己。只要是我们的心态正确，也可以把鸡肋嚼得津津有味，何况它不是鸡肋，而是天大的机会，只是有些人没接住。

【知识链接】

明确五大利益象限

中国的社会处在重要的转型变化中：由计划经济转向"有中国特色的市场经济"。这个过程是一个利益格局的重新分配过程。在就业市场上，我们可以按大的方面对各种利益单位归类如下：

（1）公务员（含事业单位）。

（2）垄断行业国企。

（3）竞争行业国企。

（4）外企。

（5）民营企业。

差不多所有的利益单位都可以在上述归类中找到位置。首先你要明白的是，这不是理论研究，这和你未来的事业、收入、地位、家庭都有直接的关系。你首先要明白的是，在招聘会上准备招聘你的这个公司（单位）到底是属于哪个象限，不同的象限拥有的力量和资源是不一样的。这导致在不同的象限就业获得收入的能力也大不一样。在你选择公司之前，一定要清楚地了解这些。

在目前的中国，社会资源高度集中在少数公务员（即官员）以及垄断国企的手中。但是不同的地区，由于社会财富水平不一样，因此公务员集团的收入相差是很大的。虽然国家规定的工资待遇大家都一样，但是广东、华东一带公务员的实际年收入非常可观，这样你就不难理解为什么你的同龄人有那么多人在报考公务员了。实际上，即使在经济欠发达地区，公务员在当地人群中仍然属于高收入群体。

看一看国企的情况。一说到国企，很多人马上就想到下岗，这种观念也是错误的。首先，解雇员工并不是国企独有，大量的私企每年都在大量解雇员工，并没有给他们任何补偿和"安置"。同时，也不是任何国企都效益不好，都需要下岗。我们看利益格局，首先要看谁拥有力量和资源，谁拥有政府力量和行业垄断的权力，这些单位想效益不好都难。这不是以国企还是私企来简单划分的。例如中国移动、电信、银行、石油，这些垄断性行业中的大国企，个个效益好；而那些国家已经"完全放开"了的竞争行业的国企，几乎都是亏损的。总之，在当前阶段垄断国企是一个非常强势的高收入集团。

再来看一下外企的情况。外资企业主要是依靠资金力量、和政府的关系以及高水平管理在做事情，可以说是中国第一批真正的企业。由于能够跨国经营的外企一般实力都比较雄厚，因此外企是一个非常强大的利益单位，也是就业的高收入单位。注意，那些中国人海外注册弄的假外企不算，台湾、香港企业算民企。

最后来看民企的情况。民企仍然不占中国经济的主体，他们在政府力量和占有资源上都相对比较弱。在完全竞争的行业，主要是进去得比较早的一批民企做得较大，拥有一定的力量，而大部分的民企只能在充分市场竞争中生存。

（摘自：http://hi.baidu.com）

3.4　识时务者为俊杰
——怎样面对多种就业选择

【导语】

小威，今年23岁，家住黑龙江，是哈尔滨理工大学应用物理专业的本科毕业生。他参加了2006年研究生考试，但是没有考中，他说自己不喜欢技术类专业，喜欢唱歌、做主持。他在黑龙江参加了主持大赛，很可惜没能拿到冠军，同时他在黑龙江考了主持人，但是也没能通过。在大学里，他担任过班长，也在学生会工作过，有丰富的社会实践经验，学校里大的比赛、大的活动都参加过，在学校外面多次策划过商务汇演。他觉得自己好像什么都能干又不知从什么干起，带着这样的问题，他走到招聘会咨询台前。

【咨询台】

小威：理科类的东西我都会，可是我的兴趣点并不在所学专业上面，在哈尔滨谋到四个职位，自己都觉得不理想，因为都是技术类的工作。如果到企业我喜欢做市场企划等社会性层面的工作，希望自己可以进入大的知名企业，尤其是大的外企。这次只身来到北京，就是希望有展现自己的机会，希望通过自己的努力，今后会有所发展。

蒋老师：你对北京对就业市场了解吗？

小威：因为初来北京，所以对其就业状况、就业市场都不是太了解，我前天还误走到劳动力市场求职呢（他不好意思地笑了）。

蒋老师：这没有错，所有的市场都对大学生开放，从不熟悉到熟悉，这才是正常的顺序。不过你是否有心理准备，你感觉北京的竞争压力是否比外地更大一些？

小威：嗯，这个我知道，可是我真的很想在这里发展。我认为自己很有演艺方面的天赋，凭着以前的一些经验，还想往这一方面发展，自己也曾想过参加选秀比赛，或在酒吧里做歌手。

蒋老师：如果能找到一个可以充分展示自己能力，发挥优势的工作，那是最好的。有没有想过演艺方面的发展与空间？

小威：想过，这样的职业不稳定，始终是漂泊的。我也明白，现在最需要考虑的，是为自己的生存打下基础，这样之后，再考虑自己的职业兴趣。

蒋老师：但是先就业并不等于盲目的找到工作就算，而是应该为自己的将来发展作一些铺垫，从而能够实现最终的理想。

小威：是啊，现在许多人确实存在误区，但是我还是比较清楚地认识到了这一点。我认为最理想的职业还是做媒体。在校期间，我通过了英语六级考试，计算机方面也拿了不少证书，而且还有挺多的社会经验，总觉得优势是有的，可是家人、亲戚和朋友都告诉我心不要太高、太漂。

蒋老师：你参加了很多大赛，也有很多获奖，你是有能力的，凭借这些优势，你可以进行很多尝试。但是家人的提醒也要考虑，从低层起步也是比较好的选择，总要有落脚点，逐步实现理想。

小威：老师您说的对，我在招聘会上已经得到了深刻感受。也许我的心以前是有些浮，但是从今天以后我会踏实地认识自己，踏实地找工作。

【咨询手记】

小威这样的一个求职群体，他们有着某一方面的特殊天赋或能力，所以对自己的期望值很高，而这与现实的就业市场往往会有矛盾。这时候，就要

尽量引导其认清大的就业环境，结合自身特色，先从最基本的工作做起，逐渐发展。

【知识链接】

"先就业再择业"冲击"爱岗敬业"

"先就业再择业"就业观念得到多数学校和就业指导者的认可，首先是就业高峰的形势激发了学生找工作的热情，与学生求职心密切相关。

就业率和招生人数部分挂钩，就业不好的专业面将限制招生人数，学校的就业率要求在80%～90%，这带给学校的压力不小。原来，学生要是不急就业，学校的麻烦就随之而来。如此，"先就业再择业"便成为学校的"教育内容"了。

招聘单位欢迎信奉"先就业再择业"的毕业生吗？显然不是，绝大多数用人单位不只是需要硬件达标的毕业生，更需要爱岗敬业的毕业生，并不欢迎那些这山望着那山高、吃在碗里看着锅里、不安心工作的人。除非是先弄几个人顶顶事的单位，他们也会持"先招人再选人"的观点，那毕业生日后的工作与待遇岂不有点悬？爱岗敬业是用人单位的基本要求，当这种文化受到就业观念的冲击时，用人单位必然会放弃没有爱岗敬业的人。从许多招聘单位的用人理念看，跳槽频繁的人并不受欢迎，这就从源头证明了"先就业再择业"这一观念的错误。

事实上，对毕业生、对用人单位，先就业再择业的观念存在的弊端都不少。毕业生盲目开始职业生涯，中间又仓促"跳槽"，不但工作中精力分散、情绪波动，也不利于个人事业的长期发展；再说，用人单位白白为其他单位培养了人才，可谓赔了夫人又折兵，日后可能就不再愿意招应届毕业生，而增加工作经验、工作年龄等不利大学生就业的条件。这么看，"先就业再择业"倒成了毕业生就业障碍一个根源，也成了企业招聘的一块挥之不去的心病。

现在，越来越多的毕业生不再"病急乱投医"，说明他们的就业观念日趋成熟，这是就业市场成熟的标志之一。这有利于为将来爱岗敬业打下坚实的基础，对用人单位和个人长期发展都是两利之举。那么，学校就别再因为自身利益而强调、催促毕业生迅速就业，要用科学的负责任的态度去尊重并引导学生；相关教育主管部门需要从现实出发，不要用就业率死卡大学招生，更多地考虑到毕业生的利益，多方调研考察学校的教育成效再确定招生等指标。这些都必将有利于培育毕业生的爱岗敬业精神，促进毕业生和谐就业局面的到来。

（摘自：就业时报）

3.5 矛盾中的定位
——毕业生怎样应对市场对职业方向的冲击

【导语】

某学生是文博专业 2005 届的毕业生，来到大学生就业之家时，他忧心忡忡。

从交谈中，我了解到他很清楚自己的就业方向——博物馆类文化旅游单位，可是，他说博物馆的工作气氛让他感到害怕，他担心自己会因为过于沉闷而陷入痛苦，因此考虑过做销售、做保险、去教书、做计算机动画，甚至通过考研，开辟新学习的领域等。然而再三考虑之后，他又发现自己有种种不适合做这些工作的因素。此时，女朋友已工作半年，对自己也造成了压力，因此非常焦虑不知该做什么工作最好。有合适的工作不愿做，想做的工作又做不来，重重的矛盾把他压得喘不过气来。最近经朋友介绍他到一家公司做销售，但越干越痛苦，深感失落。

【咨询台】

在对他的基本情况有了了解之后，我对他进行了一番分析，发现他有这样一些问题需要解决。

（1）对自己的特点、优势、性格、兴趣、人职匹配情况不了解。

（2）对职业或用人单位情况缺乏全面认识。

（3）心态浮躁，不知自己到底想要什么。

我们共同探讨了怎样解决这样的问题，得出结论如下：

（1）通过讨论和测评，分析个人情况，加深对自己的了解，对适合做什么类型的职业有清醒的认识。

（2）通过走访、上网，或通过招聘会与用人单位沟通，调查了解用人单位在市场经济条件下的运作模式与用人要求，调整转变自己的择业心态。

（3）少一分浮躁，多一分踏实。

【咨询手记】

　　大学生在择业上由于可选择的太多，反而不知什么好，进而失去了自我。只有在充分分析自己，了解自己，认识自己，把握自己的优势、特质，认识市场社会的需求的前提下，才能在择业中有清楚的定位。否则，人云亦云，什么挣钱干什么。不但因不适合而干不好工作，非常痛苦，还会因选择不适而丧失自己的竞争优势，为今后的发展造成更加不利的影响。因此在指导大学生择业的时候，应尽量帮助其在择业之前应克服盲目心理，先作职业规划，作好必要分析研究。

3.6　退一步海阔天空
——女大学生怎样走出就业障碍

【导语】

　　小徐是某大学计算机信息管理专业 2005 届的毕业生，她非常喜欢自己的专业，愿意并打算将来从事信息技术方面的工作。但是像许多学生一样，她也想在北京找适合自己专业的工作，借此留在北京。但是在就业求职的过程中，她却碰到了许多几乎无法克服的障碍。很多企业在招聘中明确要求要男生，或是有工作经验的求职者。小徐自己并不是名牌大学的毕业生，又是女生，几乎不被那些比较好的企业所考虑。即使勉强找到了工作，也得改行做一些文秘类的工作，而这并不是她所想要的工作。

　　为此，小徐在大学生就业之家招聘会的职业指导咨询台前，向指导老师诉说了她的苦恼。

【咨询台】

　　小徐：老师，您看我这个情况，真的是很难，难道女生就没有机会了吗？（她眼神流露出的是一种无奈）

　　蒋老师：小徐，我们先不着急下结论。很多女生对于 IT 的编程与架构都觉得是一个很枯燥的事情，我想知道你怎么看（很多学生选专业时其实比较盲目，而学完以后又'不得不'从事这个专业，从而启动了职业生涯的失败之路，因此，要确定职业生涯一个方向，是所有问题的基础）。

　　小徐：我非常喜欢我的专业，因为从小就喜欢数学，也爱动手，上学的时候对于专业课特别有兴趣，还到一个公司给他们开发了一个系统，现在还用呢（她说这些的时候，神采又飞扬起来）。

蒋老师：你对自己的爱好和专业兴趣都很清晰。你认为这对你以后的就业和发展很关键吗（分析了小徐的情况后，我认为她的目标是明确的，是要从事自己的专业方向，做信息技术的工作，既然有了明确的目标，是否可以坚持自己的职业目标）？

小徐：可现在的单位都不要我这样的，又是女生，又不是名牌学校，要也只能做些文秘什么的，我也不喜欢啊。

蒋老师：如果你明确了自己的职业方向，那么，对于选工作的其他的因素，比如收入、地点、公司环境等，你怎么考虑啊？

小徐：我刚开始工作，其他的要求不是很高，只要做我喜欢的工作就行，地点当然是北京。

蒋老师：为什么地点一定要在北京（问这个问题的时候，我看她愣了一会儿，这时，我意识到也许小徐对北京的钟爱，可能会在一定程度上限制了她的择业）？

小徐：好像我们同学都在北京，北京机会也比较多吧，以后的个人生活也许会好些（我想引导小徐在就业策略上不妨放宽眼界，不仅仅局限在北京）。

蒋老师：看来这个问题你要回去认真思考，再了解一下。现在很多外省市地区的规模大、效益好、声誉显著的企业也非常需要信息管理类的专业人才，在那里你同样能够找到自己心仪的工作，而且发展机会、工资待遇水平和北京相比不会有什么差别，甚至可能更好。你觉得怎样呢？

小徐：嗯，其实我也曾想过去外地，只是没有作为首选。看样子，我的问题不是女生就业难，而是自己的思想没放开。

【案例回访】

过了一段时间，小徐来电话说，那次咨询回去后她重新确定了自己的求职策略，积极在其他省市寻找合适的就业机会，现在已经签约深圳，在深圳华为集团旗下的一家商务公司做计算机研发工作。她话语中表达出难以抑制的兴奋心情和对工作的满意感。电话这头，我早就笑开了。得知学生找到自己喜欢的好工作时，总是我最开心的时候。

【咨询手记】

此案例表面上反映了女生就业难的问题，但其实是一个职业心态和就业策略问题。对于一个职业目标很清楚明确的大学生，仅仅知道自己想要的是什么还远远不够。为实现自己的职业目标而努力，要学会从战略的角度来长远规划而不能把自己局限起来，而如果策略上出现了狭隘的偏差，会出现"在成功路上的失败"的危险。指导老师对其进行观念上的调整，使她最终明确了方向，走出自己设下的狭小范围，最终找到自己的理想职业。

3.7　优势在于发挥
——民办院校学生怎样认清自己的择业优势

【导语】

小宋是某民办院校计算机专业的毕业生，在母亲的陪同下，他来到就业之家寻找工作。该学生虽然学的是计算机专业，却不愿搞研发，觉得单调枯燥，喜欢搞市场做营销，也喜欢做行政，譬如办公室工作也可以。虽然他有自己的想法，但是职业方向是模糊的，并不能确定做什么好，更感慨于自己的民办院校背景，认为这是自己找不到工作最大的障碍。

他说："用人单位一看到'民办'二字，一般就不会接着往下看简历了。没想到就业这么难啊！"

【咨询台】

小宋母亲：蒋老师，您好！您这儿能不能帮孩子找份工作啊？他现在的就业信心特别不足，只是去过几次招聘会，没有成功就再也不想去找了。说自己的学校太不好，人家根本看不上什么的，真是急死我了。

蒋老师：作为家长千辛万苦培养了一名大学生，毕业了找不着工作，这确实是非常焦心的事。让我和小宋谈谈，了解一下他是怎么想的，好吗？

小宋母亲：好吧，您和他聊，毕竟他是当事人。

蒋老师：那么小宋，愿意跟我谈谈就业的事情吗？

小宋：嗯。其实我也着急，但是现实就是这样，民办学校的学生人家招聘公司根本不要，所以去了也是白去，还受打击，何苦呢？

蒋老师：（从小宋的语言和神态上感觉，他自己目前正处于灰心丧气的阶段，帮助他看到自己的优势，鼓起勇气是我今天咨询的重点）你说的也有一定的道理，但是我想知道你周围其他的同学怎样？他们有找到工作的吗？

小宋：有，一些同学已经开始到单位实习了。好像他们到招聘会找工作的很少，大部分是自己到一些中小企业应聘。

蒋老师：能够通过自荐找到工作你认为他们这样是一种成功求职的有效方法吗？他们凭什么能够赢得用人单位的认可？

小宋：我听上几届同学说好像很难找，也是换了几个工作才能稳定下来。

蒋老师：为什么最后就能稳定下来呢？

小宋：先找一家愿意接受的公司干一段时间，练了本事，学习相关知识、接待客户，学习销售公关技术，最后自己有工作能力了，觉得原单位可以干就留下，否则就再换个地方。

蒋老师：你们学校有同学就业后干的很突出，让你佩服的吗？你觉得他们的特点和优势是什么？

小宋：好像他们开始的工资也不高，但比公办学校的学生务实，能吃苦，思想不拘束。

蒋老师：还有呢？

小宋：不讲面子，什么都能干，别人不愿干、干不了的他们都能干。

蒋老师：那你觉得用人单位喜欢和需要这样的人才吗？

小宋：啊，我知道了，其实我们民办学生也有自己的优势，可以通过自己的努力，在很多地方找到工作。要想别人看得起，自己要做得好。

【咨询手记】

高校毕业生大潮中，有一个特殊的群体就是民办院校的学生，他们的就业道路更加艰难。但很多人却能在就业选择、职业适应、创业发展上做出令人出乎意料的成绩。正是他们踏实肯干、吃苦务实的精神使他们在就业中找到了自己的开始，以他们的谦卑努力的工作态度被用人单位和周围同事认可，达到工作适应，然后又以数年的坚韧执著获得行业资深经验，从而为自己的创业做了全面的积累。踏实、务实、勤奋、谦卑正是民办大学生就业的优势。

【知识链接】

民办高校毕业生就业以何取胜

有预测表明，2007 年全国普通高校毕业生人数将达到 495 万，比 2006 年增加了 82 万。面临着越来越严峻的就业形势，大学生应该怎样调整心态，适应当前的就业压力，越来越多的民办院校的毕业生和公办大学的毕业生是否具有同等的竞争力？用人单位又需要怎样的人才？应该怀着怎样的心态去找工作？这都是当前毕业生们最关心的问题。就此，12月2日和3日记者分别走访了北京国际展览馆和北京展览馆的两次大型招聘会，采访了部分用人单位和专家，以期用他们的角度透视备受关注的就业问题。

优势：勤奋努力、心态平和。

"在人才的选拔上，我们公司一视同仁，不管他来自公办学校，甚至是名牌大学，还是来自民办院校，我们都同等对待，学历背景并不是我们参考的主要指标，我们往往更看中实际的能力、综合素质。很多名牌大学的大学生反而眼高手低，其实踏实的人更受欢迎。" Best seller Fashion Group（TianJin）CO. LTD 公司（旗下品牌包括：ON–LY，Vero Moda，Jack&Jones）的人力资源负责人姜女士这样阐述他们公司的用人观。

"现在我们公司的很多中层干部都来自普通高校或是民办院校"，时代集团的销售副总周先生说，"我们公司主要看中的是能力和经历，往往民办学校的毕业生心态好，肯踏实地从基础做起，他们对自己的期望值更为现实，这就使得他们在工作上有更强的稳定性，也就会有较高的可塑性。"

用友邦保险的一位销售主任周先生的话说，现在刚毕业的大学生阅历较浅还比较主观。"心态浮躁、盲目自信，对自己没有一个准确的定位，尤其像营销一类的工作，并不需要深厚的学历背景，要的是踏踏实实、吃苦耐劳的精神。无论来自怎样的学校，心态是很重要的，往往是决定今后职业成败的关键。"

瓶颈：专业性、派遣证。

"我们只能招收公办院校毕业的大学生，这是公司的统一要求"，某软件股份有限公司负责招聘的雷女士说，"我们更加信赖公办大学的毕业生，他们的专业知识系统、丰富。"

北京市怀柔区中医医院的招聘负责人王女士告诉记者："中医医院招聘的专业都比较特殊，面对的大专院校都比较有针对性，民办院校很少有这类专业；而且医院是事业单位，毕业生必须要有派遣证才能予以接收，即使是医院招聘会计也得有派遣证和会计师资格证。"

"在专业性很强的领域，公办大学的毕业生竞争优势是很明显的，我们需要经过专业上长期系统培训的人才"，瑞萨科技株式会社半导体（北京）有限公司的招聘负责人说，"只招收公办大学的毕业生，一方面是我们招聘的专业民办大学没有，另一方面就是看重了他们的专业背景和他们更强的专业性、更扎实的基础知识。"

　　智联招聘的顾问邓蝉分析现在就业市场的现状时，这样谈到："现在国企、外企大部分只招收公办大学尤其是名牌大学的毕业生，因为他们不太认可民办院校，但是民办院校培养出来的优秀技工、高级蓝领在市场上很抢手。一些企业更看中员工的应变能力、动手能力，民办院校出来的学生在这些方面是强势。所以毕业生找工作应该找准定位、发挥特长。"

　　发挥优势解决就业。

　　目前高校毕业生就业出现困难的最主要原因是学生的期望值过高，与人才需求之间形成落差，以及学校的教育模式、内容等与社会经济发展，特别是产业结构调整变化不相适应，致使部分毕业生偏离劳动力市场需求，不能很快实现就业，从而产生了就业的结构性矛盾。

　　有业内人士分析，面对激烈的就业市场，民办院校应该充分发挥以下几点优势：①灵活的办学机制和面向市场的就业导向，随时调整专业设置，也可以根据市场需求的变化随时改变各专业招生人数的比例。②民办院校的学生就业心态通常都更加务实，就业选择也更加多样化，忠诚度也较高。在《中国民办高校毕业生就业现状调查报告》中显示，有 48.05% 的人选择进入私营企业，只有 36% 的毕业生有过跳槽经历。③民办院校定位于以培养技术人才为主，其毕业生具有相对较强的实际操作意识。④民办高校可以依靠学校和用人单位建立的合作关系，实行推荐就业。把毕业生顺利推荐就业，也是民办高校吸引学生、不断提高办学质量，进而形成良性循环的关键手段。

（摘自：中国工商时报）

3.8　急功近利，错失良机
——怎样摆脱择业短视造成的就业困境

【导语】

　　小李是某高校国贸专业的毕业生，特困生背景，个人素质、各项条件均符合用人单位的要求，诚实、能吃苦，专业对口，有外贸公司工作经验。于是就业之家找到了小李，准备推荐他去应聘，该企业效益好，待遇高，急需人才，处长亲自带培，机会难得。但是小李对此犹豫不决，对国营企业的待遇薪酬等问题产生顾虑，同时又寻找到其他外企的工作机会，想快点挣钱补贴家用，赡养父母。

【咨询台】

小李：老师，真的很感谢您给我推荐这个工作，我不瞒您讲，我家里挺困难的，特别需要收入高一些，赶快补贴家用。

蒋老师：这个可以理解的，你是觉得现有的工资比较低吗（单位给出的实习工资是800）？

小李：嗯，有点儿。是这样的，之前我也面试了一家外企，虽然不是很对口，但工资挺高的，他们说就会给我录用的消息了。

蒋老师：这样啊。你可以多分析考虑比较一下，不过这家国企好像很需要像你这样条件的毕业生。你在权衡利弊的时候，可以从综合福利、发展机会整体多方面分析，这需要你了解更多有关这两家公司的状况以及发展前景，这样可能你就不会错失良机了（职业生涯规划，做决策的，必然是本人，而不能是指导师"包办婚姻"）。

小李：好的，谢谢蒋老师。

【案例回访】

后来，用人单位催他面试时，他坦诚之前为避免户口落回原籍，先与某企业签订了转移户口的假三方协议。用人单位以小李不能出具三方协议而不予接受，因此他失去了该用人单位的录取机会。

这使得小李处于非常焦虑的状态，去外企属于临时工作且专业不对口；去国企又不能被录用；回成都因为是假协议不能就业。小李感慨地说：也许因为我是特困生，也许是我急于摆脱农村户口，我太关注薪酬待遇了，给自己造成了就业的困境。

【对比案例】

该岗位后来录用了另一位学国际贸易专业的小岑同学。小岑同学没有像小李一样只关注户口和薪酬的问题，他关注的是这个职位可以做他喜欢的事情，工作发展机会很大，对自己的各方面能力能够带来很大的提高，他对应聘单位做了详细的了解，更坚定了信心。小岑以良好的心态把握住了机会。指导老师也适时地向他详细介绍了国有企业的利弊及其自身需要调整注意的问题。

在等待通知的几天时间里，小岑作了认真的准备，很快被通知到单位面试，经过人事部、业务部和总经理的考核，现已经签约录用。

在以后的回访中，问到小岑工作后的感受，他兴奋地表示对此工作非常满意，同事前辈都待他很好。因为单位急需，所以他直接到外贸处工作，专业对口，感觉领导很关心他，氛围好、喜欢做、非常开心。工资加各种收入比最初录用时高多了，他现在每天都学习新的东西，充实愉快。

【咨询手记】

这两个同学截然不同的求职结果，告诉我们一个道理：学生往往难以作到以长远的视角看待眼前的工作，过于急功近利。职业决策时，对招聘单位没有充分进行调查，择业短视，太关注户口与薪酬的问题。这些都局限了他的择业思路，自己把自己困住，对国营企业的认识缺乏灵活性，没有主动去了解该用人单位的信息。一些看起来光鲜华丽的单位（如外企），却不一定能为你带来稳定与光明前景；而一些现在看起来不是很诱人的单位，却隐藏着巨大的能量，甚至会成为你走向成功的舞台。大学生应该避免仅从眼前利益出发，短视浅见的缺点。把选择企业的标准放在真正有利于发展、有利于学习、有利于成长上。

小李后来多次来电话谈到自己的感受和到外企做培训生的工作状况。我鼓励他："今后的路还很长，既然选择了，我们就要好好吸取这次教训，其实当初有那么多用人单位要你，说明你符合大多数用人单位的要求，是比较全面、优秀的毕业生。"职业决策是职业生涯规划中最重要的一点，因为一生中我们面临很多的选择，怎样把握自己、把握时机，怎样选择成长发展的路径，制订行动计划都需要我们认真思考。在我所有的咨询案例里，小李的求职经历是比较坎坷的，但我们的交谈也是最深入的。为此，他常常在节假日里打来电话或发来短信，表达感激之情。

3.9　和谐就业
——怎样处理家长与毕业生的就业冲突

【导语】

大学生就业之家接待的咨询者，大部分都是年轻学子，今天来了一位50多岁的男士，我猜测他是一位父亲。可怜天下父母心啊！我赶紧迎上去，请他坐下，并给他倒了杯茶水。

这位焦虑的父亲说，他有一个女儿叫小宁，今年28岁了，是澳大利亚悉

尼大学的会计学硕士，曾有一年海外工作经历，英语水平较高。但是她回国至今却无固定工作，目前还在亲戚的一家外贸服务公司帮忙。

【咨询台】

张先生：老师，您好！你看我们家孩子留学回来这么长时间了，还找不到工作，唉……

蒋老师：您先别着急，您孩子在国外学的是什么专业，回国又打算在哪方面发展呢？

张先生：学的是财会，这么高的学历，回来当然要找个好单位了。

蒋老师：什么是好单位呢？

张先生：要稳定的，私企外企都太累，也不稳定，国企收入低，最好是"移动"这种效益良好的国企。

蒋老师：那孩子是怎么想的呢？

张先生：我觉她也是这样想的。

（我可以觉察到小宁在其父亲以及周围亲戚朋友的影响下，可能或多或少地存在着相同的观点，又或者是自主地择业与就业存在着一定的困难）

蒋老师：那您对国内现在外企和私企的工作环境状况了解吗？

张先生：不是很了解。因为我们求职的目标基本定在大型的国企上，没有太关注那些单位。

蒋老师：您能简单说说她在国外的经历吗？

张先生：她在国外的专业类似于咱们国内的财会，毕业后在一家大公司工作一年，拿了CFA证书。这个证书在国外是顶级的职业资格证书（说着拿出简历给我看）。

蒋老师：这些资质会使她在职场上光彩四射，问题在于，她本人到底想把光芒照到哪里。也就是说她想过什么样的生活，从事什么样的职业。之所以这么问是因为我观察到您在替她回答问题时迟疑的神态。其次，要弄清楚国企、外企、私企的不同之处，这也是她选择的基础。比如，她是否内心真的像您所说的想找一个稳定的国企？不同的答案将导致她不同的策略和行动。这事您可得让她自己决策。

张先生：那您对她去国企、外企或私企有什么意见呢？

蒋老师：若她和您的想法相同的话，即选择较为稳定的工作，则要充分利用和发挥专业所学，如果要进入机关事业单位需通过公务员选拔考试或者其他类型的政府以及事业单位的公开竞聘的方式从事财政、会计工作。但这类单位的竞争十分激烈，除做好充足的应试准备之外，还需具有承受失败的心理准备。由于会计专业具有较强的专业性质，若在国内就业，可能要获取一些必要的资格证书。还有一个问题就是她这个年龄段的女孩，由于有婚姻家庭的问题，可能用人单位在选才时会受到一些影响，也要作好心理准备。

如果她与您的想法不同，那么，她就要针对自己的意愿来分析选择职业，她的综合条件较高，在国外取得了热门专业的高学历证书、拥有一年的海外工作经历、英语好，如果在外企或者一些与海外有较为紧密的贸易或者其他与之相联系的私企从事专业工作，则具有很强的就业优势，尤其是语言方面的优势。

我对您孩子的建议是：首先分析自己的兴趣是什么。至于工作条件，如国企、外企、私企要去作些调查了解，然后分析自己最看重的是什么，不可能所有的条件都让自己满意。任何工作单位都不是为自己量身定做的。要获得求职信息可关注各大网站和留学人才求职专用网站，也可通过她的同学、朋友介绍。关键要清楚自己想干什么，别人也好帮助。

张先生：好的，谢谢蒋老师！

【咨询手记】

在同张先生的交谈中我有这样的感悟，在作出择业策略时大学生更需要真正了解自己内心核心价值观所在，是追求稳定，还是追求发展挑战。不同的人有不同的选择，会有不同的行动，也会导致不同的生活状态。当我们自己承担这个选择责任的时候，无论生活的状态是什么，都会无怨无悔地前进了。

【知识链接】

职业选择 PLACE 原则：当人们在遇到选择、比较不同工作的优缺点时，可以考虑 PLACE 原则，即

Position	职位、职责、任务、工作层次
Location	地理位置、环境状况、工作地点、安全性
Advancement	升迁路径、速度、稳定性、保障
Condition of employment	薪水、福利、进修、加班、休假
Entry of requirement	受教育程度、专业认证、能力、经验、人格特质、品格

这个原则，比较全面地涵盖了工作特性以及与个性匹配度等各方面要素，根据自己的特质对上述几个部分进行均衡，就会对理性选择工作有很大的帮助。

3.10 拓宽视野，寻求机会
　　——怎样选择就业地域（一）

【导语】

　　站在我面前的小蔡显得很犹豫，已经毕业的他一直想在北京找到一份与自己专业对口的工作，最中意的是政府机构。然而由于种种原因，面试了多次，却依然没有成功。因而现在的他，犹豫无助，不知道该怎么走下去，是留在此地继续求职还是回原籍。

【咨询台】

　　小蔡：您看，我毕业以后，特想在北京找个专业对口的工作，我是学法律的，就想进政府机构，可是怎么也进不去。

　　蒋老师：你觉得别人进去了，你的问题在哪里呢？是你自己准备不足还是因为什么呢？

　　小蔡：我想是北京人才太多了，我的条件有限吧。我的家在深圳，父亲想让我回去就业，可是我想北京是大城市，机遇多。

　　蒋老师：你刚才说到你家在深圳，而且说到你毕业后特想在北京工作。就是说你很想毕业后马上工作，只是说在北京还是在深圳的问题，是吗？你考虑过回深圳吗？

　　小蔡：如果回深圳的话，家庭背景会给予我很大的帮助，可北京是一个大城市啊……

　　蒋老师：但是每个人情况不同。我们常说给自己合理的定位，既要根据客观条件，实际分析自己的情况是否符合市场需求，又要及时调整自己。你既然感受到自己的应聘条件有限，何不利用你的优势资源，优势就业。追求体面和虚名，只会让自己痛苦，耽误就业的大好时机。

　　小蔡：您这样一说，我明白了，其实我也想过家乡的情况会更好一些。

【案例回访】

　　在两个月后的回访中，小蔡告诉我，他已经准备回深圳，熟人帮他联系到了一份政府部门的工作。

【咨询手记】

多年以来，我们习惯了千军万马过独木桥的状态。人们的单一价值观思维，使得自己只用简单通用的标准来衡量自己的成功，学生高考时如此，工作以后，也会习惯性地采用这类简单有效的方法，快速让自己钻到死胡同而不愿出来。大城市、大单位、大老板这些大光环，使得人们像飞蛾一样扑过去，但往往收获的是失望甚至是绝望。如果我们能够把自己的视线从这些光环中移开而向那些更符合自己特质和能力的荧光投射过去的话，也许就会离开山重水复的迷途，进入柳暗花明的桃园了。

3.11　拓宽视野，寻求机会
—— 怎样选择就业地域（二）

【导语】

小秦是西安科技大学 2006 届的毕业生，学习的专业是企业管理。她希望找一份投资经理助理的工作，这样的工作她感觉在西安马上能找到，在北京却很难找到，但自己却强烈地渴望能在北京工作。小秦也参加了一些招聘会，并在一次招聘会上投了多份简历，其中有一家北京博采企业咨询策划公司，她觉得还可以。她还去过朝阳区期货金融专场，但是均没有获得面试的机会。为此，她感到很困惑。

【咨询台】

小秦：老师，您说我在北京找这样的工作是不是一点机会都没有啊，可我不甘心。

蒋老师：（看她有点绝望和不甘的神情，有必要首先了解一下她自己是否清楚留京的动机，这样也许会让她给自己多些选项，多一份希望）既然来北京找工作这么困难，为什么还要来北京找呢？

小秦：我感觉西安的工作和生活节奏太慢，而作为年轻人的我喜欢挑战，这样能让自己提升得更快。

蒋老师：你是怎么感受到西安没有北京的提升快呢？

小秦：我以前有些高中同学后来在那边上大学，在那里找到工作，我了

解过一些。但我想整体气氛还是这边竞争强些，毕竟是大城市、是首都啊，发展空间要大得多。

蒋老师：是这样啊，那我想了解一下，你对北京这个招聘你的单位了解多少，是否清楚？

小秦：也不是很多，是做企业管理咨询方面的工作吧。

蒋老师：比较合适你的专业吗？

小秦：但我觉得这个公司好像有点小，不知道是不是有发展，工资也不很高，好像还很忙，会挺艰苦。如果回西安，我肯定会找到更合适的投资经理助理的职位，所以我也犹豫。

蒋老师：看来你还不仅仅是京内京外就业的问题。听了你说的这些，我的感受是你虽然渴望留京工作，但对各方面情况了解得还不清晰。你用的最多的词就是"感觉""好像"等模糊词语，用这样的方式作出的职业选择，对你会有风险的。你是否想过，放弃了外地优越的工作和生活而选择北京，你是否愿意承担风险，更重要的是你为什么要承担这些风险。

小秦（想了一下）：您说的对，好像都不是很确定，但是我即不熟悉社会，又没有工作经验，怎么来明确这些呢？

蒋老师：选择职业是一个决策过程，建议你回去做些功课。你先把在北京这个公司的情况了解清楚，包括行业特点、同业水准、工作内容职责、工作发展路径等，这样你会知道这份工作的具体特质；同样再回去了解西安你能得到的那份工作。把这些列出一个表，然后再冷静思考一下自己最看重的是什么，是挑战性的工作还是平衡的生活。从职业规划的角度来看，每个人都有一个不同的职业锚，有的人是挑战型，有的人是生活型，不同类型的职业锚，追求的生活价值是不同的，你需要了解一下自己的职业锚，然后根据自己的需要来比较一下。这样，你能更清楚了解自己的需要以及选择的结果了（由于时间较短，无法做更细致的探索，为了给她一个思路，我提了一些建议，让她考虑分志愿择业，将就业目标分类，不要只把在北京就业作为唯一的目标，可考虑多种因素，这样拉开档次，以保证求职获得成功）。

【咨询手记】

人们往往对于自己不熟悉的事务和方向采取回避和模糊的态度。这种情况下，我们会随意采取一个行动来逃避选择的责任，而这往往导致更大和更严重的偏离。小秦仅仅是凭着模糊不清的观点选择工作，导致自己处于"怎么都不合适"的地步，恰恰反映了逃避计划选择的后果。

学生对社会上的工作不了解，依然可以采取一些手段和技术来帮助自己作出合乎理性的选择。对于工作的信息提取，我们可以采取生涯访谈、出版物、影视比对、网络了解等各种方式。而工作抉择首要的因素，是要真正了解自己所看重的职业价值观；其次，根据这些价值观来比对几个工作符合的程度，最后得出最佳的选择。

在理性光芒的指引下积极行动，不恰恰是人真正本性吗？

这里小蔡、小琴的择业反映了目前大学生就业的一大趋势：大学生进行就业选择时，喜欢把北京、上海等大城市作为首选。很多来自偏远省市的大学生在大城市学习了四年之后就不愿回到原籍，而在偏远省市上学的也想要到大城市来闯荡，这更加剧了近年来原本就紧张的高校毕业生就业形势。国家地方和各级政府出台了各种优惠政策鼓励大学生到西部地区、基层、农村服务锻炼。指导老师应该在这点上引导学生正确认识自我，根据自己的条件制定恰当的择业策略，找到最适合自己的特点、有利于成长发展的地方。

【知识链接】

大城市与中小城市的就业环境分析

如果以经济发展水平为标准，大学生就业时在地域上的选择大致可以分为四类（不包括国外及港澳台地区）：一线城市，主要指北京、上海、深圳、广州四地；二线城市，指各省会城市及青岛、大连、苏州等经济发达的非省会城市；其余中小城市，主要是一般地级市；基层，包括县级以下的城镇与农村。

现在很多大学生求职时的思路都是尽量去一线城市，不行再去二线城市，最后才考虑离家较近的中小城市与基层。是不是一线城市比二线城市、二线城市比其余中小城市必然更适合就业呢？答案固然是否定的。"梅须逊雪三分白，雪却输梅一段香。"不妨将以一线城市为代表的大城市与中小城市做个简单的对比。

工作机会哪更多？

一般而言，大城市的工作机会比中小城市要多得多。这主要表现在两个方面：一是行业齐全，二是企业众多。

有一些行业在一线城市可能已经相当成熟，在中小城市却还没有起步。比如早几年的移动通信增值服务业（Service Provider，简称为 SP 业），当京沪穗深四个地方的 SP 企业早已发展壮大，部分企业甚至已经登陆了纳斯达克，杭州、长沙等地的 SP 企业才开始起步。又比如一些新兴的职业，诸如婚姻咨询师、会展策划师之类，在大城市已经存在不小的市场需求，而在中小城市恐怕还需假以时日。

当然，这并不是绝对的。在部分行业领域，受历史因素、自然环境、社会分工等方面的影响，可能中小城市反而领先于大城市，甚至可能边远地区领先于经济发达地区。比如，长沙的经济水平远不如上海、广州，但其电视传媒业却比这些地区发达得多；采矿、畜牧、森林等产业的中心注定在矿山、草原等地，而不可能是在深圳、上海的某栋写字楼里。

很多人都认为在大城市求职需要面临更加激烈的竞争，同等能力水平的人在中小城市往往能够获得更高的事业起点。但这恐怕是一个想当然的思想误区。大城市虽然汇聚了大批来自全国各地的求职者，但因为用人单位提供的职位非常多，求职者找到合适工作的概率反而更高一些。

在前程无忧招聘网上，笔者曾搜索了一下含有关键词"经理"的职位，发现北京一天之内发布的职位有 10 645 个，而南昌仅有 49 个。通过抽样分析，以"销售经理"一职为例，北京平均每个职位的申请人数为 193 人，而南昌的申请人数为 219 人。从数据上来看，在南昌求职的竞争激烈程度相对北京而言有过之而无不及。

人才环境哪更好？

从广义上来说，人才环境包括硬环境和软环境。其中，硬环境指的是影响人才发展的有形的硬件条件，主要包括生态条件、基础设施、经济水准等；软环境则指影响人才发展的无形的软件条件，主要包括体制环境、法律环境、政策环境、人文环境等。笔者从择人标准、再学习环境和创业环境三个方面进行分析。

就择人标准而言，不同类型、不同地域的用人单位之间可能存在非常大的差异。从整体上来说，私企、外企的择人标准比国企、事业单位宽松，大城市的择人标准比中小城市宽松。珠三角和长三角地区的用人单位普遍比较务实，更注重应聘者的真才实学和工作经历，而中小城市的不少用人单位则往往过于强调求职者的学校、专业、学历等因素。

再学习的环境直接影响到大学生毕业以后的自我增值。一般而言，大城市集中了更多的人才，企业为员工提供了更多的培训机会，给员工的工作压力也要大一些，而这种压力必然成为员工自我提升的动力。比如在深圳作房地产策划，即使没有任何行业基础，也有应聘成功的可能，员工入职后公司会有全面的培训，这就为员工提供了再学习的可能，而公司给员工的压力将使员工迅速入行成为必要。

当然，再学习环境跟公司的规模、企业文化等因素密切相关。如果某中小城市在某个行业的发展水平超过了大城市，就这个行业而言，中小城市的企业或许能够提供更好的再学习环境。

至于创业环境，则更加需要用辩证的思维来看待。大城市集中了更多的人才，有更好的法制环境、资本市场和基础设施，有完善的产业链，很多行业领域的市场需求也要大得多，这些对于创业来说无疑是非常有利的。但是，因为员工薪酬、场地租金等方面高昂的成本，大城市的创业门槛更高一些。因为市场相对成熟，面临的市场竞争也更为激烈。

中小城市的很多行业领域都落后于大城市，而这种落后恰恰是创业的机会点。几年前，深圳某地产公司一名策划师回成都探亲，发现成都的售楼处都设计得非常糟糕，跟深圳不可同日而语。他便决定回成都发展，注册了自己的公司，用他在深圳学到的地产策划知识取得了成功。

在中小城市创业的成本和门槛要低一些，来自市场竞争的压力也要小一些。但是，小城市的基础设施、人才市场、资本市场、政府服务意识等方面都存在种种局限，需要创业者通过合适的途径化解来自这些方面的风险和压力。

工资水平与生活成本谁高谁低？

根据中华英才网 2006 年全国各地企业年薪统计结果，上海、北京、深圳、广州分别以 39 813 元、38 655 元、36 485 元、35 390 元位列前四，而石家庄、沈阳、西安、济南、哈尔滨等城市的薪酬水平只有 23 000 元上下，落差相当明显。

其实，伴随着毕业生的数量不断膨胀，一线城市的应届毕业生获得的起薪日益降低。十年前在深圳，一些行业当时的起薪可能会有三四千元。而现在，很多用人单位只提供 1 500 元甚至更低的起薪。所以，如果只是抱着对一线城市工资水平的神往找工作，到头来就会难免失望。但是，大城市的工资水平具有更大的发展空间。

谈到收入，就不能不谈支出。撇开生活成本来谈论收入水平是没有任何意义的。

大城市与中小城市的各项生活成本中，悬殊最大的应该是居住成本。在中小城市，一个月薪 1 200 元的毕业生或许能够存下一些钱，他的房租可能只有两三百元。而在一线城市，一个月薪 2 000 元的毕业生很可能入不敷出，即便是租住阴暗、狭窄的平房，每个月恐怕也需要支付 700 元甚至更多的房租。

以深圳为例，根据搜房网公布的数据，到 2007 年初，深圳的平均房价已经接近万元大关，而这个价格在市区只能买到中等偏下的二手房，要想买新房，只能去郊区。虽然二线城市的房价也涨了不少，但相对一线城市而言，还有可承受的空间。在石家庄、重庆、武汉、长沙等省会城市，以 3 000 元每平米左右的价格就可能买到中等以上的房子。就算家庭月收入只有三四千元，也可以比较轻松地供房。

除了住房之外，生活在一线城市还需要在其他方面承担更多的生活成本，比如抚养子女、医疗、交通等。这些方面高昂的生活成本必然造成巨大的思想压力。曾有媒体对广州的白领做过一项调查，结果显示：这个群体最怕的事情一是失业，二是生病。失业或许就意味着交不起下个月的房租；生病，哪怕只是一场小小的感冒，或许就意味着几百甚至几千块钱的医疗费。

生活环境哪里更优？

就生活环境而言，大城市与中小城市各有千秋，很难说它们孰优孰劣。毕竟，在这样一个多元化的年代，每个人有每个人的追求。

大城市的基础设施更为完善，有气派宽敞的书城，有设备一流的音乐厅，有翰墨飘香的美术馆，还有多个开放性公园。但是，因为人口密度过大，各种问题也随之而来，比如拥挤的交通、严重的环境污染。无论是在哪座一线城市，每到上下班高峰期，机动车行驶的速度很可能跟步行相差不了多少。在 2005 年发布的《北京市城市总体规划》中，明确提出了建设"宜居城市"的目标。在零点研究咨询集团发布的《零点宜居指数——中国公众城市宜居指数 2006 年度报告》中，北京的宜居指数在参评的 20 个城市当中位列倒数第二。

另一个严重影响一线城市生活环境的因素是社会治安问题，这在南方一些发达省会尤为明显。而对于一个真正意义上的和谐社会来说，有三个因素是不可或缺的：自由、平等、安全。而在这一点上，一些一线城市显然是有待完善的。

在二、三线城市和小城镇，虽然其基础设施逊色很多，但是上班时不用拿出拼命三郎的姿态去挤公交车，可以在月薪仅仅千余元的情况下很安逸地喝茶，生活压力相对更小些。

人各有志，不同地域、不同性格、不同年龄阶段的人所追求的东西可能完全不同。在考虑何去何从之前，还是应该更多地考虑自己究竟想要什么。

（摘自：中国人事报）

3.12　成功在于坚持
——特殊专业学生怎样择业

【导语】

小赵是某大学社会工作专业的毕业生，她非常热爱自己的专业，特别想找一个能运用自己所学专业知识的工作，但感觉应聘需求少，尤其在招聘会上看不到招本专业毕业生的企业。

这是一位让我难忘的学生。招聘会上熙熙攘攘的应届毕业生拥挤在招聘台前，她却安静地坐在咨询台前与我谈着心里话……

【咨询台】

小赵：老师，您好！我想跟您谈谈，我不知道怎样才能找到一份我喜欢的工作。

蒋老师：是这样啊，能说说你的求职经历吗？

小赵：第一次是我们几名同学经老师的推荐，去华润集团总公司应聘人力资源助理，面试的时候，提到薪酬管理、效绩考核等人力资源的基础知识，这个工作对数据计算要求很高，当时我都蒙了。这些我都没接触过。

蒋老师：你感觉你应聘这样的职位困难较大，是吗？你喜欢自己专业吗？喜欢做什么工作呢？

小赵：我很喜欢公益工作，还特别喜欢宗教，尤其是佛教。我曾去北京佛协应聘，但是那里人员流动非常低，并没有接受新人员的意愿。我还想到社区工作，但我父亲觉得那样很没面子，坚决不同意，我们学校的老师担心我找不到工作，总是让我去招聘市场或是给我介绍工作。我知道他们是好意，可是我不喜欢这些工作，那些工作太功利了，忙忙碌碌，我真的不喜欢。我最理想就是做能帮助别人的公益事业（她的眼泪一直在眼中打转）。

蒋老师（在倾听的过程中，我发现小赵对自己职业的构想和她的性格密不可分）：小赵，我感觉你是一个非常单纯的人，热爱公益事业。而你追求的是和谐、稳定的状态，不喜欢竞争性、挑战性大的工作，具有奉献精神，这样的性格和兴趣非常适合做社会工作，也吻合于你的专业。做为特殊专业的学生可能还不被社会广泛接受，随着社会的发展需求会扩大。那么对于这样专业学生的求职，我想给你的建议是尽可能的宣传自己的专业，介绍自己的特长，让别人了解你。

第一，可以尝试自己主动找工作。尽可能的宣传自己的专业，介绍自己的特长，让别人了解你，社会工作专业的就业领域还是很广的，比如心理辅导、社会调查、社会保障、人力资源管理、社区工作，青少年、老年人、婚姻家庭等各种非营利组织或是宗教与民族组织都能提供一些机会。因此，你可以根据自己的情况在相关网络或电话渠道上查找那些可能有用人需求的单位，采取自荐的方式找寻自己理想的工作。把自己的真实想法告诉老师和同学，到相关单位实习，通过人物访谈等多种渠道寻求信息，争取机会。

第二，有针对性地为自己的面试做好准备，并且制作好相关的个人简历，突出自己从事社会工作的优势，使自己更加符合上述机构所需人才的要求，这样面试成功和录取的机会就更大了。

第三，要作好求职困难的心理准备，社会工作在国内还没有完全发展起来，配套机构也不完善，因此，可能会在求职中遭遇挫折。但是，既然选择了自己热爱的事情作为事业来奋斗，那么就要有面对困难决不放弃的信念。

小赵：您能够理解我，真是太感谢您了！

【案例回访】

当我电话回访小赵时，她已经经过学校和北京市团委的筛选成为通州区消防协会担任宣传教育工作的志愿者了。虽然这份工作期限只有一年，每月700元的生活补助，但是小赵每天都过得很快乐。小赵说："我觉得自己做的工作非常有意义，体现了自己的价值。而且，我和领导、同事相处得非常好，在工作过程中学到了很多东西。"圣诞节时，她从网上发来别致的贺卡，表示对我美好的祝福，我感受到了她带给我的那种平静、安详和幸福。

【咨询手记】

谁能说这不是一种成功呢？每个人的价值观都不同，为了自己美好的理想不顾一切的奋斗，不问所得，只是一心地奉献、付出，不为世俗的价值所牵绊，未尝不是一种单纯的快乐。职业规划最高的追求就是获得作为人的价值和意义，而非一份高薪的工作或是令人羡慕的名利。

3.13 行则常常至
——特殊师范生怎样择业

【导语】

小于是一个 23 岁的北京女孩，是某大学特殊教育专业的第一届毕业生。她很喜欢自己的专业，但在实习时碰到了一些困难，由于家境较好，她的父母同意她暂时不就业。当她想再就业时，由于不是应届毕业生又缺乏经验，所以想找到满意工作就更加困难了。小于目前处于迷茫无措的状态。

【咨询台】

蒋老师：这个专业好像挺新的，你们就业都有哪些方向呢？

小于：主要是特殊教育机构，比如聋哑学校、盲人教育等。但我因为大学期间几次考四级都没能通过，毕业时没有学位证书和教师资格证，想找到与教师相关的工作十分困难。

蒋老师：那你是否考虑做别的工作呢？

小于：我其实挺喜欢教师这个工作的。国家规定师范生如转行应当赔偿大约 3.5 万元，我不能轻易转行。我曾应聘一家名叫"金色摇篮"的民办教育机构，但也没有结果。因此我不知道该怎么办才好。

蒋老师：看来你这个专业的就业面比较狭窄，从策略上讲，你可能要考虑两个选择：一个是在本专业，包括私立民办学校等教育机构就业，另外一个就是考虑转行做其他的职业。从战术上讲，要具体了解国家关于师范学生转行包括到私立学校工作是否赔偿以及相关的权益保护的政策和具体规定。再有，如果转专业的话，你需要及时制定方向以及快速行动。如果只是停在原地会对个人的信心是一个打击。第三，是否可以根据选择的行业考取一些相关的证书给用人单位提供一些录用你的理由。第四，学习掌握求职应聘的方法，这是就业必不可少的能力。

【案例回访】

后来小于参加了就业之家的招聘会，应聘昌平教育机构还未接到通知。目前，她正在积极学习英文，并准备考取教师证。

【咨询手记】

对于特殊就业群体的就业问题，如果事先没有一个清醒的形势判估，往往会导致就业的困难。这时，首先重要的是要亡羊补牢，及时制定职业发展策略。转行还是坚持，不同策略导致不同行动，产生不同结果。一种建议就是一颗红心，两种准备。同时，要根据制定的策略，采取自我补充完善的行动来缩短和社会单位需求之间的差距。重要的是，无论是那种选择，行动是最重要的。如果一味停滞会对自信心造成沉重的打击。反过来，积极的行动会带来个人生涯的转机，将会给本人带来信心。

3.14 拓宽思路，积极行动
——文艺类专业学生有怎样的就业渠道

【导语】

带着对未来的憧憬和对艺术的热爱，他从外地来到北京，走进了中国音乐学院。作为一名外地学生，王同学很想在毕业后留在北京工作，可又觉得社会对艺术生的需求量并不高，觉得就业前途渺茫。

带着这些困惑，王同学在大三暑假来到了就业之家，向指导老师进行了咨询。

【咨询台】

小王：老师，您说我们学艺术的是不是就业渠道很窄啊，社会上几乎没有见到需求。

蒋老师：你能说一下你们文艺生都有哪些就业渠道啊？

小王：就是一些艺术团体单位吧。

蒋老师：比如？

小王：海政、空政、武警、总政和中国歌舞团等演出团体。

蒋老师：还有别的吗？

小王：还可以当老师。

蒋老师：还有吗？

小王（想了想）：还可以在单位中做些艺术管理的工作。

蒋老师：那你怎么说很少有单位需求呢？你找工作都做过哪些准备啊？

小王：就是赶招聘会吧，这是第一次。

蒋老师：所以你是否有点先入为主了呢。

小王：看来我的努力还不够。

蒋老师：你还可以通过很多方面去找工作，比如可以去了解上几届学生有哪些就业方向、途径、渠道，学习他们的求职经验。同时与本校就业指导中心的老师主动联系并寻求帮助，学习写简历，确定自己的就职意向，了解渠道信息。另一方面，也可以去我们教育人才交流中心举办的招聘会上看一看，尝试应聘中学、民办学校、职高、音乐专门院校的老师；还可以通过校园招聘、网上查找等途径去寻求就业单位。当然，如果有很好的人脉关系，也要充分利用，通过熟人介绍，看是否有合适的工作也是一个可行之道，因为有些用人单位比较相信推荐人员。

小王：啊，是这样，有这么多条路可走，太谢谢您了。回去我就开始行动！

【咨询手记】

要看到社会的需求是多元化的，随着文艺团体的改革，可能变化更大。如果紧盯这有限的艺术演出团体，是会感到就业困难的。作为一名艺术专业的学生，在职业规划中应拓宽视野，对于工作单位进行主动地探索和了解，而不是守株待兔、坐井观天，这是取得成功的重要一步。

3.15　发现优势，扬长避短
——军校毕业生怎样择业

【导语】

小吴毕业于军校——空军工程大学计算机专业。由于自己是专升本的学生，所以年龄较大了，本科毕业已经 25 岁了。想在北京找一个与 IT 相关的工作。应聘过很多单位，但都没有成功。

【咨询台】

小吴：老师，开始到北京时，我很有信心。我在军队特别能吃苦，做事认真负责，相信能把工作做好。可您看我找了很多工作，都不成功，现在有点没底气了。

蒋老师：你去应聘了哪些单位呢？

小吴：我去戴尔应聘，但是由于美国政府卡的严，戴尔不欢迎有政治背景的人。后来，我干脆直接去用人单位，很多单位不接待。很多面试都没有下文，甚至简历投出去就没音信了。

蒋老师：那么你想做什么职位呢？

小吴：我目前只会做网络不会做技术，技术水平不是很高，希望自己能在一些基础部门学习，然后去做大公司的技术工作，而不是到小公司去干。

蒋老师：你能自我评价一下你IT方面的水平吗？有哪些优势呢？

小吴：我只有一些基本的技术能力和认证证书，不过，我相信以我的刻苦和认真，会能够很快学会工作所需的技能的。

蒋老师：可以看的出来你是一个社会阅历较丰富，而且具有军校学生特有的坚韧、认真、负责等优秀品质的人，这是你的优势。另外你认为劣势有哪些呢？

小吴：我可能也存在一些问题：相对于一般应届本科毕业生而言，年龄稍大，所在学校的计算机专业不是很有竞争力，自己又希望进入大企业，自我期望值比较高。

蒋老师：是否可以说很少有单位会去冒险用一个以后有能力的人呢。简单讲，你的优势在于你的通用能力，而你的劣势恰恰是你的专业技能。你觉得呢？

小吴：嗯。您分析的很有道理。可是我还是比较喜欢这个专业的，是不是只能放弃？

蒋老师：这需要我们共同认真分析一下。综合你的优劣势，你可以考虑到中等城市的大公司去寻找机会，避开计算机专业人才比较集中的北京就业市场，或者是去北京较小的非IT类企业的IT职位应聘。这样可以凸显自己的社会经验丰富的优势，扬长避短，进而在工作中增强自己的就业竞争力。

小吴：我也是这样想的，谢谢老师！

【咨询手记】

在择业的时候需要给自己有一个准确的定位。要做到这一点，首先就要了解自己，这里包括认清自己的优势和劣势，只有认清了自己的优势和劣势，采用"田忌赛马"的策略，才能在求职中扬长避短，提高成功的几率。

3.16 难走寻常路
——大龄毕业生怎样择业

【导语】

这位北京第二外国语大学会展专业的 2005 级毕业生小李已经 33 岁了。上大学之前，她在家乡贵州做过 7 年乡镇中学的英语教师，后来又参加高考到北京第二外国语大学学习。然而面对即将到来的择业，小李还是有些不确定，她在招聘会上向就业之家的老师咨询，希望明确自己到底适合做哪个行业。

【咨询台】

小李：老师，您看，我上大学之前是教英语的，又在外语学院学习，您说是再做教师好，还是做会展这个行业啊？

蒋老师：你怎么想呢？

小李：我觉得我英语教师的经验积累挺宝贵，要是放弃了可惜了。

蒋老师：如果经验是你的包袱，成为你的累赘，你会放弃还是继续背着啊？

小李：这个……你怎么知道是包袱呢？

蒋老师：问的好。我不知道。可是，你知道吗？

小李：……

蒋老师：你说说你对会展这个专业的认识，你在大学有这方面的经历吗？你做过什么特喜欢的事情？

小李：我对会展专业很感兴趣，对会展专业的前途特别乐观；当初入学时选择会展专业，就是因为会展专业很新，有市场前景。我在学校中年纪比较大，比较成熟，也爱交往，是学生会主席，最有成就的事情就是组织各种活动的时候，感觉特别兴奋。

蒋老师：学生工作其实有很多协调组织的内容和会展是很相近的。

小李：是的。当时我也是考虑要锻炼这个能力，而且我从大一开始就一直注意会展行业发展的动态。

蒋老师：同时你做这些事是很开心的，对吗？

小李：是的。

蒋老师：听了你说的这些，你是否有所了解自己的特点呢？性格外向、有较强的组织协调能力、做事细致、有创意和创新精神、工作踏实、服务意识强、心理承受力强等方面都是适合于从事像会展这类外向型商业活动。而且，英语和会展是可以互通的，在实际进行会展的策划和实施的过程中，英语是不可或缺的工具。其实你已经为自己作会展专业的工作做了四年的准备。只是由于以前的工作经历，使你还在犹豫自己这样大跨度地转行是否合适。当教师固然也很好，但是对于你而言，已经拓展了一个新的领域，如果再回去当教师就是放弃了自己大学四年的积累和提高，重新原地踏步了，上述的优势就无法得到发挥。现在，你觉得你教师的经历是一个包袱，还是有价值的积累啊？还是兼而有之？

小李：……

蒋老师：别着急回答这个问题，你年纪已经不小了，再从零开始进入一个完全没有工作经历的新行业，必然会面对很多困难和挑战，你会怎么面对？

小李：嗯，我会认真考虑的。

蒋老师：你是一个有心人，之前的积累，无论是作为教师的工作经历还是大学四年的专业学习，都为你开创新的职业篇章作了厚实的积累，只要你用心、勇敢、坚持，一定会取得属于自己的成功。相信你会作出属于自己心灵的选择并为之奋斗，风雨兼程，无怨无悔。

小李：谢谢蒋老师的鼓励，我已经很清楚了。

【咨询手记】

在作行业选择的时候，我们有时也会面临冲突。是选择我们有经验的行业还是选择我们感兴趣的行业呢？这看起来也是一个两难的选择。要作一个选择难，要作一个职业选择就更不是一件容易的事。过去的经验只是我们选择行业的一个标准，有很多成功人士，后来从事的行业也和过去从事的行业大相径庭，比如弃医从文的鲁迅。所以应该全面地来认识自己，包括自己的兴趣、性格特点、过去的经验、现实的能力和未来的学习潜力，综合考虑得越全面越能作出最适合自己的选择。

【知识链接】

如何对待年龄问题

有不少求职者反映，如今年龄成了求职无法逾越的鸿沟，几乎所有招聘广告都要求："35 岁以下"，仅这一条，就让许多求职者在提交简历的时候吃了闭门羹。

然而，大龄求职者也有他们的优点，比如经验丰富，能吃苦耐劳，所以在求职过程中，大龄求职者应善于展示自己优秀的一面：一是有工作经验；二是责任感比较强；三是原则性比较强；四是为人诚实、实事求是、对待遇不作过多要求，这样推销自己的成功率要大些。除此之外，最好还能对所从事的专业比较熟悉，有实际的工作经验，一上岗就能独当一面，不需要再进行额外的培训和指导。在用人单位看来，大龄求职者，一般缺乏专业技术、知识面窄，不太注重求职技巧，这确实也是大龄求职者所欠缺的。因此，如何扬长避短，是大龄求职者所要把握的关键。

（1）应聘心态要平和。年龄眼下是大龄求职者的一道坎，有不少求职者自认为能胜任的工作，最终都因为年龄原因而被拒之门外，于是消极悲观，自暴自弃。笔者认为，在这种情况下，大龄求职者，最关键的是要调整好心态，不要一方面急于找到一份工作，另一方面又怕别人瞧不起自己，畏于找工作。迈出心理这道坎，相信自己还能有所作为，从而积极到劳动力市场、人才市场或通过其他途径推销自己，对大龄求职者来说十分重要。

（2）写简历要有针对性。对用人单位而言，一般要求 35 岁以下的人要有创造性，所以更关注应聘者在市场开拓、产品开发等方面的能力；对较大年龄的求职者，用人单位则希望详细了解其身体状况，在以前单位的工作经验等。所以大龄求职者在制作简历时，应考虑用人单位对自己的关注点。

（3）应聘要求切勿苛刻。对于求职者而言，用人单位能提供全面的保险和福利那是最幸运的了。但是用人单位往往会考虑用人成本的问题，一般情况下不会将所有的待遇一下子都端到求职者面前。

大龄求职者不能自恃以前待遇如何如何，而将自己的要求凌驾于用人单位的能力之上，这样的求职者用人单位只能敬而远之了。大龄求职者只要能摆正自己的位置，放下架子，利用优势，全面衡量用人单位提供的条件，找一份工作并不是太困难的。

（摘自：人才专刊）

为与企业共同做好大学生就业招聘工作，
请企业代表参加研讨会

第4章 求职方法

关于求职方法的话

来大学生就业之家作职业指导咨询的毕业生提问最多的问题是：求职简历怎么写才能让用人单位看中？简历投了不少，怎么没有回音？面试多次为什么通不过？有的学生简历写了好几篇，但求职目的却不明确，因而往往被用人单位搁置；有的学生从网上下载简历，随意填写，然后"手捧简历广撒网，场场不落招聘会"，辛苦付出不少，录用结果却很渺茫；有的学生则是因为面试准备不足，而多次误失良机。以上这些学生正是缺乏求职方法的训练导致了求职困难。在我看来，制作简历的过程实际是大学生思考与成长的过程，与职业规划有直接的联系。较早对自己的职业发展方向有所考虑，在选择专业、参加实践、增长工作能力、培养职业素养、心理锻炼上就会目标明确、思路清晰、措施得当，到选择职业制作简历时，也就会研究社会需求、分析个人条件，有针对性地投递简历，实现有效求职。

以下是我从众多的咨询中遴选的部分关于双学位毕业生、大专生、本科生、女生在求职方法方面的案例。

4.1 把握求职中的可控因素
——怎样写主动型简历

【导语】

华中农业大学人力资源管理专业2006届的本科毕业生小郭，带着在就业方面面临的问题，来到了大学生就业之家的咨询台前。他的困惑是为什么自己这种热门专业的毕业生，投了多份简历后，仍然没有面试的机会，自己的简历出了什么问题。

【咨询台】

蒋老师（为小郭倒上一杯水）：天气太热，喝点水，慢慢说。

小郭：谢谢老师（他看起来很渴，后来的表现，让人感觉到他也的确求知若渴）。我的学校在外地，名气小，在北京的认可度不高。因为学的专业是人力资源管理，现在看起来还比较热门，原以为可胜任的职位很多，但找了一段时间的工作后，越来越迷茫了，不知道今后该做些什么。

蒋老师：投过简历吧？有没有参加过面试？

小郭：投过很多，都石沉大海了，没有任何回应。所以至今没有参加过什么面试。

蒋老师：那的确让人很着急，我们一块来找找是什么原因，好吗？

小郭：那太好了，我就是为这个来的。

蒋老师：能让我看看你的简历吗？

（看了小郭的简历之后，我发现了问题所在）

蒋老师：小郭，你在学校参加的活动不少啊，写得很具体、饱满、充实，这说明你各方面的能力都很强。但是当你去应聘的时候，这样的简历就存在一些问题了。现在如果你是招聘者，你来看一看这份简历，会觉得怎么样呢？

小郭（很迷惑，拿起简历仔细地看了好久）：好像内容太多了，比较繁杂，重点不是很突出。

蒋老师：对了！这就是问题所在。我很理解你的心情，想把一切在学校取得的成绩都展现给公司，结果把简历写得很厚，然而这样却使得招聘公司难得有耐心把你的优势发掘出来。所以，你应该结合应聘的岗位把自己的有关能力突出出来，让简历发挥它的功能，得到应聘公司的关注，这样才有机会去参加面试啊。

小郭：是啊，我怎么一直没有发现呢。以前就想着怎样把自己的优点都写上，根本没有想过应聘的公司需要什么样的人才，以后要根据需求写简历，这样的话肯定能够获得一些面试机会的。

蒋老师：是啊，写这样一份简历的前提有两点：一是对应聘的公司有详细的了解，一是对自己的特长比较清楚。只有知己知彼，才能百战不殆。

小郭：谢谢您，蒋老师，我今天回去就改。您就等着我的好消息吧。

【咨询手记】

很多学生写简历时都认为把自己的经历写得越多越好，从而造成缺乏针对性，结果屡屡受挫，是金子却无法发光。要想让自己简历受青睐，必须要做到有的放矢、重点突出。简历编写黄金法则是：简练原则、对应原则和STAR原则。

简练原则：一般而言，大多数公司的招聘专员，对你的简历是进行扫描式的浏览而非精读。除了需要了解资深专业背景和职位以外，时间不超过 1 分钟。这样，一份厚厚的没有重点的简历，很容易就会被排除出招聘人员的视线。

对应原则，即简历内容要针对招聘职位的能力要求来编写，以帮助招聘者更深入了解应聘者在这方面的才能，这叫做有的放矢。

STAR 原则包括：S——Situation，描述清楚自己参与活动的背景，包括什么单位、单位的特质，比如在世界 500 强公司实习，这个背景将极大地提升简历的可读性；T——Task，承担什么样的责任，做的什么样的工作；A——Action，对关键的工作内容进行清晰、简练的描述以突出自己工作能力；R——Result，工作结果怎样，最好要有数据支持。

编写简历遵循这三大原则，就很容易通过简历扫描关而进入下一轮的竞聘。

【另案】

小程，人民大学知识产权法专业 2005 届毕业生，经济管理双学位。在大学生就业之家"春风化雨润心田，就业咨询进校园"活动中，小程来到了咨询室。他的困惑一是：为找工作已经投出了 80 多份简历，却全部石沉大海，连一个回音也没有。是什么让他这么难？带着这个问题，我们一起进行了分析。

【咨询台】

蒋老师：焦急的情绪是不利于解决问题的，对吧？能不能试着深呼吸几次，先把情绪平静下来。

小程（努力地深呼吸了几口，心情稳定了很多，脸上的肌肉也放松了许多）：现在好多了。那您说我现在应该怎么办呢？问题究竟出在什么地方呢？

蒋老师：你带简历了吗，能不能给我看看？另外，你曾经在什么地方投过简历？

小程（赶紧从书包里拿出一份简历递给我）：我在北大、国展、农展和本校的招聘会上都投过，在网上也投了很多。

蒋老师：你给什么样的单位投过简历？

小程：跟自己专业方向差不多的，我不想让自己这几年的专业学习白白浪费，而且我很喜欢自己的专业，今后想在这方面发展。

蒋老师：很好，能把自己今后的专业方向确定了，这对于你的求职很有利。那么你所投的简历有回音吗？

小程：就是没有啊！所以我很着急，别的同学很快就会得到面试的机会，而我总是在白忙活，真是很郁闷。

蒋老师：你回来总结、分析了吗？

小程：没有。每次都被打击得很厉害，没有勇气再去分析什么了。这也许是一大原因吧。

蒋老师：你现在能感觉到就很好，确实应该及时总结分析，根据你现在遇到的问题，我想知道你了解用人单位需要什么样的人吗？

小程：他们在招聘职位上写了。我看着哪个合适一些，就去投了简历，有什么问题吗？

蒋老师：在这之前你有没有进行详细的分析呢？你考虑过自己的专业和特长是否适合这样的工作吗？

小程：我只是大致想了一下，感觉还可以适合他们的要求。

蒋老师：那么简历中你写了吗？你的求职意向是什么？相对于应聘职位你具有什么基本条件和突出优势？把自己统一的简历投给不同的公司或者说不同性质的工作，你感觉怎样呢？

小程（陷入了深思中）：您说的有道理啊，好像这方面我写的不是很清楚。那我应该怎么办呢？

蒋老师：制作简历的过程是思考与成长的过程，与职业规划有直接的联系。较早对自己的职业发展有所考虑，在选择所学专业、参加社会实践、增长工作能力、培养职业素养、心理锻炼上就会目标明确、思路清晰、措施得当；到选择职业、制作简历时，也就会研究社会需求、分析个人条件，有针对地投递简历。所以你在招聘会那么短的时间就决定是否投递简历，似乎有些急促了。现在的招聘会很早就会在网上登出信息，所以我建议你先去了解一下招聘公司的信息，然后有准备地把自己的简历进行一些改动，再投给相应的公司。这样的话，相信你会有新的收获。

小程：一份简历还有这么多学问，怪不得我投了那么多都没有回音呢。以前总是怕机会丢了，所以不停地投简历，现在想想这个做法有问题啊，还是得根据公司的要求准备简历。真是太感谢您了！

【咨询手记】

简历就是求职者提交给用人单位以介绍、说明个人基本情况、教育培训情况、过往工作情况的书面文字资料，在用人单位没有面试之前，简历是帮助用人单位了解求职者基本情况的主要途径。

简历编写过程，其核心是了解自我、了解职位和社会的过程。我们描述自己的经历时，要突出自己的亮点，如何取得成就、如何克服困难、取得什么样的成就，这些正是你心中最有价值的事情，也反映了你的专业技能和通用技能水平，而这都是单位需要考察的。当你面对一个职位技能描述的时候，如果能够很清楚地了解这背后需要的技能、工作的特质，你就能很好地回答面试官的问题，能够在工作中尽快地适应和提高。如果对自己了解不清，对工作、社会不了解，那么简历将反映出重点不突出、描写不具体等硬伤，即便靠技巧勉强过关，也很难在面试官面前不露馅，更会在实际工作中遭受挫折。认真了解自我、了解所应聘的职位、了解社会，是编写一份出色的简历必做的工作。

4.2　重要的第一印象
——怎样改变求职形象

【导语】

在大学生就业之家的旅游招聘会上，来求职的学生被挤得水泄不通，我在咨询台上忙得口干舌燥、满头大汗，一位学生在递交简历后，问道："老师，我为什么总找不到工作啊？"她渴望的目光希望马上找到答案，我反问道："为什么呢？"她焦急地说："人家说我个子矮、人长得小，不愿用我或用我也不让我带成人旅行团！"我很想与她谈谈，但望望后面等待咨询的同学，我对她说："你能等我一下吗？咱们一会儿有时间详细谈谈，我希望会对你有所帮助。"

中午我单独接待了她。在谈话中我了解到她的多次求职过程和心理历程。

【咨询台】

小周：老师，为什么我总找不到工作啊？我都快急死了。

蒋老师：能跟我具体说说吗？

小周：嗯。我是学旅游专业的，我去应聘导游的工作时，别的方面对方都说还可以，可就是嫌我个子矮、人长得小，所以不愿用我，即使用我也不让我带成人旅行团。这真是让我很沮丧，本来我就有一些自卑，这样的打击

真的让我很难受，我都不想再找工作了。

蒋老师（看着这个坐在我对面的女孩儿，她披着长发，穿着长毛领外套，显得瘦小疲备，脸上流露出无辜的表情，这时我知道了她的问题在于求职形象上）：你以前去求职的时候，是穿什么样的衣服呢？和今天一样吗？

小周：是啊，和今天穿得差不多，这有什么问题吗？这还是特意为找工作买的呢，穿着显成熟。

蒋老师：看起来是显得很成熟，但是现在请你站在招聘方的立场来看看，他们希望要一个怎么样的导游呢？

小周：我想应该是比较干练和利索的，能够让人放心的那种。

蒋老师：我想你说得很对，导游要带队，一定要有责任感，也就是你说得让人放心。那你再想想通过什么表现能让对方有这样的感觉呢？

小周：简历吧，还有我在面试时的表现。也只有这两方面可以让公司了解我了。

蒋老师：嗯，你说得两个都很对，但是有没有想过面试的时候应该穿什么样的衣服呢？

小周：这个我倒没有多考虑，只是在找工作之前去买了几件成熟型的衣服。不过，现在想想觉得这是很重要的，应该注意的。

蒋老师：是啊，第一印象是很重要的，你应该根据你自身的情况好好设计一下自己求职的形象，这是一门学问呢。比如你个子不高，就应该穿短款的上衣；另外头发可以束起来，这样比较精神。但要改变形象，关键是要从内心到外形改变自己。

你虽然个子矮点儿，但是在我们的交谈中我感到你的语言表达能力和主动沟通、交际的能力较强，吐字清楚，有旅游工作的教育背景和兴趣，相信你是有胜任工作的基本素质的，以自己的实力弥补形象的不足。

小周：您真是打开了我心中的一扇门。在学校的时候我的能力很强，但就是在应聘的时候总受打击，原来问题出在这里啊。真是太谢谢您了！另外，现在我突然清楚了，带成人团和儿童团其实没有什么区别，都可以锻炼自己的能力；而且我自己也很喜欢小孩子，说不定还能干出一番事业呢！

蒋老师：看到你现在这么自信，我真的很高兴，相信你一定会有一个好的将来，加油吧！

【咨询手记】

对于求职形象的设计，有两种误区：一种是太过疏忽，素面朝天、不加修饰；一种则是过度关注，有的男生去美容院做头发的拉直，女生去报化妆班，有的甚至去整容、拍写真，我们说这两种做法都不可取。前者的问题在于没有认识到第一印象的重要性，不够重视，后者则是过度重视，为之倾注太大的精力。而我们所说的求职形象的设计是有前提的，不能仅从外貌来看，还要结合内涵，做到由内而外的展示自己。另外，形象要注意和所应聘的职位相符，不能张冠李戴，这样的效果只会适得其反、南辕北辙。

4.3　清楚自己的定位
——怎样才能面试成功

【导语】

　　小袁是北京林业大学统计专业的毕业生。在找实习单位的过程中，小袁发现自己总是无法通过面试。因此，他感到非常苦恼，不知道问题到底出在哪里。

【咨询台】

　　经过交谈，我得知小袁的英语四级考试一直没有通过，最近一次的考试成绩必须等到 12 月才能出来，而只有等到那时，他才能争取到实习的机会。因为这样，他错过了实习的最佳时期，算是动手比较晚的了。小袁曾经找过很多单位，包括神州数码，门头沟区、石景山区、怀柔区、东城区的统计局，投了近三百份简历，参加了十几家公司的面试。小袁觉得自己面试的时候很紧张，临场发挥比较差，对于面试官提出的种种问题不知如何招架，不知道究竟怎样才能达到要求。

　　按照小袁的特点，我觉得首先应该帮助小袁认识自己的特性，确定其究竟适合哪种工作，以避免将时间浪费在那些并不适合自己的工作上。小袁对数据分析很感兴趣，他喜欢调研、统计分析一类踏实的工作，能够独立完成调研、设计，但是不善于与人沟通，缺乏自信。

　　接着，我帮助小袁分析了他的优势和劣势。他的优势在于很喜欢自己的专业，性格和专业非常匹配，适合从事与专业紧密相关的职业，踏实沉稳、务实谦虚、谨慎精确。他的劣势在于他的人际交往能力和沟通能力差一些，比较内向害羞，容易显得保守呆板。这也正是小袁总是无法通过面试的症结所在。

这样，小袁可以针对自己的优势、劣势找那些跟专业贴近的工作，避免不适合自己的工作。其次，小袁应该有意识地锻炼与人交流的能力，学习一些面试技巧，多模拟面试现场，尽量消除自己的紧张情绪，将自己的优势和特点表达出来，使面试官更多地了解自己，这样成功的机会就会大很多了。

【咨询手记】

首先需要特别指出的是，在上学期间应保证顺利完成学业，这样在找实习单位或者工作的时候会多一些机会。很多毕业生在经过几次面试失败后很容易产生沮丧、意志消沉甚至绝望等对自己不自信的心理状态。其实，很多时候，面试失败并不代表应聘者不够优秀，而是应聘者的特点并不适合这份工作。因此，找准适合自己的工作是至关重要的事，这需要长期的自我探索和清醒的自我认知，建议尽早进行。这样能使努力的目标相对集中，避免浪费宝贵的时间和走弯路，根据自己的优势和劣势，早些培养自己相关的技能和能力，弥补自己的不足之处，使自己的综合素质得到全面的提高。

4.4 自信建立在充分了解的基础上
——怎样使面试有效

【导语】

中央财经大学2006届会计学专业的本科毕业生小程，在参加了几次招聘会，经历了几次面试后，发现自己越来越不清楚要在面试时怎样做才能得到自己理想的职位。久而久之，小程变得很不自信，对面试也有所抵触。

【咨询台】

小程：蒋老师，我很着急，很多同学都找到工作了，但我还没有，因为我准备考研耽误了，现在压力很大。

蒋老师：嗯。是啊，你参加过面试了吗，感觉怎样？

小程：去了几个公司，感觉不好，没有回音。

蒋老师：举一个例子吧。

小程：有一次，我去一家公司面试，说了自己的一些简单情况，他们问我兴趣爱好，我刚说到一半，面试官就让我停下，随便说了几句就让我走了，其他几个公司也是这样。

蒋老师：那你觉得是什么问题呢？

小程：我不知该怎么面试。

蒋老师：就是说怎样使面试有效，是吗？

小程：老师，我觉得我没考上研究生，为考研准备的这段时间的努力一点价值也没有。这种情绪对我面试是否有影响？

蒋老师：虽然考研没有成功，但是你这段经历是有价值的。因为能够为考研一直坚持到最后是一件很不容易的事情，这种坚持的精神很可贵，为什么不把这种精神用在找工作上呢？不要害怕失败，从失败的面试中总结经验、完善自己、继续努力，一定会有机会。

看着小程的脸，直觉让我感觉到上面的话让她的内心逐渐坚定起来了。其实小程是一位很优秀的学生，只是在失败的阴影笼罩下，失去了前进的信心和勇气，经过客观分析，她已经能够领悟到自己的问题实质，改变起来会很快的。

小程：您的话对我帮助很大。

蒋老师：能对你有所帮助，我很开心。你知道面试时有效的方法吗？

小程：哪些方面呢？

蒋老师：最有效的方法可能就是你在面试时要知道所应聘的公司需要什么样的人，所应聘的职位需要什么技能，这叫知彼。你虽然没有工作经验，但你可以根据自己的优势来有针对性地突出你适应这个岗位的能力，而不只是泛泛地说说自己的爱好，这样对方就会对你刮目相看了，你说呢？

小程：嗯，太对了，谢谢蒋老师！

【咨询手记】

很多毕业生在面试中存在两大问题：第一是不自信，觉得自己没有工作经验，没有竞争力；第二是没有针对性，不知道企业需要什么样的人，怎样表述自己的能力。其实，大多数招聘应届毕业生的公司，本身对于工作经验并不是很在意，而是关注学生的潜力，因此能够自信地展现自己潜力的同学，将会获得单位的青睐。

而对于应聘的公司和职位要充分了解，作到有的放矢，针对公司的需求突出自己的优势和特长，这样一定会吸引面试官的注意，使面试变得主动而有效。另外，正确分析自己的优势和特长，合理看待失败，从中吸取经验和教训，保持一颗积极向上的心，对于找工作的同学来说是很重要的。

4.5 知己知彼，百战不殆
——怎样作好面试准备

【导语】

　　小张是北京信息工程学院工商管理专业的一名毕业生。毕业前，小张曾在一个小公司实习过两个月，经过实践，他认为该公司工作空间不够，对发展不利。所以在正式找工作时小张更倾向于一些大公司，曾到爱国者和华旗资讯等知名企业面试，但招聘方认为其不是名牌大学毕业（看中来自北大、人大、清华等顶尖大学的人才），普通话不够标准等，最后没有被聘用。这样的结果令小张很是困惑，心里一直存着难解的疙瘩。为此，他来到就业之家寻求帮助。

【咨询台】

　　小张：老师，我去过一家大公司面试，但最后没有通过，回来后我分析了一下原因，其实非名校毕业生，普通话不好可能都是次要原因，面试中自己表现不够好应该才是求职失败的一个主要原因吧！比如在被问及谈谈自己的优势和缺点时，我甚至不知道该怎么回答，只是机械地蹦出了几个空洞的词语，考官看到我的紧张和无措自然留下了不好的印象。您说我分析的对吗？

　　蒋老师：你的自我分析和总结很好啊，我也很认同你找到的原因，但是就这个原因，你有没有什么可以改善的方法呢？

　　小张：这个倒还没有想好，您说呢？

　　蒋老师（针对小张的问题，我专门就面试方法进行了解释和分析）：你求职的时候获得了面试的机会，的确很好，这说明你向求职成功又前进了一步，但是面试只是给了你一次机会，要想好好利用它展示自己，还需要在面试前作很多准备，比如做好关于应聘公司的调研工作，获取尽可能多的信息。调研的内容可以涉及公司的规模、公司的主营业务、公司的发展前景、所应聘职位的职务范围、该职位的任职要求等。俗话说"知己知彼，百战不殆"。在面试的时候，要充分利用这些信息来展示对该公司的了解以及在这里工作的兴趣。在信息发展的今天，这些相关的信息可以在各大公司网站和媒体中找到，所以在求职时要做有心人，注意多收集这方面的资料。

　　小张：您说得太好了，我就是这些方面的准备不足。

蒋老师：另外，还要做好面试前的演练工作，准备一些基本的面试问题。实际上，面试的基本问题无非就是 HR 想了解求职者的个人品性、工作经历、工作能力、团队工作态度和对薪水福利的要求等方面的基本问题。因为 HR 可以通过这些问题判断求职者是否适应未来的职位要求。像面试时问到你的优缺点这样的问题，就是 HR 想再次确认求职者的自我认知和 HR 对求职者本人的判断是否一致。这个问题是你施展才华的又一个好机会，可以从工作和本人个性两个方面来回答。不过回答的时候也要注意，尽量要体现与应聘岗位有关的优势和能力。HR 正试图使求职者处于不利的境地，观察求职者在类似的工作困境中将作出什么反应。这个问题可以从自己的性格和工作习惯这两个方面来回答，但是你在谈自己的缺点时不要和应聘的职位需求相矛盾，可以用简洁正面的介绍抵消反面的问题。例如："我的性子比较急，我希望在第一时间完成工作，这样常常会影响到其他同事，所以我需要学会更耐心一点。"注意，在谈到自己的缺点之时，要再谈谈对缺点的认识和改进的方法。

小张：喔，原来每个问题背后都有着对方的某种考虑，今天跟您谈完以后，我真是受益匪浅啊。以前只是人家问什么自己就回答什么，根本没有想过问题背后的考察啊，这下可要好好学习"察颜观色"了（小张轻松地笑了）。我相信以后的面试我一定会成功的！太感谢您了！

【咨询手记】

在求职过程中，面试结果的好坏对最终的成败至关重要，而展现最佳的自己无疑是每个应聘者最大的心愿，但如何才能做到呢？在每次面试前都要作好充分的准备，还是那句老话，"知己知彼，百战不殆"。多搜集一些相关资料、多方了解信息、积累面试方法，在面试中领会对方问话的意图，做到有的放矢，这样你就离成功近了一大步。面试的主考官所提的每一个问题可能都有背后的含义，因此，在他每提出一个问题时，不要急于回答，这样不仅可以仔细地考虑一下，还可以增加几分成熟稳重，给主考官留下一个不错的印象。

4.6　以柔克刚
——怎样面对尴尬问题

【导语】

众所周知，在招聘过程中用人单位会问及各种各样的问题，其中，不乏有看似与工作无关却涉及个人隐私的问题。在大学生就业之家的就业指导咨询中，便有一位大四的女生小琴在咨询台前向老师咨询道：在应聘过程中，用人单位问到自己有没有男朋友，这样的问题应该怎样去回答。

【咨询台】

小琴：蒋老师，我昨天参加面试，面试官问了我一个问题，我不知道该怎么回答。

蒋老师：什么问题？

小琴：他问我有男朋友吗，我觉得这是私人问题，好像跟工作没有关系，所以就没回答，我不知道他是怎么看我的。如果以后再遇到这样的问题，怎么办呢？不回答好像也不好。

蒋老师：首先，女生就业要自尊，遇到这种问题时切忌不能唯唯诺诺，你可以以诚恳的态度试问用人单位，比如问他"这与我的工作有什么联系吗"，以确切了解用人单位的意图，进而表明自己的态度。在很多情况下，这个问题可能涉及用人单位需要了解女性对工作和生活如何平衡的态度，进而衡量应聘者与职位是否合适。在这种情况下，你只要表明你有能力平衡工作和生活的关系，让用人单位相信你能胜任这份工作就行了。对于涉及个人隐私的问题，如自己认为不便于回答的也可以不回答。

小琴：哦，我知道了，谢谢蒋老师！

【咨询手记】

这类"尴尬"的问题，其实是考查面试者对于生活和工作中有关类似问题的处理态度，以及是否有信心和能力解决可能出现的困境，因为这毕竟是现实生活中经常发生的事情。应在了解了面试官的意图后，以巧妙幽默的方式回答会给他留下深刻的印象。

【知识链接】

女大学生面试时如何对待隐私问题

许多应届大学毕业生还在忙着找工作，但是其中的女大学生却经历着更多的困难，她们中不少还显稚嫩，还显青涩，然而由于对她们爱情、婚姻、甚至性观念的好奇，使得社会上仍有不少人对这个特定群落——天之骄"女"

们充满想象。记者不断地听到求职的女大学生发出这样的声音：为什么一定要问隐私呢？当然，她们只是抱怨，这些也许只是她们生活中小小的不愉快，但却反映了大家没留意到的一种意识，她们应该面对隐私"拷问"吗？

在对 15 名应届毕业生进行的随机访问中，发现 5 名男生中只有 1 名在面试时被问及女友（因特定国家机关需要），10 名女生中却有 7 名被问到"有无男朋友"等类似与个人隐私有关的问题，其中 6 人觉得"有点儿难堪以及不太愉快"，只有 1 人大方地表示不介意回答这类问题。一位被采访的暨南大学女同学愤愤不平地对记者说："我的私生活与找工作有关吗？"

面对隐私问题，回答的决定权在面试者自己，用人单位只要不违反法律法规，有权制定一套自己考察人的规章制度，用人单位问的一些看上去与隐私有关的问题，只是出于考察的目的。那些极个别的招聘者出于个人好奇来问的问题，只能靠应聘者自己判断，而不能由于怀疑别人出于私人目的，而否定问涉及隐私问题考察的方式。一旦因拒绝回答影响获得该职位的话，也是应聘者必须承担的代价。另一方面，应聘者在面试时也会问及单位的隐私，单位该不该回答呢？这与问个人隐私是一个性质，用人单位与面试者是站在平等地位上的，求职者的心态要调整好，不要整天把自己看成一个弱者。

既然大学毕业生还得找工作，找工作过程中或多或少中都有可能遭遇这一类尴尬的询问，那么如何"对付"用人单位就成为女大学生面临的一个小小的课题。

女大学生由于涉世不深，一般是问什么都会如实作答，除了基本情况要如实回答外，在面对"隐私拷问"时，建议学生可以举出"PASS"牌，保护自己的隐私。如果觉得对方的问题使自己的人格受到了侵犯的话，不妨干脆一点拒绝这家单位，因为即使选择了这家单位，以后也可能会成为潜在的威胁。如果感觉机会难得，倒可以试试采取机智一点的回答化解，在保护自己的状态下又不得罪对方。要分析提问人的动机，注意保护好自己，同时随时跟老师联系汇报，商量对策。

对于女大学生来说，面试只是走向社会的一个序曲，以后她们将要承受的压力更大，面临的情况将更复杂，这点挫折也许只是小小的练兵。

个人隐私的内涵相当广泛，只要属与外界接触的个人内容均可与隐私扯上关系，不一定女性的年龄、三围等才算隐私。

我国内地的经济发展还没有完全达到商业化的阶段，对个人隐私的保护当然也不能像发达国家商业社会一样细致。但随着社会的发展，个性的张扬，使得对隐私的重视和关注程度也越来越高，这些有待于一个长时间的积累，

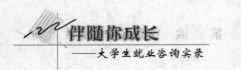
在各方努力下，对隐私的保护才会逐步完善。

女大学生们可以选择在面试时携带录音机等物，当隐私受到侵犯时可以录音取证，以便必要时将面试者告上法庭。

（摘自：http://www.ccw.com.cn）

请北大就业指导中心就业指导老师、职业规划师庄明科给未就业毕业生作团体辅导

第5章 心理调适

关于心理调适的话

心灵的沟通，犹如一股清泉，足以让热浪滚滚的盛夏，变成清爽怡人的清凉季节；心灵的沟通，更是一剂良药，足以让心有疑虑的年轻朋友们在成长的道路上迈开步子，更勇敢地往前走！

我们从小成长的家庭环境、社会环境对我们性格的形成产生着重要的影响，这种影响有积极的，也有消极的。心理调适可以帮助我们看清楚自己，在咨询师的帮助下更快地成长。充分地认识自己可以使我们更好地面对社会、面对职业发展。

由于负性心理因素所产生的就业心理问题很多，我在大学生就业之家接待咨询案例中看到的主要有：①自卑心理；②抑郁情绪；③消极的逃避心理；④遇到挫折后的心理问题；⑤女大学生的心理问题；⑥面试时的心理调适问题。有的时候，我们可能会刻意地去掩饰自身的一些心理问题，但是，当我们遇到一个有经验的面试官时，这些掩饰就成了无聊的小把戏，影响了我们求职面试的成功率。

我从中遴选了几个案例，这里面有结业生和肄业生，有优秀的硕士生，人群的层次虽不同，但都存在着各种各样的心理困惑。当你看完这部分后，希望我能走进你的心里，帮你摆脱就业中的心理问题。

5.1 结业生和肄业生勇敢就业
——怎样克服挫败心理

【导语】

每年高校都有未取得毕业证的结业生和肄业生。这些学生在当年高考时以相当高的分数考入大学，踌躇满志，却因为各种原因在后来的考试中失利了。当他们拿着结业证去找工作时，如果不能作深层的心理调整，在高校毕业生的就业大潮中，可能会面临较大的困难。

在大学生就业之家高校毕业生双选会上，清华大学的小刘向指导老师谈了他的问题。

【咨询台】

小刘：老师，您好！我的情况是这样的：因为在校时放松了学习，导致考试有两次不及格，所以在毕业时只取得了结业证书。其实在开始找工作时心里已经作了准备，肯定会遇到很多困难，但是没想到都毕业一年了，找工作还是步履维艰，简历投了几十份、面试了多次都未找到合适的工作。我想可能是因为用人单位对结业证不放心，自己又没有面试经历的原因吧。像我这样的情况该怎么办呢，我想通过考研来改变就业现状可行吗？

蒋老师：只拿到结业证对你的就业确实会带来一些不利影响，那有没有补救的办法呢？比如说通过补考拿到毕业证。

小刘：我的情况已经没有这种可能了。

蒋老师：是这样啊，那比较遗憾，我想你现在心里一定很后悔，同时也很无助吧。但是，你能在这种情况下积极寻求就业机会并诚实说明自己的情况，精神是可嘉的；你能主动询求就业指导教师的帮助，成功就业还是有希望的。

小刘：谢谢老师的理解和关心，那我现在应该怎么做呢？

蒋老师：目前可能需要面对现实，但一定要有信心。处于这种状况，我们不妨向民办学校的学生学习，把就业心态放低，从一些基本的工作、边远的中小企业干起，在基层磨炼自己，艰苦实践、勤奋学习，关键是要有务实的态度，同样可以在工作中作出成绩。

在求职过程中要有充分的心理准备。一般毕业生都要经过曲折的过程，结业生可能要承受更大的挫折。你是名校的学生，大型企业、机关不会接收结业生；中小民企、私企又不敢用名校学生，这就更需要有百折不挠的精神。要有很强的主动性，主动学习就业知识和方法；主动了解市场、走进市场、研究市场；主动与用人单位沟通交流；主动搜集就业信息；主动调整自己；主动做好各种求职准备；主动争取就业指导老师的帮助。

以积极的心态发现自己或培养自己能让用人单位欣赏的优点。用人单位接收大学生的关注点是多方面的，不同性质企业的关注点也不一样。如果你在某些方面比较突出，还是会得到用人单位的青睐的。

小刘：嗯，我明白了，那如果我想考研呢，您认为可行吗？

蒋老师：如果你能专心、静心、有成效地准备考研，从而获得再次学习、提升自己的机会，对于你的就业状况可能会有些改变。但是如果是在缺乏职业规划和就业准备的前提下考研，研究生毕业仍然会面临择业与就业的困难。你还是需要先考虑好自己的爱好和职业方向，可以的话做一个系统的职业规划，这样对你将来的就业或者考研都有很大的帮助。

小刘：是的，老师，我回去后会好好考虑，作出最好的选择。

【咨询手记】

每年都会有一些大学结业生，怎样实现他们的就业愿望确实是个比较难的问题。首先，他们应积极补考，争取拿到毕业证书；认真分析自己大学四年的经验教训，虽然这是一件很痛苦的事情，但是对于今后就业和发展非常有帮助。其次，如果没有拿到毕业证的机会了，也不能就此怨天尤人或是萎靡不振，一方面做好心理准备，面对求职中可能会遇到的各种挫折；另一方面还要积极挖掘自身的优势，没有毕业并不代表没有能力，如果真的具备实力，是会受到用人单位的青睐的。

5.2 走出消极心态，树立求职信心
——怎样排解抑郁心情的困扰

【导语】

小爱，毕业于中国人民大学，已经在 2005 年 6 月份获得了法律硕士学位。27 岁的她很希望毕业之后可以留在北京发展，想找到一个能解决北京户口的工作单位。此前，她已经有过两年的工作经验，而且，在本科时她读的是国际经济与贸易专业，英语水平也相当不错。但是今年从人大法学院毕业的学生就有 700 多人，再加上社会上其他院校的法律专业毕业生竞争激烈，就业难度非常大。因此小爱感觉看不到自己有任何优势，心情一直比较糟。

带着这些问题，小爱来到大学生就业之家在人民大学举办的"春风化雨润心田，就业咨询进校园"咨询专场进行咨询，希望得到一些帮助。

【咨询台】

蒋老师：你从什么时候开始找工作的？

小爱：我一直不是很主动，3 月份才开始找工作的。

蒋老师：有什么原因阻碍着你找工作吗？

小爱：在写简历的时候，我发现自己的竞争力太小，担心没有机会，所以就一直没敢行动，担心失败。

蒋老师：原来是这样啊，但是在我的眼里，你拥有很多优势条件啊。咱们来一起看看吧，首先，你是中国人民大学的硕士毕业生，这个品牌的社会认可度很高；其次，你本科读的是国际贸易专业，研究生读的是法律专业，就业面很广；再者，你有在企业工作的经历，英语水平较高，这些不都是你在就业市场上的优势吗？

小爱：我一直紧张苦恼着没有竞争力，没有想到在您眼里还有这么多优势，谢谢您的认可和鼓励。可是用人单位凭什么会看上我呢？现在优秀的毕业生有很多啊。

蒋老师：我感觉你总带着有色眼镜看待自己，能不能试着站在第三方的角度看看你自己这几年的经历，我相信会有很大改变的。

小爱：我试试吧（陷入了深深的思考中，脸上不时露出微笑）。

蒋老师：有什么不一样吗？

小爱：哦，我明白了，我就是要树立自信，改变被动。我自己确实有很多优点，譬如能处理好工作中的人际关系、工作认真等。这些特点都被以前的我过滤掉了，其实都是一些难得的优势呢。

蒋老师：看来通过思考你对自己有了新的理解，现在你对找工作有什么新的看法吗？

小爱（站起身来）：谢谢老师，我现在更有信心了，找到工作，我一定向您汇报！

【案例回访】

2005 年 8 月 25 日，小爱打电话给蒋老师，告诉老师她已经在一家法务公司做招商，虽然工作环境较一般，不过比较稳定。她很珍惜这份工作，希望在工作中累积经验，逐步发展。

【咨询手记】

小爱这个案例反映了外地学生留京的普遍问题。具体到小爱的情况，她自身条件较好，只是不够自信，不能积极主动地争取机会。鼓励其看到自身的优点，努力争取，找到工作不是难事。

小爱的优势在哪里？名校毕业——意味着求职时企业对她的认可度会大

大提高；两个专业相结合的学习背景——意味着她有更宽广的就业面；两年的工作经验——企业需要的正是像她这样又有学历又有工作经验的人才。这么好的条件，都是小爱的优势。

从小爱的叙述中，我明显感觉出她的不自信，这种不自信的心理导致了她不敢同其他同学竞争，不能在竞争中发现自己的优势，不能争取得到用人单位的认可。小爱同学的问题在于缺乏主动性，错过了找工作的最佳时期。本来该在研三的上半学期就主动积极地寻找工作，那时符合小爱条件的工作机会相对多一些，到了现在，机会已经大大地减少了。因此，从消极的心态中解脱出来，树立求职信心，是成功就业的关键。

5.3 找到个人优势，克服自卑情绪
——怎样克服自卑情绪（一）

【导语】

走到咨询台前的是一位衣着得体、举止大方的女学生，她叫小静，人如其名，但她的内心好像却承载了太多难解的问题。

【咨询台】

小静：老师，我现在很痛苦，不知道该怎么办了，您快帮帮我吧！

蒋老师：能跟我说说你在苦恼什么吗？

小静：唉……（她长叹了一口气），我是北京××大学工商管理专业大四的学生，这个学校在北京众多的名校中只能算是个三流院校；工商管理专业也是个没有任何技术含量的专业，学的东西太宽泛；加上自己的英语四级考试至今仍未通过，虽然参加了几场招聘会，获得几次面试机会，却始终未果。老师您想想，哪家用人单位会看得上我这样的毕业生啊？

蒋老师：嗯，我大概了解你的情况了，我能感觉到你确实遇到了一些困难。

小静：嗯，是的，几次面试的失利让我很自卑，也很畏惧。我正犹豫着这一周的招聘会还要不要去呢？

蒋老师：虽然经历了以前的失败，你现在看起来比较消极，但是今天能来到了这里寻求帮助，可见你还是一直在努力。要想改变目前这种状态，我们先分析你自身的优势和劣势，好吗？

小静：好的，我现在已经不知道该怎样做了，您说吧，我一定好好配合。

蒋老师：首先我想谈谈我看到你的第一感觉，好吧？你的着装、仪表让我眼前一亮，与别的同学相比，显得更加协调、典雅。你能给人非常良好的职业感觉，这就是你的一大优势。我理解你现在的心情，仅仅看到了自己外在硬性条件的不足，诸如非名校、非优势专业、没有工作经验等；而自己具有的内在优势，却被不自信的心理给蒙蔽了。是这样的吗？

小静：您说的真对，我只是有这种感觉，但是说不出来，好像是我自己把自己蒙蔽了，然后就不敢前进了。

蒋老师：是啊，其实阻碍我们前进的往往是自己。那么你想想还有其他的优势吗？能不能分析一下。

小静：我好好想想。对了，在校时我已经通过了一门职业考试，而且我的父母也一直很积极地支持我就业。这些算是求职时的优势吗？

蒋老师：是啊。（经过鼓励、引导，小静开始意识到自己的问题正是出在自身的心态上，她在求职时认识到的自己是有偏差的，并不是完整的自己，这种认识上的偏差会令她感到自卑）

咨询结束时，小静表示会正确地认识自己，对自身的不足和优势都有一个客观的评价，同时对自己的求职目标也进行了合理的定位。她说不会嫌起始的薪水少或者工作单位差，只要能有一个工作机会，就一定会好好珍惜的。

【咨询手记】

我们在求职过程中是不是也有和小静一样的心理问题呢？面对数次的失利，便开始怀疑自己的能力，当我们把缺点无限地扩大，对前途就没有信心了。

在告别学校走上社会的这一刻，我们需要自信、勇气和愈挫愈勇的精神，勇敢地移走内心那颗叫做"自卑"的阻路石，同时正确定位自己的求职目标。在同竞争对手的较量中，要为自己相对的优势而骄傲，也要正确看待和清晰认识自身的不足，不断地寻求改变和完善，最终提高自己的竞争力。

【知识链接】

如何增强自信心

一个人由于缺乏成功的经验，缺乏客观的期望和评价，消极的自我暗示又抑制了自信心，加上生理或心理上的缺陷、恶劣的生活境遇等原因导致了自卑心理的产生。这种心理常表现为抑郁、悲观、孤僻。如果任其发展，便会成为人性格的一部分，难以改变，严重影响人的社会交往，抑制人的能力发展。那么如何来克服自卑心理呢？

首先，要有意识地选择与那些性格开朗、乐观、热情、善良、尊重和关心别人的人进行交往。在交往过程中，你的注意力会被他人所吸引，会感受到他人的喜怒哀乐，跳出个人心理活动的小圈子，心情也会变得开朗起来；同时在交往中，能多方位地认识他人和自己，通过有意识的比较，可以正确认识自己，调整自我评价，提高自信心。

其次，要不断提高自我评价。要对自己作全面正确的分析，多看看自己的长处，多想想成功的经历，并且不断进行自我暗示，自我激励，如"我一定会成功的"，"人家能干的，我也能干，也不比他们差"等，经过一段时间锻炼，自卑心理会被逐步克服。

最后，要想办法不断增加自己成功的体验，寻找一些力所能及的事情作为试点，努力获取成功。如果第一次行动成功，使自己增加了自信心，然后再照此办理，获取一次次的成功，随着成功体验的积累，你的自卑心理就会被自信所取代。

下列的措施旨在提高你的自信心，改善生活：

●列出你性格中积极方面，可更好地了解自己。

●对自己的成功给予积极的评价。

●选择生活中的某一方面，努力改变。

●制定可以完成的目标。

●不要过快地改变生活中的太多方面。

●找出一个合适的典范，而不是一个不现实的偶像加以学习。

●不要对过去的失败和错误的判断耿耿于怀。

●不要用酒精刺激自信心。自我评价记下你的优点和成功，可着眼于积极的生活，增强自信心。

（摘自：http：//post. baidu. com）

5.4　走出非名校的阴影
——怎样克服自卑情绪（二）

【导语】

23 岁的刘洋家住吉林市，从北京科技职业学院电脑美术设计专业毕业后，他通过报纸、网络、电话及招聘会等各种渠道应聘了几家用人单位，但是均没有结果。小刘为此心情低落，来到大学生就业之家寻求老师的帮助。

【咨询台】

小刘：老师，我是民办学校毕业的，找工作已经好长时间了，但是还没有找到，现在心情非常不好。您能帮帮我吗？

蒋老师：找工作不顺利，心情不好，我很能理解你现在的感受。那你有没有想过是什么原因导致没有找到工作呢？

小刘：我通过各种方式找工作，像报纸、网络、参加招聘会，我都试过，但就是没有回音。我想一定是因为我是民办学校毕业的，人家不愿意要我。我们民办学校的学生都有些自卑，感觉比不上正规大学的学生，事实也好像确实如此，所以心里其实挺凉的，好学校的学生还剩下一大批呢，更别提我们了。感觉上这个学还不如不上。

蒋老师：我感觉你现在的心情很低落，认为自己没有能力改变现状，对吗？还有就是，看来你把求职失利的原因都归到你是民办学校的毕业生这个原因上了。想到这一点你心里有什么感受呢？

小刘：心里当然不好受了，感觉好像低人一等似的，但是又没有办法，后悔都来不及了。上学的时候就感到我们民办学校的学生跟别的学校的大学生不一样，那时我就担心找工作的时候会受歧视，没想到果然如此。老师，您说我该怎么办呢？心情不好，找工作的时候就更加没有信心，感觉就像掉进了恶性循环的圈子中，不知道从哪突破。

蒋老师：虽然你现在的心情不是很好，状态也不佳，但是你的求助动机很强，这样对你的自我成长和将来的工作将是很有帮助的。社会上有些人确实对民办学校的学生有一些偏见，但据我的经验，大多数用人单位还是会看重你的实际能力，学校的名气不能代表你的个人能力。只要你有实力，并且很好地把这种能力表现出来，那么不管是来自什么样的学校，用人单位都会欢迎你，也会信任你、录用你。我以前咨询的学生当中也有民办大学毕业的，他们不仅优秀而且很踏实，这样在找工作的时候反而会受到用人单位的青睐。你觉得呢？

小刘：您说的对，我不能自己先瞧不起自己啊，我有自己的优势，我要用自己的真才实学证明自己可以胜任对方的工作。这样的话肯定会有改善的，对吧？

蒋老师：嗯，看来你的看法有了一些改变。学校的影响在一定程度上是存在的，但是中国也有一句古话："宁为鸡首，毋为牛后"，是否也可借鉴为职业定位的道理。通过讨论我感觉你其实具有较好的自省能力和工作能力，相信这也是你在求职中会比较有竞争力的方面。

小刘：谢谢老师的鼓励和帮助，我会努力的，请您等着我的好消息吧。您教给了我一种为人的骨气，我会继续坚持的！

【案例回访】

通过这次咨询，小刘感觉受益匪浅，目前他已经顺利进入一家广告公司工作。

【咨询手记】

民办学校毕业的学生找工作时，往往会产生自卑的情绪，认为自己不如公办学校的学生。一旦背上这样的思想包袱，他们找工作的时候就很难发挥自己的优势，从而影响了求职成功率，这样反而又应验了他们的担心，长此以往就成了恶性循环。所以对待这样的同学最紧要的是改变他们不合理的信念——民办学校毕业的学生不如公办学校毕业的学生。改变这种消极的想法，再运用正确的求职方法，相信他们可以和其他公办学校的大学生一样具有竞争力！

【知识链接】

战 胜 自 卑

（1）正确认识自卑感的利与弊。有的人把自卑心理看做是一种有弊无利的不治之症，因而感到悲观绝望，自暴自弃。这是一种不正确的认识，它不仅不利于自卑者的前途，反而会加重自卑心理。其实，比起狂妄自大的人，自卑者更加讨人喜欢。因为，自卑的人都很谦虚、善于体谅人、不会与人争名夺利、安分随和、善于思考、做事小心谨慎、稳妥细致、重感情、重友谊。自卑者应当充分利用这些优势，增加生活的勇气和信心。还应认识到，若克服了这种心理障碍，自己将更有前途。

（2）正确地评价自己。不仅要看到自己的短处，也要客观地看到自己的长处；既要看到自己不如别人的地方，也要看到自己的过人之处，俗话说"比上不足，比下有余"嘛。谁都有缺点和不足，只要能想方设法地克服和改正就行。这样就可以增强自信心、减轻心理压力，扔掉包袱轻装上阵。

（3）正确地表现自己。有自卑感的人不妨多做一些力所能及、把握较大的事情，并竭尽全力争取成功。成功后，及时鼓励自己："别人能做到的事，我也做到了！"当面对某种情况感到信心不足时，可以用"豁出去"的自我暗示来放松心理压力，反倒能够充分发挥自己的潜力，获得成功。

（4）正确地补偿自己。为了克服自卑感，可采取两种积极的补偿途径：一是以勤补拙。知道自己在某些方面赶不上别人，就不要背思想包袱，而应以最大的决心和顽强的毅力，勤奋努力，多下功夫，下苦功夫。二是扬长避短。有些残疾人虽然生理上缺陷很大，又失去了自由活动的能力和交际的空间，似乎发展空间极为有限。但有志者事竟成，高位瘫痪的张海迪的成功之路就是一个明显的例证。她身残志不残，酷爱音乐、医学、文学，以数倍于常人的毅力在多方面都有所建树。

（5）正确地对待挫折。遭受挫折和打击，这是人人难免的。但人的承受能力不同，性格外向的人过后即忘，性格内向的人容易陷入其中。这时就应当注意凡事不要期望过高，要善于自我满足，知足常乐。无论学习还是工作，目标不要定得太高、太死，不然就容易受挫折。

（摘自：http：//www. kaifulee. com/modules/bbs/viewthread. php？ tid = 99525）

5.5　面对现实，积极进取
——怎样避免消极逃避心理

【导语】

眼前这位学生，穿得干干净净，不大愿意说话，显得很安静，眼睛里却似乎有着说不尽的苦楚。他是主动来咨询的，可又不愿多说什么，在我的鼓励之下，他才介绍了自己。他是中国传媒大学工商管理专业的应届毕业生，目前正处在找工作的重要阶段，但是自己却是另外一种心情和感受……

【咨询台】

学生：说出来都怕人笑话，我因为英语四级考试没有通过，可能拿不到学位证了。（他很羞愧地低下了头，然后突然想到了什么，抬起头来）现在，我发现自己面临着巨大的就业压力，而且，大学的四年时光，给予我最"成功"的，居然是形成了自卑和封闭的性格。

（他告诉我，现在最想知道的，是如何应对面试，怎么克服自己的紧张情

绪、充分地展现自己，以及自己面临的创业和就业的矛盾怎么解决）

　　蒋老师：能告诉我你的一些大学经历吗？（我始终注视着他的眼睛，想传达一种理解和支持的力量，希望他能感受到）

　　学生：高考的时候，我是以优异的成绩被录取的，入学时还获得了新生奖学金。但由于高考时对专业不了解，入学后对报考的工商管理专业十分不喜欢。想过调换专业或者是退学重考，但是不知为什么，被动的自己总是没行动……（他捶了一下自己的胸脯，眼睛里湿润润的）大学四年我主要是看自己感兴趣的历史方面的书籍和打电脑游戏，虽然在同学眼里我很自由自在，但是这四年，我自己一直处于深深的痛苦中，不敢面对真实的自己，对待考试都是应付。又因为家庭条件和自己的英语成绩很差，变得自卑、封闭，不知道怎么正确进行人际交往，也不愿意与别人交往，自己四年里没有和老师有任何的交流……。

　　听了这个大男孩的哭诉，我感觉首先要帮助其建立自信，使他能主动地调整自己的心态，而不是消极地等待和逃避责任。目前他面对的主要问题是由于浪费了大量的在校时间，使得自己在专业知识、基本素养和就业技能上的准备都很缺乏，造成了就业障碍。于是，我着重告诉他心态在生活和学习中的重要作用，让他意识到自己的根本问题所在，使他明白只有改变自己消极的心态，积极主动地去做事情，生活面貌才会改变，这样就不会再那么痛苦。

　　蒋老师：目前你想过自己应该做些什么吗？

　　学生（摇了摇头）：我不知道该怎样做。

　　蒋老师：现在面对就业，你可能最需要做的是抓紧时间补课。放下自己的顾虑，多与人交往，多尝试表达自己，这样可以帮助你在找工作时充分的展现自己。其次，对于就业时很重要的英语，可以考虑到新东方或其他的专业培训机构进行紧急补习。再次，可以多参加招聘会，在招聘会现场学习招聘方提问什么和应聘者应该怎样进行回答。关于就业和创业的矛盾，要认识到自己是解决问题的关键，要衡量自己的优势和劣势，分析目前自己创业的可行性是否充分。如果尚不充足则要先选择基础的工作，先锻炼自己，提高能力，以后有机会再逐步追求自己的理想目标。

　　他慎重的点了点头，笑了。我也笑了。

【咨询手记】

　　像这位同学这种情况，在大学校园里时有发生。大学新生入学时，有很多人可能没有能够及时地做出调整，可能因为对自己所学专业不喜欢或是竞争压力过大等原因，开始消极地应付学习，浪费了宝贵的学习知识、增长技能的时机，于是在毕业就业时就觉得自己两手空空，脑中无物，缺乏就业竞争力，使得就业变得难上加难，那时后悔莫及。因此无论是从大学生自身还是从学校方面，都应该在新生适应问题上多作努力，从入学的第一天开始就为成功就业作准备。这就要求指导人员要在做以高三学生为对象的咨询活动时，多给予这方面的强调。

当然，这个学生的问题不可能通过一次咨询就解决，但是这次谈话毕竟是对他生活现状的一个正向的推动，有利于他自己的成长，如果这个学生的自省能力很强的话，相信今后会有很好的改善。但是由于我们的咨询并不是系列的心理咨询，所以内心也多少有一些遗憾，这也是对我从事这个行业的一个挑战吧。从这样的案例中，我自身也得到成长，因此，我很感谢相信我的学生们，我也会进一步锻炼自己的能力，以便能够更好地为大学生这个群体服务。

5.6　肯定自己，承受求职挫折
——怎样正视挫折遭遇

【导语】

接待物资学院经济学专业的毕业生小刘的时候，我已经在咨询台前坐了整整一天。和很多学生一样，他希望我帮忙分析自己求职过程和面试经过。我知道，对于每一位学生来说，我的支持和帮助可能是他们进一步努力的源泉，千万不能马虎。虽然我已经大汗淋漓、口干舌燥，但还是安静地听完了他的倾诉。

【咨询台】

小刘：最开始，我去人民网应聘一个职位，面试已经通过了，但当时自己觉得时间还早，希望再找找看有没有更合适的工作，所以犹豫不决没有签协议。之后，我又到清华同方管理股份有限公司做资料汇编，在两个月的试用期内，发现自己的才能在那里得不到发挥，没有前途，所以辞职了。由于爷爷的建议和自己对历史、政治的兴趣，我再次去了人民网应聘，已经递了求职信，现在等待面试的安排。

蒋老师：很好，可是再次去人民网主要是爷爷建议的，你自己感兴趣吗？

　　小刘：我觉得自己的适应性强，公关交际类工作也行，机关单调的工作也行，适应领域较多。

　　交流过程中，我发现小刘对自己的定位很清晰明确，希望做与政治、经济、历史、实践活动相关的具体工作，就业观念比较实际，只要是自己喜欢的并且适应的各种性质的工作都可以接受。对于用人单位的用人标准分析得也很符合实际，在与人交往中表现得真诚、踏实、自信。所以，作为指导老师，我要做的，只是在咨询过程适时地对他的言行做些鼓励和肯定，帮助他分析应注意的面试细节和心态调节。在指导过程中，他不住地点头，表示认同。

　　小刘：其实大学生这个群体是很脆弱的。我们很多同学因为找工作不顺利，都对未来失去了信心。

　　蒋老师：找工作是一个很辛苦的过程，这期间可能会有很多同学，一次次地经历面试的失败或是对找到的工作单位不满意的挫折，有时难免会迷茫和失望，甚至变得不自信，这时候主动地寻找心理支持是很重要的。在找工作的过程中要经常和周围同学、朋友以及家人进行沟通和交流，一方面可能由此互通信息，另外也可以得到具体的建议和意见，最重要的是可以得到强大的精神支持，会让你排解不快，重新振作，坚持到底。其实，保持乐观自信的心态，坚持到底对于最终找到合适自己的工作是至关重要的。给自己多一点点肯定，你们会做得更好！

【咨询手记】

　　小刘是一个内心比较成熟的学生，能够清晰地定位自己的爱好和工作性质，并且主动地寻找相关的招聘信息，他的做法很值得这个阶段的学生们学习，无论在哪种情况下，都保持一颗积极向上的心，不断地与周围的人沟通，获得大量信息，有合适的岗位就主动进攻，而不是停留在以前的失败里哭泣。只有这样，才能找到合适的工作，也希望目前处于困境中的同学，赶快从痛苦的深渊中走出来。

【知识链接】

大学生挫折的分析与应对

1. 挫折产生的原因

　　（1）客观原因。客观原因是指个体因素以外的自然、社会、学校这些外部环境给人带来的阻碍与限制，致使个体的需要得不到满足而产生挫折。

（2）主观原因。主观原因是指由于个体生理、心理以及知识、能力等因素的阻碍和限制，使人的需要得不到满足，从而产生挫折感。

1）动机冲突。在有目的的行为活动中，个体常常会因一个或几个目标而同时产生两个或两个以上动机。但由于条件所限，使得这些并存的动机不可能同时实现，而必须做出取舍，于是动机冲突便产生了。如果这种心理矛盾持续强度大、时间长，就可能会引起挫折感。

2）自我评价与抱负水平过高，而又缺乏相应的行之有效的行动。一个人自我评价和抱负水平过高，就容易产生一些按自己目前条件与实际能力根本无法实现的需要与动机，因而即使再努力，需要也很难得到满足，于是挫折感便产生了。

3）认知不当。有些挫折感的产生，可能与客观环境关系不大，也就是说，一些个体无论是在何处，他们都对生活充满挫折感，或稍遇不顺即产生挫折感。这是由个体的认知态度和生活态度所导致的结果。

2. 挫折对大学生心理的影响

大学生对挫折的反应主要表现有情绪性反应和理智性反应。

（1）情绪性反应。情绪性反应是指人们在遭受到挫折时伴随出现的强烈的情绪反应，主要包括焦虑、攻击、退缩、退让、固执等反应。自然的情绪反应是正常的，但如果超出必要的限度，则会带来消极的后果。

1）焦虑反应。焦虑反应是指个体面临不良刺激或预感到某种不祥的事情或不良后果将要发生而产生的一种情绪感受，是处于边缘状态的综合情绪反应。适度的焦虑对提高学习和工作的效率，激发潜能有一定的积极作用，但过度的焦虑却是有害的。

2）攻击行为。个体受挫后，常常会引起内心的愤怒，从而表现出种种攻击行为。大学生打架斗殴的现象，与他们遇到挫折有一定的关系。大学生正处于生理、心理发育旺盛期，精力充沛，遇事易冲动，自控能力较差，受挫后很容易出现攻击行为，借以发泄内心愤怒的情绪。

3）退缩行为。个体遭到挫折后，对事物表现出无动于衷、漠不关心或耽于幻想、脱离现实的行为，以此种态度适应挫折情境。具体包括：①冷漠。往往是受挫折者长期遭受挫折，或改善情境已无希望或攻击时表现出来的一种复杂的心理反应。表面上看受挫折者采取一种"事不关己，高高挂起"的态度，但实际上蕴涵着一种压抑的愤怒。②幻想。适度的幻想，对于暂时缓解由受挫折带来的紧张和焦虑症，是有积极意义的。但如果形成一种惯性，而不敢正视现实并采取有效的手段，则只会增加个体的挫折感，并可能形成病态的行为反应。③依赖。个人在受挫时，渴望获得帮助、安慰，这是一种正常的心理需求。但如果形成一种长期惯性的依赖心理，则会使人丧失自我，甚至丧失应付现实生活的能力，这是一种典型的退缩行为。

4）固执行为。固执行为是指个体受挫后，不去寻找积极的解决方法，而是采取刻板的方式，盲目地重复某种无效的动作或行为。

以上四种情绪性反应，尽管它们能缓解大学生受挫后的压力，对暂时性地恢复心理平衡具有一定的积极意义，但它们最终无法改变挫折情境和解决问题。长期如此，反而减低了大学生们对挫折的认知水平，妨碍他们应对挫折能力的提高，因而显得更消极，不利于他们的心理健康。

（2）理智性反应。理智性反应是指个体受挫后，能面对现实，找出原因，采取积极有效的态度和行为来对付挫折。理智性反应主要有以下三种策略。

1）坚定目标，再作努力。个体受挫后，常会对自己的目标与行为进行再思考，如果觉得自己的目标是现实的，值得追求，即使暂时遇到挫折，也应在冷静分析的基础上，找出主客观原因，克服困难，继续努力，朝着既定的目标前进，直到成功为止。

2）改变策略，再作尝试。个体确定目标后，由于各方面条件的限制，虽经过努力却无法实现，不得不降低目标或改换目标，以积极的姿态再作尝试。它包括三个过程：一是对原目标到底能否实现进行科学分析，确认原定目标在目前条件下是否无法实现。二是经冷静分析，发觉原定目标仍有价值，只不过条件还不具备，只要降低目标，便有可能实现。如果原目标根本就无法实现或根本就无追求价值，更需要改换追求目标。三是降低目标或更换新目标后，再采取有效的行动，最终实现预想的追求。

3）化消极为积极，努力升华。挫折易使人消沉、丧失意志，不敢再作有效的尝试。但是，经过自己的思考或旁人的指点，人们会将敌对、愤怒、悲痛等消极情绪转化为奋发图强、积极进取的行动，这就是升华。

3. 大学生怎样应对挫折

既然挫折是客观存在的，那么学会正确地对待和运用它，就显得十分必要。我们应当主动开展挫折心理训练和挫折教育，从预防着手，提高大学生对待挫折的容忍力；大学生则要树立辨证的挫折观，采取有效的心理防卫机制，走出心理困境。具体来说，可以从以下几方面对挫折心理做出调整。

（1）树立正确的挫折观。在挫折情境中许多不理智的反应、不正确的行动，都是源于缺乏对挫折的正确认识。因此，我们应该树立正确的挫折观。

1）挫折存在普遍性与必然性。

2）挫折意义的双重性。

3）挫折的可克服性。斗争，最终都坚定地走向了辉煌。他们成就事业的过程往往也就是战胜挫折的过程。

4）大度乐观，正确地评价自我和社会。

5）放弃偏见，主动寻求心理咨询。

个体在遭受挫折后，除可以自发地运用各种心理防卫机制来缓冲挫折感，维持心理平衡外，还可以主动寻求他人或机构的帮助与支持。目前半数以上的高校都设心理咨询中心，大学生可以得到心理咨询员的专业性帮助和支持。

（2）合理宣泄不良情绪。大学生受挫后，心理上处于焦虑、愤怒、冲动的情绪状态，如果得不到合理宣泄，心中淤积的消极情绪会对身心造成极大的伤害。合理宣泄是指采取不伤害他人和社会的方式将内心消极的情绪发泄出来，以缓解、消除不良情绪反应，使心理恢复正常的方法。合理宣泄的方式通常有以下几种。

1）倾诉。这是最常用的宣泄方式。倾诉的对象可以是自己的亲朋好友、心理咨询热线电话，也可以是自我，即通过写日记的方式向自己倾诉。不要把痛苦闷在心里，争取别人的谅解与帮助，这样可以减轻挫折感，增强克服挫折的信心。

2）自我宣泄。个体遭受挫折后，很容易产生紧张、焦虑的情绪，这种情绪必须要通过某种形式宣泄出来，心理才能保持平衡。

3）运动调节。既通过参加某些体育运动以达到释放消极情绪的目的。

（3）积极总结经验教训。挫折给人以压力、痛苦，但只要善于总结经验与教训，它同时也给人以智慧。可以说，知其败而不知其所以败的人才是真正的失败者；知其败而知其所以败的人才是潜在的成功者。总结经验教训时应注意以下几个方面。

1）目标是否恰当。

2）方法是否稳妥。

3）弄明白阻力来自何方。

4）正视失败，不懈追求。

人生路途漫漫，顺境时切莫得意忘形，不要被冲昏头脑；逆境时也莫逃莫避，而应奋起直追，一如既往地驶向彼岸，以自信灿烂的微笑去咀嚼挫折，

最终，你将在咀嚼中汲取宝贵的营养，获得思想的升华，从而成功地跨越这道障碍。

（摘自：http：//www.bvtc.edu.cn）

5.7　前面就是艳阳天
——怎样避免求职迷茫与困惑

【导语】

　　这个山东的女生，是北京理工大学 2006 届的硕士毕业生，本科学习的是农业大学林学院的园林专业，研究生阶段学的是运筹学与控制论应用数学专业。这样一个求学的经历让我觉得她很不容易，也是很值得我佩服的。但是，小王的焦虑恰恰在这两个专业方面……

【咨询台】

　　小王：研究生上了应用数学专业，和本科的专业互不相联，现在我充满了困惑，不知怎样确定职业方向。

　　蒋老师：尝试着找过工作吗？

　　小王告诉我她曾经找过做计算机的相关企业，想在里面做战略规划、统计数据分析的工作，但是这方面的职位很少。同时，自己也想做比统计更高的决策分析。

　　蒋老师：你可以考虑运用自己的专业知识做 SWOT 分析以评估自己在做这一行业的优势、弱势、不足以及面临的机遇。

　　小王说：我也想过做自己的优势、弱势分析，只是一直没有实施。

　　蒋老师：学数学的女孩子是很聪明的。你自己可以想到方法来分析和弥补自己，但是一定要实施。同时，也要让用人单位了解你的优点、了解决策技术的重要性，用专门技术帮助领导，可以在哪里运用它们。这在求职沟通中相当重要的，也是一个单位对这个专业及对你了解认识的过程。

　　小王听了我的叙说之后，拿出自己的简历让我修改。看了小王的简历之后，我发现她的简历关于自己作为研究生的研究能力和实践能力方面的描写不够突出。于是，我建议小王将研究知识转化为求职当中的职业能力，针对用人单位的需求介绍自己。例如可以针对公务员方向、针对企业方向等突出自己的不同优势，要是针对社会调查就要突出自己的市场能力。

小王带着满腹心事来到这里，离开的时候，她的脸上绽开了灿烂的笑容。我相信小王通过不断的努力，一定会走出这片困惑的沼泽地。

【案例回访】

2006 年 1 月 12 日，我对小王进行了回访，小王说自己把简历已做了修改，又参加了几个招聘会，也有过面试的消息。在网上找工作，大部分单位要求有工作经验，而招聘会上的招聘企业对自己所学专业的需求很少。现在班里只有 2 名同学在找工作，其他的同学都打算考博士研究生，这个专业今年共有 35 名研究生，到现在为此，只有 2 人签约，北京市公务员自己也考了。看来小王在咨询之后掌握了更多的求职信息，只是现实的工作岗位对她所学专业的需求很少，同时，她周围的环境对她找工作也有一定的心理影响。我建议她除了去招聘会，也多到人事网站和本校的就业办去看看，在求职的过程中一定要多多努力。

【咨询手记】

像小王这样的学生有很多，更有甚者是本、硕、博三个专业都不同，这样的学生有时会被认为身兼三个专业的知识，应该好找工作。但是事实往往与之相反，用人单位会考虑你这么频繁地换专业，哪个学得也不是很精通，而且还会给人一种不稳定的感觉，这是对找工作是很不利的事情。那么，如何避免这样的事情发生呢？首先是在自己转专业的时候，一定要想清楚，切忌随波逐流，人云亦云；其次是在写简历找工作的时候，明确自己的职业定向、发挥专长，辅助其他相关特色，把优势强有力地推荐给要应聘的企业或者公司；最后，保持一颗平常心，正确评估自己的能力，适当定位。相信这样会有助于找到一份合适的工作。

5.8 始终坚定求职信念
——怎样作好求职的心理准备

【导语】

小蒋，女，西安理工大学 2006 届毕业生，工商管理专业，来到就业之家的时候，有父母陪同。

这个土生土长的北京女孩儿，在高考之后，走向异乡求学之路。而今面

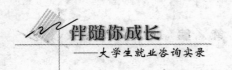
临着毕业，她的困惑是就业之地的选择——是回北京好呢，还是留在西安？

关于如何制作简历和准备面试等问题，小蒋说她的学校讲过整个流程，所以她还是比较清楚的。她现在考虑的问题，听起来似乎也很容易，不知为何，却老也想不通……

【咨询台】

蒋老师：你是说想回京就业？

小蒋：想过，但觉得不大容易。

小蒋父亲：她还想过在外地就业，被我们老两口否决了，就这么一个独生女儿，一嫁出去，回到我们身边多不容易呀！

小蒋母亲：可是考虑到女儿学的管理专业在西安是一类本科，在北京是二类本科，在西安能找到好工作的机会可能比北京大，我们现在也糊涂了。

蒋老师（我点了点头，问小蒋）：你自己认为呢？

小蒋：我觉得学管理的，就业面比较宽，可做行政助理、营销、人力资源管理、物流等，但就是就业地点的问题总也决定不下来，所以一直也没有具体找工作，我也很着急啊。

蒋老师：地点的选择的确是这个事情的关键，但是否可以先跳过这层，直接考虑你的职业发展问题呢？

小蒋母亲：可以试试，总之我们还是为孩子好啊！

蒋老师：这样的话事情就会好处理得多了。我们是否可以这样：可在一个方向上做，也可横向地都尝试着做。

小蒋：我想过做营销，觉得这个职业能锻炼人，而且有的营销要有技术背景，比如做软件销售是没有实物的，必须了解一定的技术内容。我在大二、大三就开始考虑就业的问题，并开始留意这方面的信息，也参加过一些企业的校园宣讲会，在这些宣讲会上了解到很多企业招聘的情况。比如宝洁、联合利华、吉百利等外企招管理培训生，要求用英文答题；华硕集团采用电视面试；从同学那里还了解到有些企业招营销人员问是否会喝酒。我觉得这些单位主要是考应聘人员的反应、推理和计算机能力。可是现实中，面试仿佛更加残忍。我参加过微软的招聘，在面试过程中，考官一直面带微笑，然而，结果我却没能被录用。我也想过通过家长和亲朋好友找工作，但是又不愿家长求人，也担心进去后还得看人眼色。

小蒋一口气说了很多，似乎把许久以来积压在心中的就业感想都倾泻出来了。耐心地听完之后，我肯定了小蒋强烈的就业意识，能主动了解信息，学习有关知识，而且个人在大学期间各方面情况较好，心态也能适应市场，不论在外地还是在北京，管理各个方面的工作都愿意去做，虽有家长陪同但还是主要靠自己，应该说找到一份适合的工作不成问题。我的指导只是在简历上指出要有针对性，心理上要有百折不挠、积极主动的准备。

【咨询手记】

面对小蒋这样一个有着很好的就业实力和求职心态的毕业生，咨询师需要做的只是给她以心理支持和肯定，指出她的优势，鼓励她，让她更有信心。

【知识链接】

加强大学生就业心理素质的修养

良好的心理素质是大学生成才就业不可缺少的因素，古今中外凡是有成就和有作为的人，都具有良好的心理素质。与此相反，也有一些才华横溢博学多识的人才，由于心理素质不完善而一事无成。当今社会和时代的变革，对心理素质在新世纪人才中的作用赋予了更重要的意义，大学生在就业过程中，必须以良好的心理素质作为前提。

美国著名的管理学教授霍尔指出：一个人的目标、意向和期望对其活动方向和成功都具有强有力的影响。尚言之，意欲所往，则无往不达，假如你知道自己要去哪儿，你最终达到该地的可能性就会大得多。因此每个大学生都应突破专业、书本的局限，从进入高校起，就逐渐树立合理的职业意向，进行有针对性的职业资格准备，比如心理素质的修养、技能的培养等。但现实状况堪忧。根据国家教育部对 12 万余名大学生的抽样调查，全国有 20.23% 的大学生不同程度地存在心理障碍，甚至患心理疾病，因而大学生加强心理素质修养十分重要。大学生就业一般要加强以下几方面心理素质修养。

第一，要培养积极主动的就业意向。大学生要使自己跟上经济社会的发展形势，使自己有广泛的适应职业的能力，就要培养积极主动的就业意向，经常了解专业的发展趋势、信息、前景、培养目标及使用方向，不断汲取新的专业知识，不断修正就业意向。

第二，要有适合自己的抱负水平或者说理想目标。它指的是个人从事何种工作之前，估计自己所能达到的理想目标，也可以说是一种对职业的定位。而个体自身的条件，包括素质、性格、兴趣、特长、能力、潜力等是有差异的。实践证明，个人职业的定位越符合自身实际，实践的成效就越好。因此大学生不仅要考虑"我想干什么"，还要考虑"我会干什么"，更要考虑"社会需要我干什么"，不要刻意追求现实中不可能达到的事情。

第三，要认清自我，只有了解自己的素质、性格、兴趣、特长、能力、潜力等，才能知道自己适合做何种工作，才能准确定位，选好就业目标。只有尽早对自己作出客观全面的评价，才能在就业竞争中立于不败之地。

第四，更新就业观念，培养就业所需的心理品质。长期以来，专业对口、学以致用是求职就业中的重要原则，但随着市场经济的不断发展，社会上出现了许多新行业和多学科交叉的行业，从而迫切需要大批复合型人才。而随着知识经济时代的到来，又需要人们终身学习，不断更新知识结构，即使大学毕业后也还要继续学习，否则就不能适应时代的发展和社会的需求。因此，在校大学生不能仅限于专业学习，即应在学好专业知识的基础上，辅修其他专业的知识，在求职就业时不能一味要求所学专业与从事的工作完全对口；不能要求一职定终身，而应自觉扩大自己的就业范围。在考虑自己专业特长的同时，将自己的适应能力和继续学习的因素都考虑进去。

总之，以上几方面是每一个求职者在求职前都要去努力准备的，通过实践，如果能在以上几方面有所提高，相信每个求职者都会找到满意的工作。

（摘自：http：//hi. baidu. com/xiedongji/blog）

5.9 突破社会对女生的刻板印象
——女生怎样调适就业心理

【导语】

小东是北京城市学院一名市政专业的专科毕业生，实习的时候在一家建筑公司做建筑预算工作。实习过程中她了解到这项工作的收入高、社会需求量大，而且复杂细致，觉得自己挺喜欢的。然而，这个想法一产生，就有众多人士企图扼杀其于摇篮之中。有的说"女生到建筑公司上班，还做预算工作，多不合适啊。"有的说"放弃吧，不现实的想法，女孩子家，怎么承受得了强度这么大的工作量呢。"她感觉这些就像一个个炮弹，把她炸得晕头转向，在大学生就业之家招聘会咨询台前，她向蒋老师倾诉心中的困惑。

【咨询台】

小东：老师，为什么大家都说女孩儿就不能做建筑类的工作呢？确实社会上这样的情况是挺少的。原来我很坚定要做这方面的工作，但是总听到反对的声音，用人单位聘用女生的条件也很苛刻，我也开始犹豫了。我也想过找其他工作，但是自己始终提不起兴趣，怎么办？

蒋老师：正常来说一个单位应该是同时需要男女员工的，两者相互分工协调工作。像建筑类的工作大部分是男性工作者，但是也要看具体的职位，预算的工作，可能性别因素影响不是特别大，另外你也有过实习的经历和经验，既然自己喜欢也适合，就应该大胆地去做，相信自己的能力和实力是可以胜任这份工作的。然后再跟父母作一些沟通，相信他们最终还是希望女儿能找到自己的满意的工作的。

小东（笑了）：老师，谢谢您的理解和鼓励，我会坚持自己的求职目标的。

离开咨询中心的时候，小东看起来很轻松，脚步飞快，一蹦一跳地。我心里很高兴，但愿这个学生能摆脱来自外部的各种压力，一身轻松地走上自己喜欢的工作岗位。

【咨询手记】

求职的时候考虑到性别因素本无可厚非，因为有的工作确实适合某一性别来做，比如像矿工，这样的工作由于劳动强度大，如果女性来做就不太适合。但是这样的职业只是一小部分，大部分的职业都没有明显的性别限制。就拿小东的案例来说，虽然她在建筑行业工作但是具体是做预算，这样的工作女性也是适合的。这个时候虽然面对外界舆论的压力，我们的小东需要的是相信自己的能力、坚定自己的决心，这样一定可以做好工作。

【知识链接】

女大学生求职攻略

今天，女大学生在就业的时候，为了让用人单位接收自己，想出了五花八门的方法，明星照、职业装、录像带，试图突出自己的优势，获得就业机会。但是，这些方法收效甚微，不是方法不好，而是没有找到自己的定位。我们发现学生的简历没有清晰的定位，面试中的表现也没有清晰的定位。在求职过程中，定位是求职的基础。如果没有合适的定位，很难在竞争中获得自己的位置。

定位是什么？

定位有两层含义：①确定自己是谁，适合做什么工作；②告诉别人你是谁，你能够帮助单位做什么。看看商品定位你可能就会明白是怎么回事，同样是宝洁公司出品的洗发香波，海飞丝定位于"去头屑"，飘柔的定位是"柔顺头发"，潘婷则定位于"营养头发"。不同的定位主要来自商家对于市场需求的不同理解，同时来自产品内在的品质。

女大学生在定位的时候首先要明确自己有哪些特点，然后把最适合单位需求的特点集中表现出来。

女大学生怎么定位？

第一步：了解自己，把自己已有的和工作有关的特点全部找出来。

小技巧：如何知道自己的特点是不是工作需要的呢？

一是多看单位的招聘广告，尤其是技能要求和个性要求。

二是看业内的成功人士、同专业的师哥师姐，看他们的起步和发展有哪些特点。

三是询问专业的职业咨询机构，了解各种职业的要求。

第二步：比较一下自己的特点与自己想做的工作、想去的单位差距有多远，然后确定一个或者两个目标。

小技巧：在确定目标远近的时候，不仅要看自己的特点，还要看竞争这个职位的对手的特点。不仅要看用人单位现在的招聘广告，还要看他们往年实际招聘的情况。

第三步：根据自己的求职目标，确定用人单位的主要需求和自己的特点最吻合的地方作为自己的定位。

小技巧：给自己定位的关键特征不要超过 7 个，因为人短时记忆的限度就是这么多，多了容易造成混乱和排斥。

第四步：根据自己的定位，确定合适的表现方式。

女大学生在求职的时候，一定会遇到各种各样的挫折，性别因素的影响也很大，在这个时候，要做的事情不是逃避现实，而是给自己准确定位，获得更好的工作机会。

建议女大学生：不要忽视自己的性别，充分展现女性在职业上的优势，如耐力、承受压力能力、言语沟通能力、细致、责任心强、关心别人、善良等。只要有面试机会就意味着没有性别差异，关键在于你的表现，千万不要被用人单位的"试探"击败。女性过多和女性过少的地方工作机会都会很少，要提醒自己付出更多的努力去找寻。

不要放弃得太早，坚持就是胜利。

（摘自：参考消息）

来自企业、学校、咨询机构帮助我一起作
大学生职业咨询的专业团队的部分成员

第6章 职业适应

关于职业适应的话

从洁白的象牙塔走向社会万花筒中，各种各样的问题开始浮现。适者生存，能在千变万化的工作环境中把握好自己，是成功就业的一个基本要求。初入职场，是人生一次极其重要的角色转变，即从学习为主的学生角色（这个角色的特质是获取，获取前人给与的知识，获取社会给与的经验）转变为工作者的角色（这个角色的特质是付出，付出汗水，付出精力为社会做出贡献，同时收获自我人生的价值）。转换的第一步，是人生中非常关键的一步，初入职场一小步，职业生涯一大步。而这个转换首要关键的因素是积极的心态。这样的心态是指导每一个初入职场者走向成功的关键。

现代的大学生有个比较突出的特点是自我意识很强，他们很多的时候会按着自己的想法去做，这一特点使得在步入社会后不能很好地适应社会的环境，产生很多的内心冲突，这部分总结的就是这方面的问题，包括：①职场适应；②怎样把握工作发展；③对工作环境的适应；④频繁跳槽对职业发展的影响；⑤把握职业转换。

6.1 经受职场考验
——怎样顺利度过职场适应期

【导语】

在大学生就业之家招聘会的咨询台前，北京工商大学外贸专业的一位毕业生向蒋老师诉说着自己工作后的苦闷：三个月前，我在一家民营贸易公司上班，老板对我不错。一次，我跟一个带我的老员工，一起接一单生意，我知道单子出了点问题，提示老员工注意，但他没有理会，后来给单位造成了1 000美元的损失。老员工在领导面前把责任推到我身上，虽然老板没有扣我工资，但我很郁闷，一气之下马上辞了职，辞职时老板还挽留我。现在想起

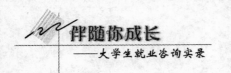

有点后悔，您说遇到这样问题该怎么办？

【咨询台】

蒋老师：毕业生从校园迈入了社会，校园和社会有着较大的差异，毕业生对职业的设想和职业中的实际情形间存在着差距、冲突和矛盾。刚刚踏入社会的你，如何调整心态，尽早适应工作环境，完成校园人向社会人的转变是非常重要的。

小 A：对啊，我也知道这很重要，所以拼命地向老员工学习，而且也把自己放得很低，平时尽量多干活，争取赢得一个好的评价。但是没有想到的是，职场的人际关系这么复杂，我感觉被人深深地伤害了，不知道该如何处理现在的状况。

蒋老师：我能理解你作为一名新员工的唯唯诺诺的心情，担心自己处理事情的能力不足，担心会给别人留下不良的印象，对吗？但是，这样做的结果怎么样呢？

小 A：不太好。那怎么改变一下呢？

蒋老师：从你反映的问题看，你的老板没有扣你工资，还挽留你，在某种程度上说明他对你的重视，而且对问题的责任已心中有数。也许是老员工以前给公司创造了不少价值，即使是老员工犯的错误，老板也不会当面去批评他。因此，当你遇到这样的问题时，首先可以从全局来看，除了分析自身的问题外，最好和公司的元老及其他同事多沟通，求同存异，要学会倡导团队精神。

小 A：事情的确是这样的，以前我只是看到自己的委屈，根本没有想到过大局，看来是我太感情用事了。那以后怎么办呢？这份工作还有补救的可能吗？

蒋老师：作为新手的你，要带着感激的念头工作，感谢领导给你的工作机会，感谢领导在工作中对你的信任及老员工曾经对你的帮助。要跟上司建立良好的关系，凡事要克制忍耐，学会从对方角度考虑问题，切勿随意顶撞、闹矛盾。对领导和老员工要尊敬，多向他们学习，有机会和时间应多接受各种训练，以提高自己的工作能力。当然，我并不是很主张你再回到原来的公司去，因为那样会给你和领导、同事之间的关系带来微妙的变化，同时也会给你带来新的问题。所以，我建议你把这次的事情当作一次成长的经验，再去寻找新的工作。

小 A：您说的是。我以前还是太单纯，缺乏社会经验，今后一定得努力锻炼自己，不仅是技术能力方面，还有心理承受力等。谢谢您的指导。

【咨询手记】

　　对大学生进行社交能力、心理调节能力等与就业状态密切相关的教育，对其毕业后顺利地度过工作适应期会很有帮助的。因此，职业规划并不应在要找工作时才开始，在大学之初，甚至是高中阶段就应该进行比较系统的职业指导和规划，这样会对今后的求职非常有益。初入职场，在心态适应方面最需要关注的就是挫折应对。世界 500 强企业提供的一个素质培训教材《高效人士的 7 个好习惯》中，第一个也是最重要的一个好习惯，就是 be proactive，中文意思是积极主动，其核心的含义是我们面对各种未知所引起的挫折时，应该积极乐观地面对，而只有这样的态度，才能不断地提高其他工作技能，为自身成长打好坚实的基础。

6.2　只有职业稳定才可追求职业发展
——怎样掌握自己的工作发展机会

【导语】

　　小利是湖南大学国际金融专业 2004 届的毕业生，经大学生就业之家介绍，被一家中英合资的人寿保险公司聘用。干了一年后他又找到就业之家，要重新找工作。该学生和家长认为在公司的一年时间里，做收单等具体工作较多，缺乏业务长进、没有发展空间，因此要跳槽去干会计工作，觉得那样的工作更适合自己。

【咨询台】

　　感受着这一家人的不满情绪，还真是一个难题。父母过度地关注儿女的职业问题，会迷失求职者本人的真实想法，所以，在安抚了小利的父母之后，我与他进行了单独的谈话。"真的在这家公司没有发展吗？"我在问自己，也在问小利，希望和他一起重新思考这一问题。

　　我是这样分析的：

　　第一，小利学的是精算方向的国际金融专业，求职时正是基于这点被公司看中并安排在业务岗位上的，工资收入在 3 000 元以上，是公司急需的人才，这一点是很重要的职业发展前提及有利条件。

第二，职业发展是个过程，需自己不断努力去争取创造。无论是做保险行业还是会计行业，都要从基础甚至打杂的服务性工作干起，都要与各种各样的客户打交道，都要经历一些累、烦、没兴趣的单调的工作，都要向市场推销公司业务产品和项目。关键是要看个人怎样对待自己的工作。

把工作当作学习的机会，成为一名有心人，在各种具体业务中学习工作方法、积累工作经验、发现工作规律、总结工作体会，会感受到有很多可学的东西及工作乐趣。这是学习的乐趣、探索的乐趣、成长的乐趣。如果没有这种心态，即使从保险的工作换到财会岗位，也会发出无职业发展的感叹。

第三，只有职业稳定才能谈到职业发展，大学生毕业参加工作一般要有几年的稳定期才能掌握本行业的核心竞争力，才可能在组织职业规划中得到认可和发展。但许多学生在这过程中不能以良好的心态去面对周围的人和事，因为心情浮躁所引起的困惑想通过跳槽来解决是不可能的。

听完我的分析，小利陷入了深深的思考中，我知道在他的内心正在进行着一场斗争，我静静地等待着他作出抉择，也相信他有这样的能力。

【咨询手记】

这是很典型的刚刚进入职场的大学生常遇到的问题。他们对工作环境的评价很低，同时心里总想着别的公司会有更好的发展机会，因此，找出种种理由想要跳槽。但是在这时候，家人往往会干涉孩子的决策，支持或者反对，有的甚至比孩子的态度还坚决。其实这是一个慢慢适应的阶段，父母首先应该和孩子一起静心地分析现在工作的得失，提供合理的建议，最好不要干扰孩子的决定，必要的时候可以求助于职业咨询机构。初入职场的新人，经常走进的另一个误区就是急躁，不愿从琐碎的工作做起。殊不知任何高级的管理协调工作和尖端技术工作，其关键能力都体现在对细节的及时把握上。日本几乎所有的制造企业，生产经理必须具备一线工人的操作能力并熟悉相关工序。正是这样的培养体系，使得日本企业涌现出一大批有实力、有创意的制造业高级人才。从基础做起的良好心态会给新人带来极大的发展空间。

【知识链接】

大学生工作之初怎么干

毕业后，或分配、或考录、或应聘到地方党政机关、事业单位、工厂企业的大学生，都是该单位发展的新生力量，是单位未来的建设者和接班人。那么，如何尽快进入工作角色，适应本职岗位，发挥出积极作用，则是大学生转变为上班族的必经之路，把握好了，工作就会得心应手，反之则会万事俱难。从调查了解分析的结果看，所有已经融入现有工作岗位的大学生都反映了一点，就是要按"摸索适应—实践学习—总结提高"的客观工作规律进行，才能融入于集体、成长于集体和奉献于集体。

1. 自我调适，在顺利度过四个"不适应期"上下功夫

刚毕业的大学生参加工作后肯定会遇到很多与在校时不一样的新情况、新问题，如何应对将直接影响大学生今后的发展和进步。对于暂时的迷茫和失措，大学生只要积极调适自我、校正自我、提高自我，就能顺利地度过工作之初的"不适应期"。

一是顺利度过理想职位与现实岗位反差较大而引起的"失落"期。刚毕业的大学生憧憬着能够找到一个大展宏图的舞台，有的还制订了快速发挥作用和短期内受领导重用的成才计划，对将来的期望值相当高。可接触到的实际工作，完全与理想是两码事，每天都要重复着似乎相同但又有新变化的基础性事务，有的还被分到了基层锻炼，他们在心理上可能感到难以接受，特别是对遇到困难、需要付出的艰辛和暂时受到的挫折心理准备明显不够，并且也找不到好的解决办法，从而导致情绪低落，工作热情减退。二是顺利度过渴望早日成才与专业不对口而引起的"沮丧"期。参加工作较短时间内，踌躇满志，干劲十足，很想凭借大学的知识在单位里崭露头角，发挥自己的作用，成就自己的抱负，但对领导安排自己最基本的工作或是与专业不接轨的工作颇有抱怨，认为组织和领导不重视自己的学历、专业、能力，心理上感到郁闷、沮丧，体会不到组织和领导先安排基层锻炼后关键岗位培养重用的"良苦用心"，眼光比较短浅。三是顺利度过大学轻松生活与单位正规管理而引起的"抵触"期。大学学习生活相对比较轻松，只有学习压力，没有社会、工作、生活和家庭的多重压力，学习上也是以自学为主，比较自由和宽松。可工作后，单位实行的是规范化管理，有的企业甚至还进行"半军事化管理"，从未经受过大风浪大挫折的"天之骄子"们感到极不适应，无法从光环中成功解放自己，心理上不同程度地产生了抵触情绪，甚至是逆反心理。四是顺利度过简单师生关系与复杂人际关系相互碰撞而引起的"困惑"期。很多大学生谈到人际关系时，感到很难再像大学那样和老师、同学和睦相处、单纯交往、没有任何利益冲突，工作后不仅要处理好领导与下级，还要处理好同事之间、本单位与外单位等错综复杂的微妙关系，有时候对某些问题发

表个人见解时，言语不当就可能引起别人误解，从而被戴上了不会做人处事、搞不团结的"帽子"。

2. 深化学习，在实现知识与能力快速统一上下功夫

适应期的这些问题如果不能有效地解决就会影响工作，影响进步，影响和领导、同事的团结。到了一个单位后，首要的问题是深化学习，辅以少说多做，少玩多干，尽快实现知识与能力的良好结合。一是精学、深学不滥学。抓到什么读什么，看到什么学什么，满足于了解而不求甚解，满足于通读而不求读通，是"滥学"的普遍现象。大学生想避免出现此类情况，就应本着"急什么学什么，缺什么补什么，学什么精什么"的态度，给自己的业务学习制定实际可行的目标和详细的实施计划。一方面要精选内容，有所学有所不学；另一方面要深钻细研，力求把握精髓，弄懂、吃透、学会。二是活学、思学不死学。囫囵吞枣、不注重理解消化的读死书、死读书，是"死学"的表现。大学生要善"思"，知其然，更知其所以然；要善"悟"，通过对知识信息的综合、渗透、交叉、嫁接，举一反三、触类旁通；要善"创"，在原有的基础上通过思考，加以创新，寻求捷径。三是惜时、投入不随意。信息爆炸引发知识更新换代加速，大学知识几年内就会失去效用，大学生应树立"学习是第一要务"的观念，拿出"衣带渐宽终不悔，为伊消得人憔悴"的求学精神，珍惜时间，专心致志，固强补弱，才能学有所得，学有所成。四是总结、应用不教条。学习的目的在于应用，总结的目的在于提高，总结时一方面要对感性的认识理性化，将零碎的经验系统化，变成自己的财富；另一方面要对工作中走的弯路、出现的问题进行反思，吸取教训。长期坚持学与用、知与行的有机统一，会逐步提高运用正确的立场、观点、方法分析和解决实际问题的能力，增强工作的针对性、预见性和创造性。

3. 准确定位，在确保工作"四要四不"上下功夫

"工作来之不易，贵在珍惜"，这是所有参加工作的大学生的心声。身处全新的工作环境，面对新型的人际交往，对于两到三年的适应期，应注重摆正位置，处理好角色。一要扬长不避短。大学生普遍具备文化基础好、知识结构新、进取意识强的优点，但也存在业务掌握少、工作经验缺、吃苦精神差和抗挫能力弱的不足，这就需要大学生本着"吹毛求疵"的求实态度，敢于揭短亮丑，敢于自我批评，善于用别人之长补己之短。二是抢重不撇轻。看到工作往后躲、看到困难往回缩、看到挫折就放弃的人，不可能有所作为，也不可能得到领导的重用。因此说，大学生要主动参与大项工作，迎难而上，脚踏实地，不拈轻怕重，不畏难畏苦，不怕失败、挫折和批评；同时还要敢

于分担责任，只有这样才能在工作实践中得到最好地锻炼，更好地提升个人的综合能力。三是奉公不顾己。大学生要切记这样的原则，凡事都不能局限在个人的小圈子里，要跳出个人看整体，讲政治，顾大局，做奉献，树立正确的人生观、价值观和利益观，自觉做到个人利益服从单位利益，个人利益服从社会利益，个人利益服从国家利益，不断增强干好工作的责任感、使命感和荣誉感。四要团结不离心。大学生要尊重领导，团结同事，在日常工作和平时交往中多一份理解、多一份尊重、多一点宽容、多一点关爱，多看别人的成绩和长处，少挑别人的问题和不足；多看自己的问题和短处，少摆自己的优势和强项，力争做到"静时常思己过，闲时莫论人非"，融洽好各种关系，始终置身于组织领导之下，团结氛围之中。

"精诚所至，金石为开"，大学生只要本着"踏踏实实做人、老老实实做事"的原则，善待机遇、善待别人、善待自己，立足于从小处着眼，从小事入手，最终都能取得不俗的成绩。

（摘自：蓬莱市人事局网站）

6.3 让理想照进现实
——怎样适应工作环境

【导语】

小玮是中国农业大学信息管理专业 2005 届的毕业生，因不能适应自己的工作单位来到就业之家咨询。两个月前，小玮曾来过这里做了人格测验，结果显示她的现实型、艺术型、管理型分数较高，个人的就业倾向偏向于做大批量的销售工作。一个月后回访，小玮自述已成功应聘"易初莲花"超市管理培训生，但上班后工作非常辛苦，大大出乎她的意料，累得连续多日发高烧，身心感到极度的不适应。两个月后，小玮又来咨询，此时的她已经辞去了在"易初莲花"的工作，又踏上了重新求职的征程。

【咨询台】

小玮：我每天早上 6：30 上班，晚上 8：00 才能下班，在店里体力活很多，根本没有休息的机会，我的身体最先受不了，而且也学不到东西，所以没等实习期满就辞职了。

蒋老师：小玮，你现在放弃了原来的工作，能说说你当时和现在心里的

感受吗?

小玮:刚开始我感到挺高兴的,终于可以解脱了。可后来又觉得心里挺难受的,担心更多一些。想到现在又要开始找工作,而且也不知道能否找到合适的工作,很怕下一份工作还不如这一份呢。

蒋老师:你的担忧有道理。现在找到一份工作不容易,而且是一份适合自己的工作,你觉得"易初莲花"的工作适合你吗?

小玮:我觉得还可以,如果不是那么累,我应该能坚持下去。现在想想"易初莲花"对大学生也是比较重视的,经理曾经说过公司要开很多分店,将培养大学生担任管理职务。

蒋老师:啊,是这样。大学毕业生从校园进入社会都有一个职业适应的阶段,这种适应包括生活方式、工作环境、人际关系、身体状况等方面。可能这份工作比较辛苦,但是你觉得还是适合的,你工作时间也不长,正处在职业适应的阶段,但没有坚持下来就离开了,有一点可惜。因为离开以后,你再找别的工作也会面临同样的问题,也许不是工作累,但有可能是其他的一些问题,要认识到在任何地方工作都有利有弊,十全十美的单位是不存在的,不可期望过高,要对一个工作进行长时间深入的了解才会有体验,有积累。不过既然已经离开了,也不要紧,有了这次的经验和教训,下次再找到工作时,就会很好地处理这方面的问题了。

小玮:嗯,我现在真后悔,要是当初不那么轻易离开就好了,不过我也学到了很多,以后再遇到这样的问题我就能处理好了,谢谢您的帮助!

【案例回访】

目前小玮在一家IT公司做技术支持的工作,她对各方面都很满意,虽然工资不够高,但公司正在不断发展壮大。她表示再也不会像上次那样草率行事了。

小玮说:"特别感谢蒋老师的帮助和指导。因为我刚刚踏入社会,对一些职业适应的事情了解很少,蒋老师给了我很多支持,也建立了我重新找工作的信心。"

【咨询手记】

刚刚走出校门的大学生们,在求职时突然要承受以前从未有过的身体上和精神上的压力,都会或多或少地感到不适应,这是每一个人成熟所必经的过程。如何让自己在最短的时间内适应工作带来的变化呢?好高骛远、急功近利，一遇到不如意的事情就打退堂鼓是万万不可取的，调整心态才至关重要。理想和现实总会有差距，以平和的、积极的心态看待职场中的人和事往往会起到意想不到的效果。

6.4　频繁跳槽影响职业发展
——怎样把握职业转换

【导语】

小杨是北京工业大学汽车内燃机专业 2001 届的毕业生，已经参加工作四年的他，总在不停地换工作。他很疑惑，心里也很痛苦，不知道自己为什么一直不能稳定下来。

【咨询台】

通过与小杨的坦诚交流，我们一起分析了他几次的工作经历，并且以较清晰的表格方式写了下来。

序列	公司性质	工作性质	优点	离职原因
1	信息技术公司	作数据库，编辑，写软件的产品说明书	激励机制较好	经常加班，公司调整搬到深圳并朝网络发展，对其他专业压缩编制，觉得没意思就辞职了
2	丰田4s店	开始做前台接待，后来做维修		感觉受排挤，工资不合理，工作三个月又辞职了
3	信息技术公司（同一）	升级版		待遇一般，离开
4	统一润滑油	认证工程师培训		常出差，与厂家打交道，应酬多，性格内向的他发现自己并不合适这类工作，觉得又累又不挣钱
5	丰田站	负责保修采购订购的工作		工资太低，只有 1 000 多，想要辞职

通过上面的表格可以看出小杨的工作真的很不稳定。但是究竟是什么原因导致了这样一个现状呢？我们可以发现在小杨的工作经历中，很少能发现

工作的优点，基本上都是一些令自己不满意的地方，但是就是这样一个在他眼里几乎都是缺点的工作，他还是选择了。我认为主要原因是小杨缺乏对奋斗目标的思考，没有方向感。于是，我让小杨对自己的目标和自己所具备的条件进行分析。经过整理思路，小杨发现自己其实还是很喜欢所学的专业的，并且在以前的工作中接受了丰田公司的培训，在配件仓库管理上比较有基础，自己也觉得做这类的工作可以发挥优势。

分析了这些之后，小杨的心情放松了一些，脸色也比刚才好看了许多，因为他忽然觉得自己的目标明确了。

我又提醒小杨在下一步的工作寻找中，要做好自己的职业生涯规划，努力使自己的工作和未来的发展结合起来，在同一个工作单位不断谋求新的发展。总是调换工作会导致职业发展的不连续性，从而阻碍自己在某一职位上不断晋升的良性发展。

当然，通过分析也使小杨认识到，不必为自己多次换工作的经历所懊恼。其实正是因为频繁地更换工作，小杨才明确了自己的理想职业。同时，小杨在每一份工作中都使自己得到了某些方面的提升：第一份工作使他对大量信息产品的优缺点有了了解，随后学习了驾驶；之后的一份工作中接受了认证工程师培训，接着又参加了丰田汽车公司的培训，这些都可以为以后的工作服务。一个关键问题是小杨需要对这些不同时期的所学，进行整合分析，作为自己下一份稳定工作的基石。

另外，小杨在工作中要克服急躁情绪，不能一碰到障碍就草率辞职，而应该用更长远的眼光去发掘工作中可持续发展的积极因素，相信克服了短暂的困难之后就会是新的发展机遇。

【案例回访】

小杨说："现在我暂时找到了一份工作，还好，希望能够稳定下来。通过和蒋老师的谈话，我受益匪浅，真正地开始认识自己，寻求职业生涯规划。我正在不断进步，同时也在努力改变一些性格上的问题。

【咨询手记】

不停地辞职，再重新找工作，是一段辛苦的经历。指导老师应当建议这类来访者理性地分析就业经历中的经验与教训，用更成熟稳重的眼光对待工作，这样就能在新的工作中获得自己职业生涯的不断发展。职业规划中，有一个著名的案例叫做"马努杰死亡旋梯"。说的是一个亚美尼亚人叫马努杰，他在 47 年中换了将近 100 个工作，但总是在同样的层次上徘徊，以至于职业生涯之路，无论是收入还是工作满意度，都越来越低。这是新人职场需要面对的一个问题，新人应该花一定的时间和精力来尝试自己真正的爱好，寻找符合自己价值观和兴趣的工作。但是需要注意的是，每一份工作都要认真体验而不是浅尝辄止，否则会白白浪费许多时间而一无所获，同时会给自信心带来很多负面的影响。

6.5　珍惜就业机会，争取更大发展
——怎样把握工作机会

【导语】

小高是北方工业大学 2005 届的毕业生，学的是土木工程专业，毕业后他找了几个工作都不理想，刚满试用期就被辞退了。现在他不知道自己适合做什么，以前找工作的方向究竟对不对？觉得自己的职业适应能力太差了。

【咨询台】

小高：我学的是土木工程专业，但我不太喜欢自己的专业，因为这个专业是被调剂过来的，我原来报的是财会专业，所以大学四年我是混过来的，没有好好学习，现在真是有些后悔啊。

蒋老师：现在有一些悔恨之意对你今后的发展是有益的，可以促进你更好地思考自己。那么你毕业后做过什么工作呢？

小高：我很喜欢音乐，也做过这方面的工作，主要是销售类的。第二份工作是在土木工程协会，是大学生就业之家给我推荐的。在协会里，我主要是在办公室做一些行政工作，事很少。当时我心里非常难受，感到这样下去自己没有奔头。今年十月份单位开颁奖会，我被安排做服务工作，干了三个月后我发现自己并不适合做行政工作，后来就主动辞职了。

蒋老师：现在你能告诉我你的性格是什么样的吗？自己希望做什么？

小高：我在学校组织过演出活动，对音乐很感兴趣；自己的性格外向，但很心细、善良，不喜欢穿职业装，喜欢随意、丰富，向往在一个团队里为一件事努力。

随着对他进一步深入的分析，我发现他对音乐只是感兴趣，并没有形成特长，但他与人打交道时沟通能力较强，又有一定的组织能力，适合做社会

型工作，也可以做常规型工作。接下来我们又分析了他的爱好与协会工作的关系。

蒋老师：我能感受到你很喜欢音乐，也愿意在这方面有所发展，但是同时，你在这方面的投入其实并不是很多，只是组织过一些演出活动，而且也没有经过系统学习，以音乐为职业谋生可能会有很大的困难，你认为呢？如果在协会工作，工作比较清闲，相对有更多的时间可以自由支配来发展业余爱好；另外如果你能感受到单位领导对年轻人的重视，努力学习新知识、掌握新技术，有工作激情，你会发现有很多要做的事。所以经过分析，不知道你有没有感受到，这样的工作既符合你的性格特征，又可以发展爱好，其实是一个不错的工作机会。

小高（说到这里，小高的后悔之情溢于言表）：看来我应该珍惜，不应轻易放弃，因为那是难得的学习和积累经验的机会。做任何一份工作，应该研究如何做好它，想办法开拓创新，充分利用现有资源，自己创造工作的乐趣和机会，可能会很不错的。

最后我们讨论了小高以后的继续求职、发展问题。我建议小高首先要想好自己到底要什么，自己的能力如何。然后制定出发展目标，所有的事都围绕这个目标来做，培养和锻炼自己的核心能力。在制作简历时，可以用事例来支持说明，突出自己的能力优势。

【咨询手记】

这是一个关于职业适应的典型案例。大学生就业不能完全从爱好来考虑，要结合现实情况，比如自己的能力和学习背景，还有经济水平等现实情况。好不容易获得的一份职业机会，在初次遇到问题时，并没有认真地分析问题，寻找解决问题的办法，而是采取了一种逃避或随意态度。这种做法在工作一年之内的员工里很常见，可以说是一种不成熟的表现。因此，刚刚获得职业的人，应该学会沉着应对问题，这样才能锻炼自己的适应能力，为今后的发展积累经验。

【知识链接】

职业适应的准备

刚刚走上工作岗位的大学毕业生，由相对单纯宁静的校园踏入较为复杂的社会，难免会产生种种惶惑或不适之感。这就要求大学生尽快调整心态，尤其要注意树立良好的第一印象，努力建立和谐的人际关系。这对大学毕业生顺利度过适应期和以后的迅速成长具有重要意义。

1. 尽快地了解社会和自己

人才的标准具有鲜明的时代性，也就是说，不同的社会时代背景下的人才的标准不尽相同。当今社会已经进入了信息时代，对人才的素质有了更高的要求。

（1）获取新知识、新技术的能力。

（2）团结协作的精神。

（3）创造能力。

（4）独立工作的能力。

（5）强烈的事业心和责任感。

（6）良好的心理素质。

2. 正确认识自己，努力培养提高能力素质

"知人者智，自知者明。"大学毕业生了解社会发展趋势和对人才要求的形势是为了认识自己的不足，确立努力的方向。了解自我要把握适度、全面、客观、发展的原则，通过现实分析、心理测量、自省比较、他人评价等方法进行，正确认识自己是在充分了解自己的基础上得出的评价，是培养提高能力素质的前提。

大学生培养能力素质要为自己确立明确的目标，做好反复实践锻炼的思想准备；要注意从身边一点一滴的小事做起，积极锻炼与实践；要善于科学利用时间，多学习、多阅读；要积极参加学校集体活动，有意识地创造与人沟通交流的机会；要培养自己的兴趣爱好，发展自己的健康个性等。

3. 树立良好的第一印象

"印象"，是一个人的某些特征在他人头脑中留下的迹象。而"第一印象"，是在与他人初次接触时给对方留下的形象特征，心理学上称为"首因效应"。第一印象在人际交往中所具备的定势效应有很大的稳定性，一个人留给他人的第一印象就像深刻的烙印，很难改变。因为第一印象具有先入为主的特性，某个人在他人心目中的印象一旦形成，就很难改变，因而，在人与人相互认识和交往过程中，第一印象的作用十分重要。

好的开始是成功的一半，大学生步入工作岗位，在新的工作环境中所树立的第一印象好，人们与其交往的热情就高，就容易打开工作局面。第一印

象不好，则会出现相反的情况。那么，如何树立良好的第一印象呢？

（1）尽快融入企业文化。

（2）衣着整洁，仪态大方。

（3）言谈举止要得体。

（4）守时守信，主动工作。

（5）严守秘密，待人真诚。

4. 正确处理各种的关系

（1）正确处理与同事之间的关系。这主要是指：真诚待人、相互尊重、保持距离、善解人意、关心同事、低调做人、积极参加集体活动等。

（2）正确处理与领导之间的关系。这主要是指：虚心请教、拥护尊重、要有主见、任劳任怨、乐观开朗。

5. 积极适应新的社会环境

要具有独立意识、责任意识、协作意识、个人职业品牌意识等。

（摘自：http：//zsjy. luibe. edu. cn/jpk/jyzd/dzja. htm）

职业咨询部召开应届毕业生招聘与培养
研讨会由苏秀丽老师主持

第7章 权益保护

关于权益保护的话

工作好坏、薪酬高低，也许都不是我们能控制的，但是，在工作中保护好自己的权益，却是我们应当时刻记在心上的。作为初入职场的人，虽然没有更多的经验，没有更多的资历，但依然是一个和其他员工平等合作的员工。当我们受到不公平的待遇时，政策条例是保护我们最可靠的后盾。在本部分的案例中，列出了女生求职时如何理性灵活地保护自己的权益，以及大学生在签订就业协议时应该注意什么，谨防上当。

7.1 泰然处之
——女生怎样巧妙应对职场挑衅

【导语】

小敏是中国人民大学的一名法学硕士，天生丽质聪颖，在招聘会上应聘了一家公司的法务助理职位，并且很快获得了面试的机会，可就是这个期盼已久的面试，让小敏现在的心情异常烦躁。带着内心的气愤和委屈，小敏来到大学生之家的职业指导中心……

【咨询台】

蒋老师（看着眼前这个女孩，感觉她的心里好像有好多话要说，但是欲言又止，焦虑的神态让人心疼，一定是遇到什么难为情的问题了吧，我的心里这样猜测着）：我感觉到你的心里正在痛苦的挣扎，想说又不知道怎么说，是吗？没关系的，想清楚了再说。

小敏：我、我……（眼泪在眼睛里转圈儿）

蒋老师：想哭就放开了哭会儿，我知道你内心很委屈，把这种情绪慢慢地释放出来（小敏再也抑制不住地哭起来，我静静的看着她，递给她一张纸巾）。

小敏（哭了一会之后）：现在好多了，已经在心里憋着好几天了，谢谢您这么理解我的心情。事情是这样的：我应聘了一家公司的法务助理职位，公司给的待遇很好，我也很看好这份工作，并且很快就得到这家公司的面试通知。然而在顺利地答完前面几个问题后，公司的一位男主管居然问我："你是否可以陪老板游泳？""是否介意在不得已的情况下与老板住套间？"我当时就蒙了，一股愤怒之火已经升到了嗓子眼，但是考虑到当时的情况，硬是压了下去，可想而知，工作肯定没戏了。我现在真的很气愤，也很困惑，面试的时候怎么能问这种问题呢！

蒋老师：我很理解你现在的心情，你感觉到很难堪，是吗？

小敏：嗯，当时是这样认为的，觉得这家公司有问题，坚决不能到这样的公司上班。但是后来想想，又有些后悔，客观来讲，这毕竟还是一家不错的公司，但是不知道该怎么办。

蒋老师：那么现在静下心来想想，当时的情景可以怎么应对呢？

小敏：如果当时足够冷静的话，我想我会这样回答："我还是旱鸭子一个呢！"或者是"如果老板和我正好在游泳馆相遇了，那么就没有谁陪谁游泳之说了，不是吗？"或者还有更好的回答方式吧。

蒋老师：很好啊，你的回答都很巧妙，如果按照你上面的回答，应聘人员应该能够感觉到你是一个很聪明、会灵活处理事情的女孩。但是当时的你怎么会那样惊慌失措呢？

小敏（低头想了好久）：因为我第一次遇到这样的事情，没有经验，而且一直以来对这样的事情是很反感的，所以当时很气愤，根本就不会思考了。

蒋老师：这就是了，你的心里对这样的事情是很忌讳的，可能根本没有想过，就更加没有准备过如何应对这样的问题了，对吗？但是在职场上很有可能会碰到这样的事情，是不是应该提前做好这方面的准备呢？

小敏：嗯，是应该提前在心理上做好准备的。现在想想，他们可能只是用这样一个题目来考察我的处理问题的能力，没有什么可担心的。

蒋老师：你能认识到这样的程度真是太好了。相信你一定可以凭着自己的实力获得一份好的工作。

小敏：嗯，谢谢蒋老师，我现在的心情真好啊，这么多天的难题终于解决了，接下来我要好好准备，进军新的公司了。再遇到什么样的问题，我感觉都能够解决了，真的很感谢您！

蒋老师：我也很高兴你能这样认识事情，路还是自己走出来的，提前做

好准备，任何时候冷静迎战都会使你更加成功的。

【咨询手记】

　　小敏面试遇到这样为难的问题令她很难堪，不知如何应对。当然，考官问这类问题很可能是在考验应聘者面对突发事件的应对能力或者在考察应聘者的人品等。但是也不排除有的企业老总真的是有问题，因此一定要仔细观察、沉着应对，不管怎样，这个问题还是很突出的，那么，我们应聘或者就业后如果真遇到此类问题该怎么办呢？我们的建议是要兼具自我保护的意识和灵活处理的方法，可以不作正面回答，既避免了难题，又保存了尊严而不失幽默。这样的话，相信面试官会更加青睐你。

【知识链接】

如何应对职场性骚扰

1. 让自己变得职业化

　　职场人士在工作中该如何保护自己不受骚扰和侵犯呢？最重要的就是要培养自己职业化的意识。职业人是敏感的，能灵敏地感知外界的变化。识变、应变、改变是职业人必备的素质。面对职场性骚扰，也要拿出职业化的姿态与之抗衡。首先要从改变自身做起。艳丽的装扮，娇嗔的语气无时无刻不让人注意到你的美丽，职场美女一定要学会适当地"藏美"，平时上班不要穿过于暴露的服装，让别人对你的感觉从外表美转向知性美，尽量展示自己理性、聪慧、干练的一面。而理性干练的白领丽人，男人即使有色心也没有色胆。

2. 职场共事不要反应过度

　　自我保护意识和灵活的处理办法是职场女性必须掌握的，自己与上司和同事相处时，既要有保护自己不受侵犯的意识，同时也不要过度警惕，以免不必要的误会和尴尬的发生。把握好男女交往的尺度，要自重也要让别人尊重自己。

3. 拒绝态度要明确

　　年轻漂亮的职业女性可能都碰到过这样的情形：在你和老板、同事独处时，他突然满含深情地握住你的手，说一些不合适的话；你的谈判对手用露骨的语言暗示你。面对这种让人尴尬的状况，你的表现一定不能暧昧，要态度坚决一本正经地挣脱他，以庄严冷峻的态度表明你不喜欢这样。男人对女人的初次骚扰一般只是轻微的试探，由此观察你的反应，并决定他进一步的行动。如果你能及时地心平气和地表达出自己的不快，既不伤和气，又能使骚扰到此为止。

4. 小恩小惠贪不得

职业女性要凭自己的真本事在职场上立足，消除贪小便宜的心理。不要轻易接受异性的馈赠，在单位应警惕上司给予的与个人工作、学习、业绩不相符的奖赏和提拔，提拔背后可能潜伏着危机。对上司的性骚扰，不要采取忍气吞声的态度，这样反而使上司更加肆无忌惮，应该牢记没有平白无故的恩惠、天上不会掉馅饼等道理。

5. 婉拒不明确的职场社交

对许多职业女性而言，社交是她们工作的一部分，有些邀约是不能回避的，乐意与否都得参加。很多性骚扰的确发生在男女单独见面的场所里。由于当事人双方原本是熟人或同事关系，所以极易在公众和法律面前模糊事实的本质，受害人受制于多重压力和误解的窘境，只能打碎牙齿往肚里咽。

聪明的做法是婉拒你认为不安全的邀约，如他仍坚持，就答应他"改天我约你"，总的原则是既不以身试险，又不让那个有权给你"使绊子"的人难堪。在约会过程中如果发现对方有不良苗头应该马上撤退，你再呆着不走就会让对方认为这是你的默许。赴约时不要浓妆艳抹，不要穿过于暴露的服装，免得让对方自作多情，误以为你的刻意打扮是为了吸引他而触动非分之想。地点也要选择自己认为安全并熟悉的地方，以防出现被骚扰情况时可以安全解脱。

（摘自：http://www.sina.com.cn 与北京娱乐信报）

7.2　多一点了解，多一点保护（一）
——怎样了解就业签约事项

【导语】

小刘是建筑工程学院建筑环境与设备工程专业的本科毕业生，她到波兰公司上海驻京企业应聘，在与该企业签订意向书的过程中出现了很多不了解的问题，于是她的家长来到就业指导中心进行咨询。他们提出的问题包括：在外企工作，所得工资是税前还是税后的？怎么能知道各种保险是外企代缴还是要自己缴。另外，小刘与该企业签订的意向书上没有公章，并且注明是

私人文件，她不知道这种现象是否正常。

【咨询台】

在进一步的询问下我了解到，小刘在该外企的试用期为三个月，意向书上的内容包括劳动关系、工作职责、工作地点以及薪酬。我首先肯定家长对大学生就业的关心，但同时也发现家长对小刘的就业状况并不了解，尤其是对外企的用工机制和管理方式缺乏认识，因此学生本人去作进一步的了解会更好些。

对此，我给出两点建议，首先，小刘应该到学校就业指导中心和北京市外企人才服务中心进一步咨询关于档案管理、合同签订和工资标准的具体事项。那里关于具体政策和相关事项的解释会更细致，更权威。其次，也可以登陆北京各区人才服务中心的网站，其中关于政策法规列举非常详细。如果还有疑问可以在线提问，将有专人做解答。相信经过这些途径，小刘和她的父母能够得到满意的答复。

【咨询手记】

对于上面的问题，我并没有给予很多明确的答案，只需要让他们知道如何获得这些信息，在哪里获得这些信息。有很多毕业生找工作心切，对所签约的企业单位的用工机制、工资标准等各种具体情况都还没有深入的了解就急于签约，这样使自身的权益很容易被侵害。因此，在毕业生找工作过程中甚至在找工作之前，最好针对自己理想的企业类型和工作的基本情况做一定的调研，深入了解。这样，多一点了解，签约时才能更稳妥、更放心。

【知识链接】

毕业生择业时要了解
用人单位的哪些情况

1. 毕业生了解工作单位的情况一般包括以下几个方面

（1）工作单位的准确全称，性质及上级主管部门。

（2）工作单位的发展实力及远景规划，在整个行业中排名或在整个社会经济结构中的地位。

（3）工作单位的联系方式，如人事部门联系人、电话、通信地址、邮政编码等。

（4）工作单位需要的专业，具体工作岗位。

（5）工作单位对所需人才的具体要求。

（6）工作单位的地点、工作环境及待遇（工资、福利、住房、奖金等）。

2. 毕业生签订就业协议应注意的问题

（1）查明用人单位的主体资格。

（2）签订协议的规定程序与步骤。

（3）有关条款的内容必须明确。

（4）注意与劳动合同的衔接。

（5）就业协议的解除条件作事先约定。

（摘自：河南大学就业指导与服务中心网站）

7.3　多一点了解，多一点保护（二）
——大学生怎样对待户口问题

【导语】

　　小叶是北京工商大学机电一体化专业的毕业生，老家在河南。他来大学生就业之家询问的是众多外地学生非常关注的户口问题。三月份，小叶应聘 SMC 日企汽动原件公司，并且成功地签订了三方协议，当时，企业口头同意解决他的户口。然而，现在三个月过去了，小叶几乎每周就问一次户口的事，但是至今还是迟迟未落实。这也使得小叶开始怀疑自己继续在这里工作是否有价值。

【咨询台】

　　小叶回想起自己最初面试、笔试的情景，感慨地说到："这个企业首先看中的是应聘者怎样做人而非怎样做事，并且对专业并不太在意。这样的选拔人才标准也是我最看重的，所以很快就和该公司签订了协议，感觉可以在这个公司得到很好的发展。"同时，小叶也说到了在这家公司吃的苦和受的委屈："在这家企业工作期间，即使是在 5 月份做毕业设计的时候，仍然要为公司出差。实习期前六个月的工资是 1 900 元，主要是轮岗、接受培训，六个月后有机会做一些技术支持或管理工作，并且根据岗位、专业调整薪金。而且，企业流线型的管理模式使自己学习不到核心技术，从事技术工作的待遇与管理没有什么区别。"就是以上的种种情况，使小叶总是将这个工作与科研所的工作相比较。他认为如果在科研所工作，能够接触到核心技术，做产品设计，这样和自己的专业更加对口，位置和待遇都会高一些。

听了小叶的叙述，我认为，此时小叶的状态是矛盾的，户口问题可能对他有一定的干扰，因此首先要解决小叶的户口究竟能否落实的问题，这样才能使小叶踏实下来深入思考自己未来的职业选择。小叶可以向所属人事局询问自己的公司是否对其户口进行了申报，或是登陆北京人事人才信息网等查看相关信息。其次，小叶对现在的工作产生疑虑表面上是由于户口迟迟不能落实造成的，其实也有大学生职业适应的问题，我请他思考：做技术方面的工作未必非要去研究所，既然小叶现在工作的企业设有技术部门，那么小叶不妨主动表示自己想从事技术工作的意愿，争取到在技术部门工作的机会。大学毕业生不太可能在初入企业就能接触到核心技术，一定会经过至少一年的磨练才能逐渐进入企业的核心技术领域，薪金和职位也会逐步提高。因此，小叶无须操之过急，沉住气多学习，多钻研技术，一定会在不久的将来显露自己的专业优势。

小叶在咨询过后表示，会去好好想想自己的职业目标，当时的自己确实是看中了户口，而且现在也是为了户口的问题而对工作没有兴趣，那么自己的职业究竟定位在什么地方呢？也许只能是除去其他的干扰因素之后，才会有本质的答案。我相信小叶具有这样的分析能力和实干能力，一定能够找到内心的答案。

【案例回访】

户口问题：六月中下旬已经解决了。

工作状态：自己不是很满意，待遇和工作内容等都和合同里面的要求不是很切合，感觉有点上当受骗了。

建议/经验之谈：将要求职的学生们，在走进一家单位或者签订一份合同之前，一定要切实地了解了该单位的情况，清楚你所谋求的职位将要做些什么。只有知己知彼了，才能找到真正喜欢的工作。但是现在的矛盾就是：求职难，学生能找到一份工作就感觉很好，忽略了真正工作时候会面临到的很现实的问题。所以，要把目光放得长远一些。

【咨询手记】

户口问题是外地毕业生的心头大事，签约时一定要慎重，不要轻信公司的口头承诺，必要时应该将承诺写进三方协议劳动合同里，这样日后就有了法律保障。

7.4 多一点了解，多一点保护（三）
——大学生签订三方协议和劳动合同时应注意什么问题

【导语】

小童是中国人民大学历史学专业的本科毕业生。毕业之际，她来到大学生就业之家咨询了两个自己关心的问题：一是签订三方协议和劳动合同时需要注意哪些问题；二是国家对社会保险有哪些规定。

【咨询台】

关于第一个问题，我这样告诉小童：

三方协议即《毕业生就业协议书》，它明确规定了学校，用人单位、毕业生三方的权利和义务，一经签订即视为生效合同，不能随意变更。签订三方协议的毕业生应按国家规定就业，向用人单位如实介绍自己的情况，如姓名、性别、民族、政治面貌、专业等，表明自己就业意见，在规定时间内到用人单位报到，若遇特殊情况不能按时报到，需征得用人单位同意；用人单位要如实在三方协议中介绍本单位的情况，如单位名称、隶属关系、性质、地址、联系人等；学校应按规定出具审核意见。因此毕业生应注意三方协议的内容，认真填写，三方应严格履行协议，任何一方违反协议，均应承担违约责任。

签订劳动合同是大学生就业之前的关键环节，因此虽然大学生经过努力落实了工作或与用人单位确定了工作意向，但并不意味就此完成了就业。只有与用人单位签订了劳动合同，大学生与用人单位之间才算正式确定了劳动关系，明确了双方的权利和义务。劳动合同是大学生合法权益的有力保障，因此应注意以下几点：①及时与用人单位签订劳动合同；②明确合同的必备条款；③了解用人单位相关的规章制度；④明确违约金的设立依据；⑤签订劳动合同贵在协商，重在约定。

关于第二个问题，我的回答是：国家建立的社会保险主要有养老保险、失业保险、工伤保险、医疗保险等，具体保险内容，缴费比例等详细信息可上网查询。

【咨询手记】

小童的问题是所有毕业生都要面临的问题，这些确实都是非常实际的关系到学生切身利益的问题，每位大学毕业生都要仔细学习，认真对待。学校的就业指导中心专门开设这样的课程，尽量做到让每个毕业生了然于胸，能够在签订三方协议或者劳动合同的时候，合理地保护自己的权益。因此，学生应该针对这些问题重点学习了解相关的法规文件，学会采取多种有效的方式保护自己的权益，保证择业顺利，就业成功。

【知识链接】

毕业生就业权益及其保护

1. 毕业生就业权益

毕业生作为毕业生就业的一个重要主体，在就业过程中享有多方面的权益，根据目前就业规范的有关规定，毕业生主要享有以下几方面的权益。

（1）获取信息权。就业信息是毕业生择业成功的前提和关键，只有在充分占有信息的基础上，才能结合自身情况选择适合自身发展的用人单位。

毕业生获取信息权，应包括三方面含义：

1）信息公开，即所有用人信息向全体毕业生公开。上海市已建立高校毕业生需求信息登记制度，凡需录用高校毕业生的用人单位，须到上海市高校毕业生就业指导中心和有关高校办理信息登记，由市高校毕业生就业指导中心通过高校向毕业生发布用人需求信息，任何单位和个人不得隐瞒、截留需求信息。

2）信息及时，也就是毕业生获取的信息必须是及时、有效的，而不能将过时、无利用价值的信息传递给毕业生。

3）信息全面，毕业生有权获得准确、全面的就业信息，以便对用人单位有全面的了解，从而作出符合自身要求的选择，而不是盲目的。

（2）接受就业指导权。学生有权从学校接受就业指导，学校应成立专门机构，安排专门人员对毕业生进行就业指导，包括向毕业生宣传国家关于毕业生就业的有关方针、政策；对毕业生进行择业技巧的指导；引导毕业生根据国家、社会需要，结合个人实际情况进行择业。使毕业生通过接受就业指导，准确定位，合理择业。

当然，随着毕业生就业市场化，毕业生也将由从学校接受就业指导而转为主动到市场接受就业指导，这种市场指导可以是有偿的。

（3）被推荐权。高等学校在就业工作中的一个重要职责就是向用人单位推荐毕业生。历年的工作经验证明，学校的推荐往往在较大程度上影响到用人单位对毕业生的取舍。

毕业生享有被推荐权包含这样几方面内容：

1）如实推荐，即高校在对毕业生进行推荐时，应实事求是，根据毕业生本人的实际情况向用人单位进行介绍、推荐。不能故意贬低或随意捧高对毕业生在校表现的评价。

2）公正推荐，学校对毕业生进行推荐应做到公平、公正，应给每一位毕业生以就业推荐的机会，不能厚此薄彼。公正推荐是学校的基本责任，也是毕业生享有的最基本的权益。

3）择优推荐，学校根据毕业生的在校表现，在公正、公开的基础上，还应择优推荐，用人单位在录用毕业生也应坚持择优标准，真正体现优生优分，学以致用、人尽其才。这样才能调动广大毕业生和在校生学习的积极性。毕业生在就业过程中只能凭自身综合素质的提高来取胜。

（4）选择权。根据国家有关规定，实行招生并轨改革的高校毕业生在国家就业方针、政策的指导下自主择业。毕业生只要符合国家的就业方针、政策，可以自主地选择用人单位，学校、其他单位和个人均不得干涉。任何将个人意志强加给毕业生，强令毕业生到某单位工作的行为是侵犯毕业生选择权行为。毕业生可结合自身情况，自主与用人单位协商，要求学校予以推荐，直至签订就业协议。

（5）公平待遇权。用人单位录用毕业生的过程中，也应公平、公正，一视同仁。但在当前，毕业生的公平受录用权受到很大的冲击，也最为毕业生所担忧。由于各项配套措施滞后，完全开放的、公平的就业市场尚未真正形成，用人单位录用毕业生还不同程度地存在着不公平、不公正的现象，如女生就业难仍然是困扰女毕业生的一大问题。公平受录用权是毕业生最为迫切需要得到维护的权益。

（6）违约及求偿权。毕业生、用人单位、学校三方签订协议后，任何一方不得擅自毁约。如用人单位无故要求解约，毕业生有权要求对方严格履行就业协议，否则用人单位应对毕业生承担违约责任，支付违约金，毕业生有权利要求用人单位进行补偿。

2. 毕业生权益保护

毕业生享有上述权益，但在就业过程中往往会出现一些侵害毕业生权益的行为，毕业生可通过以下途径对自身权益实施保护。

（1）毕业生就业主管部门的保护。毕业生就业主管部门可通过制定相应的规范来确定毕业生的权益，并对侵犯毕业生权益的行为以抵制或处理。例如《上海市高校毕业生就业信息登记制度具体实施办法》规定：对不履行就业信息公开登记手续、侵犯毕业生获取信息权的单位，市高校毕业生就业办公室不予审批非上海生源高校毕业生进沪就业；不予审批就业计划和打印就业派遣报到证；同时对这种情况给予通报批评，严重者将取消其录用毕业生的资格。

（2）高校的保护。学校对毕业生权益的保护最为直接。学校可通过制定各项措施来规范毕业生就业指导和就业推荐，对于用人单位在录用毕业生过程中的不公平、不公正行为，学校有权予以抵制以维护毕业生公平的受录用权。对于用人单位与毕业生签订不符合有关规定的就业协议，学校有权不予同意，未经学校同意的就业协议不发生法律效力，不能作为编制就业计划的依据。

（3）毕业生自我保护。毕业生权益保护的一个重要方面就是毕业生自我保护，毕业生自我保护体现在几个方面：

1）毕业生应了解目前国家关于毕业生就业的有关方针、政策和规范以及它们之间的关系，熟悉毕业生在就业过程中的权利和义务，这是毕业生权益自我保护的前提。如果在就业过程中因为所谓的公司规定或部门规定与国家政策法规有抵触，侵犯了自己的权益，则可以依据法规办事，维护自己的合法权益。

2）毕业生应自觉遵循有关就业规范，接受其制约，保证自己的就业行为不违反就业规范，不侵犯其他毕业生的合法权益。毕业生如有下列情形之一，由学校报地方主管毕业生调配部门批准，不再负责其就业。

在其向学校缴纳全部培养费和奖助学金后，由学校将其户粮关系和档案转至家庭所在地，按社会待业人员处理：①不顾国家需要，坚持个人无理要求，经多方教育仍拒不改正的；②自派遣之日起，无正当理由超过三个月不去就业单位报到的；③报到后拒不服从安排或因无理要求被用人单位退回的；④其他违反毕业生就业规定的。

3）在用人单位接收毕业生的过程当中，毕业生也应对自身权益进行自我保护。

按照国家规定毕业生在报到后应享受正常的福利待遇如养老金、公积金等；对某些工作岗位的特殊体质要求，用人单位应在与毕业生双向选择时就明确，否则不得以单位体检不合格为由（比如仅仅是肝功能表面抗原阳性等）将学生退回学校；另外正常的人才流动也应根据国家和当地的有关人才流动规定，不应受到限制；报到后毕业生发生疾病不能坚持正常工作的，则按单位在职人员有关规定处理，不能退回学校。毕业生应对自己的权利有正确认识。

4）毕业生应学会运用法律手段维护自身的合法权益。针对侵犯自身就业权益的行为，毕业生有权向用人单位上级主管部门和学校进行申诉并听取他们的处理意见，同时也可提交给当地的劳动争议仲裁机构进行调解和仲裁，也可以直接向人民法院提起诉讼。

（摘自：中国教育和科研计算机网）

7.5　多一点了解，多一点保护（四）
——怎样解决与公司的摩擦

【导语】

小杨是北京工商大学金融学专业的本科毕业生。毕业前他曾在国美电器实习，实习通过后，要经过五年的管理培训，可成为中高级管理人员。但小杨感觉公司管理较乱，而且实习期工资仅有 500 元，经过与老员工谈话获知，转正后也只有 1 600 元，与别的企业差距较大，这让小杨觉得很困惑：一方面，工资比较低，而且公司不解决户口；另一方面，由于这些原因与企业发生矛盾，该怎么解决呢？会不会对自己造成不利的影响呢？带着这些问题，小杨来到了就业之家。

【咨询台】

与小杨沟通并得知他的现状后，我作了如下分析：小杨在实习前已对实习期和以后的工作待遇有所了解是很好的，但在实习期就提出薪酬与户口问题不太合适，而且，单单从薪酬上考虑，与不明具体情况的同学作比较，也不合适。这是自己给自己增加的烦恼，实习期的主要目的是了解社会、锻炼能力、增长经验，自己应摆正心态。其次，你在国美实习，像国美这样的单位解决户口的可能性较小，因此，小杨提出不解决户口就提高工资的要求企业很难接受。再者，在就业过程中，如果与用人单位发生矛盾，可以先与用人单位进行沟通，或找些诸如工会、学校、教委等部门针对具体的问题进行咨询，来缓冲与用人单位之间的矛盾，尽量避免发生不必要的摩擦。

【咨询手记】

该案例突出反映了毕业生在实习期中如何正确看待薪金待遇，如何处理好与用人单位间的矛盾的问题，应把握适度、合理的原则，分别从自身和对方的立场来考虑，寻求多方途径解决矛盾。大学毕业生与用人单位谈薪酬待遇问题时要有方略，不可只从个人利益出发，应更关注用人单位从多方面对自己的培养、提供的各种机会与发展前途等，多想想自己为企业贡献了什么。只有更加关注企业的发展，才能找到协调解决摩擦的方法。

【知识链接】

毕业生上班前必须搞清四个问题

大四毕业生经过"过五关斩六将"，层层厮杀，好不容易就要上班了，但是可别高兴太早了，专家提醒，在上班之前千万别忘了问一些跟你工作密切相关的问题，不然正式上班后，后悔就来不及了。但要注意的是，在坚持自己的原则下，提问的态度要诚恳，不要因小失大，要恰到好处。

问题一：单位安排给你的工作内容。

是什么样的工作，一般在看到招聘岗位后就能明白。但是现在的公司工作岗位越分越细，再加上有的招聘企业为了提高自己的招聘档次，会将一些名不见经传的岗位说得诱人无比。比如明明是招聘一般的维修人员，却说成是招聘维修工程师。在这种"光环"的照耀下，很多人都会看花了眼，所以在上班前一定要问好你的工作内容是什么。不然，到时给你增加一些莫明其妙的杂事，会吃哑巴亏的。

问题二：单位要求的工作地点和时间。

在上班前，一定要问清工作地点。如果公司在各地有很多分公司的话，可能需要在不同的地点上班。并且最好能问清楚上下班时间以及加班的时间限度。这样，你就可以根据自身的条件考虑是否能承受。

问题三：试用期限和培训机会。

不管你是不是刚毕业的大学生，公司招聘新人时都会提出一定的试用期限，从三个月至一年不等。应聘者可用比较委婉的方式询问，如"有些公司有新进员工的试用期限和培训机会的相关规定，不知贵公司是否也有此规定？"若公司有这些规定，应聘者应确认其试用期限及其待遇。一方面可以避免不讲信用的公司欺骗新人，另一方面也可以避免彼此因为沟通的不畅而引起的尴尬。

问题四：你的薪水及福利。

薪水是求职者很关心的事情。一般来讲，在面试时，招聘人员会给应聘者说明试用期、正式聘用期的薪水及福利情况。但有时，也有工作人员会忘了介绍。面对此，若应聘者直截了当地问薪水可能不是很好，因此在上班前，你可以用旁敲侧击的方式，如以同类公司的薪水为话题，来探询该公司对新进人员的薪水。

在回答薪金问题的时候，不能乘匹夫之勇乱答一气，要有准备，要有策略。

策略 1：把期望值放到行业发展的趋势中去。

考虑你的专业是什么？人才市场对你这类人才的需求有多大？留意一下你周围的人（你的同学、你的朋友、和你找同一个工作的人）能拿多少薪水？结合公司的情况，取他们中间的一个平均值来考虑你的期望薪资，同时还应该多留意新闻和本行业中的有关报道。

策略 2：谈薪水的时候不要拘泥于薪资本身。

在面试中谈薪水，是不能"就薪水谈薪水"，要把握适度合理的原则。告诉自己的面试官，薪水不是重要的，你更在乎的是职位本身，你喜欢这份工作；告诉公司你希望公司能了解自己的价值。这样，就能将薪金问题提升到另一个高度，将有助于你找到一份满意的工作。

（摘自：中青在线与 http：//hi. baidu. com）

我与全球职业规划师曾海波、王占军、付晓美、蒋冰舒在中国首届职业规划国际论坛暨GCDF全球峰会上的合影，他们给我很多帮助。

第8章 自主创业

关于自主创业的话

"海阔凭鱼跃，天高任鸟飞"，这对于渴望创业的学生来讲，是一个最佳的比喻。以自己的产品、自己的方式，为社会提供独特的价值以实现自己人生的辉煌，这种冲动将会激励更多的年轻人走上创业之路。

如今就业形势严峻，更加激励了大学生创业激情。与已工作的人比，大学生有很多优势。首先，对专业知识的精确把握；其次，创业激情的高涨，最后，是不服输的坚韧品格。他们愿意用自己的青春走出一条致富之路，这对社会的发展、国家的富强、个人成长发展及生活水平的改善有积极的意义。

然而，理想与现实之间总是存在着差距。现实中的困难很容易打击大学生的创业热情，挫败大学生的创业策略。多变的市场、紧缺的资金、贫乏的经验，都是大学生创业不得不面对的问题。大学生的创业之路，犹如大海里的一叶扁舟，在风雨中飘摇，随时可能被大海的巨浪打翻。

如何准备才能在市场的风浪中自由地搏击，才能在新的环境中适应，才能在大形势下实现创新，是每个创业人需要认真思考的问题。我希望通过本部分的咨询记录，让想创业的大学生有所感悟，进而可以在创业的路上，自信地对所有人说"数英雄人物，还看今朝！"

8.1　就业的另一种选择
　　——大学生怎样为创业作好准备

【导语】

小晏是哈尔滨工业大学电机与电器专业的硕士研究生。在择业的过程中，本想自己创业，但是考虑到自己刚从学校毕业，对社会、市场都不是太了解，尤其在怎么样去运作一个企业，管理一个企业方面，知识比较少。因此，小晏设想先选择一个企业去工作，学习知识，锻炼自己的能力，在自己签约期快到时再去创业。但是他现在的迷茫是：不知道自己选择哪一种企业会更好些。

【咨询台】

小晏（很阳光地笑着，对于未来看起来是有把握的）：听了我刚才的介绍，您对我应该有一定的了解吧？其实在个人能力上我还是比较自信的，对自己的规划目标也相当明确。目前最大的困惑就是：去哪一种企业锻炼自己比较好。

蒋老师：自信心和明确的目标对于创业很重要啊！对于选择怎样的企业，你自己是否曾经有过一些考虑？

小晏：以前我也反复的思考过，想选择一个民营企业，三五年之后自己创立一个企业，做电子板产品和技术服务。

蒋老师：那能否说说你的想法呢？

小晏：主要是想到这样的企业锻炼自己的能力，因为毕竟是小公司，可以有更多的发展机会吧，表现出色的话，我觉得应该可以争取到主管的位置，于是前前后后应聘了不少的企业，先在丰台的民营企业景色电器做电频器，我主要负责研发。但是在工作中，却出现了以前没有预料到的事情，比如说民营企业本身就不很规范，反而让我自己寻找企业规范、促进企业发展，这多少有些让我感到失望。

蒋老师：那么你通过自己的亲身经历，能否发现一些对你有帮助的方面，是不是还有一些其他的感受呢？

小晏：（认真地思考着）您提示我从另一个角度看问题。不规范企业的管理肯定会比较混乱，工作也较杂乱。但是，也有好的方面，不规范的企业会寻求规范，那么，这寻求规范的过程就是规范创立的过程，也正是我需要的一个很好的学习过程。只不过系统的管理知识和规范的建立不是一时之间就可以学习的罢了。我以前怎么没有想到这层呢？

蒋老师：换个角度看问题的是你自己的内心。

小晏：您说得是，我一直觉得这个寻求规范的过程太漫长，要付出的努力过多，而我现在希望能寻到现成的经验，也许这个想法本身就有问题吧，很有些急功近利的感觉。所以导致我后来在昌平一家比较规范的企业里工作，先做研发，再做市场，最终想做电子板创业。

蒋老师：很理解你现在的感受，这个积累的过程似乎有些漫长。

小晏（着急）：我现在非常需要在规范的企业工作，工作计划都成系统化，有现成的知识可以学习，不论是管理知识还是规范的系统知识。但是，这样的企业有自己限定的领域，不可能让我真正地去参与具体的工作。这两种企业都各有利弊，我该怎么办呢？怎么选择才能获得更大的收益呢？

蒋老师：听了你的叙述，我感到你的目标很简单明确，就是要学习学习企业的运作、管理、系统规范的知识，为将来自己创业作准备。是这样的吗？

小晏：对，这就是我心里所想的。

蒋老师：我能够很强烈地感觉到你内心明确的需要，似乎你的心里已经有了一幅广阔的图景，那么，如何去实现呢？

小晏：是啊，我现在渐渐清晰了：既然我自己的职业目标就是创业，那么我无论选择去规范还是不规范的企业，在那里都可以学习到现成的创业、管理知识，为自己的创业创造良好的条件。管理一个企业、运作一个企业的能力，只要在这个方面努力学习就可以了。关键是自己要踏下心来在就业、从业的过程中积累宝贵经验，为创业作准备。当然，也不能把技术忘掉，一个企业能够生存必须是质量和管理都上得去的才行，对吗？

蒋老师：很高兴看到你自己的决心和前进的动力，但是在这个过程中可能还会遇到一些心理困扰，希望这次的心理探索能够给你带来一些启发。

小晏：会的，从这里我学会了让自己的内心去感受，为自己的理想去奋斗。谢谢您！

【咨询手记】

像小晏这种想自主创业的大学生越来越多。怎么样在有效的时间内得到创业所具备的知识，为自己的创业创造有利的条件应该是他们首先考虑的问题。创业者最重要的一个素质就是能够在实践中迅速学习、掌握应用所需要的技能，这样的学习是与学校的学习截然不同的，区别在于自己要主动了解自己所缺乏的关键技能，并在社会中寻找到解决之道。这一点需要创业者特别的关注和坚持。

【知识链接】

大学生创业提示

我们发现大学生创业普遍有如下优点：

（1）具有本科或研究生程度的文化水平，对事物有较强的领悟力，有些

东西一点即通。

（2）自主学习知识的能力强。

（3）接受新鲜事物快，甚至是潮流的引领者。

（4）思维普遍活跃，不管是敢不敢干，至少是敢想。

（5）运用 IT 技术能力强，能够在互联网络上搜寻到许多信息。

（6）自信心较足，对认准的事情有激情去做。

（7）年纪轻、精力旺盛，故有"年轻是最大的资本"之说。

（8）没有成家的大学生暂无家庭负担，其创业很可能获得家庭或家族的支持。

毋庸讳言，大学生还可能存在一些缺点：

（1）缺乏社会经验和职业经历，尤其缺乏人际关系和商业网络。

（2）缺乏真正有商业前景的创业项目，许多创业点子经不起市场的考验。

（3）缺乏商业信用，在校大学生信用档案与社会没有接轨，导致融资借贷困难重重。

（4）喜欢纸上谈兵，创业设想大而无当，市场预测普遍过于乐观。

（5）眼高手低、好高骛远，看不起蝇头小利，往往大谈"第一桶金"，不谈赚"第一分钱"。

（6）独立人格没有完全形成，缺乏对社会和个人的责任感，甚至毕业后有继续依赖父母过日子的想法。

（7）心理承受能力差，遇到挫折就放弃，有的学生在前期听到创业艰难，没有尝试就轻易放弃了。

（8）整个社会文化和商业交往中往往不信任青年人，俗语说的"嘴上没毛，办事不牢"，很不利于年轻人的创业。

在这里提供一个 SWOT 分析工具，大学生在一个四方格内分别把自己的优势、劣势、面临的发展机遇、挑战或威胁四个因素写下来，每种因素罗列出主要的 4~5 条。

比如说某 A 学生认为自己的优势有：家庭经商，自小在父母边耳濡目染，对创业有浓厚兴趣；经过几年勤工俭学也积累一些实际经验；做过班系干部，组织领导能力得到锻炼；几个朋友合计创业有一定时间，已基本有一个磨合的团队；产品独一无二，有市场竞争力。

某 B 学生认为自己的劣势有：个人性格内向，与人打交道较困难；家庭出身农家较贫，没有资金支持，还指望毕业后还清教育贷款；没有团队，可能要单打独斗；社会经验严重不足；准备创业的产品成本高昂，要委托别人加工。

某 C 学生认为面临的机遇有：大学生创业基金成立，自己的科技项目可以申报一试，有导师的强力推荐；国内市场目前突然变化，产生有利于己方的巨大需求；一些企业正与我方洽谈，个别有签约前景；政府循环经济鼓励政策出台，更是大好消息。

某 D 学生认为自己创业的挑战是：市场竞争不规范，假冒伪劣商品盛行，自己的真东西卖不出去；目前上海店铺租金越来越高，辛辛苦苦赚来的利润越来越低；消费风潮变动很快，自己可能赶不上流行趋势。

在以上 SWOT 分析基础上，大学生可针对自己的情况，发挥优势、弥补劣势、克服威胁、规避风险、抓住机会、迎接挑战，使得自己的创业计划更为实际可行，更多一分胜算的把握。

虽然，如今创业市场商机无限，但对资金、能力、经验都有限的大学生创业者来说，并非"遍地黄金"。在这种情况下，大学生创业只有根据自身特点，找准"落脚点"，才能闯出一片真正适合自己的新天地。

（摘自：http：//zhidao. baidu. com/question/3850485. html）

8.2　创业的路径
——大学生怎样实现创业

【导语】

他目标很大、很明确——找到的工作要能赚很多钱，30 岁之前要有所成就，至少要有自己的住房，而且他所寻求的工作要能实现他在能力、心理、素质等各方面的锻炼。他是小王，北京某大学一位学管理的大专毕业生。按照他的意愿，是想做投资、股票、房地产等工作来进行创业前期的资金和经验积累。

【咨询台】

小王：蒋老师您好！我想自主创业，因此眼前急于找一份能挣钱的工作，呵呵，您会不会说我很俗气啊？

蒋老师：你好！为什么这样说呢？能得到高薪回报，从某种角度说明你能力强啊！

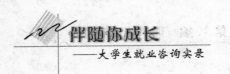

小王：您说的对，那您说我怎样才能实现创业的理想呢？

蒋老师：你的优势在于有明确的职业目标，眼前想找的工作就是对将来创业有帮助的，不管是积累资金还是在各方面能力的锻炼上，你都希望能为你以后做老板打下基础，是吗？

小王：我是这样打算的。

蒋老师：我想大学生创业最缺乏的是社会经验和从业经历，因此，我很赞成也很支持你先通过就业积累经验、锻炼能力，进而明确创业动机。创业是很艰难的，要是想做一个年轻有为的成功创业者，必须做好吃大苦的准备，脚踏实地学习钻研，提高自己的业务能力。对于创业来讲，十分关键的业务能力是销售能力，再好的产品，都是经由销售的这个环节最终实现价值的，如果没有这个技能，很难将自己的产品推向市场。因此，你可以尝试着从这个职位做起，达到全面锻炼的目的。

同时，锻炼自己的心理素质，不断拼搏努力，不气馁，并且要完善自己的人格，千万不要因为求成而忽略了做人之本。当然，成功创业还要有机遇的垂青，只有先作好应有的准备才可能在机遇到来之际及时抓住它。像选择创业项目、建立团队、风险投资、经营运作都需要不断学习，有时甚至需要接受相关的培训。但是，坚定的信念是最重要的。希望你在创业准备的实践中得到成长，实现自己的创业理想。

小王：这些我都记下了，谢谢您！

【案例回访】

这份关于小王的咨询是 2005 年 7 月 7 日做的，2005 年 8 月 18 日我进行了回访，得知小王已经在联合科技公司上海部做销售培训，并打算 9 月回京开展业务，而且发展得很好，他对自己的现状也比较满意。

【咨询手记】

自主创业成功与否的关键，起步有几个因素：销售、产品和资金，大部分创业失败的人，都是由于上述 3 方面的某个或几个环节没有处理好导致的。其中销售又是最关键的环节，因为无论是产品推销，还是资金的周转，都需要创业者有极强的说服力。世界 500 强企业的 CEO 中，90% 以上都是销售出身，这一事实也验证了销售技能的重要性。大学生要实现创业的理想不妨从营销岗位做起。

8.3　创业政策咨询
——大学生应了解哪些创业政策

【导语】

我在大学生就业之家作咨询，曾经接待过一些残疾人大学生，看到他们自强不息、艰苦努力、学习成绩优秀、品行朴实，我常常深受感动，热泪盈眶。所以，一直以来我对他们倾注了更好的关注，并给予特殊的照顾。

小赵，男，26岁，北京人，北京联合大学广告专业2006届专科毕业生，聋哑人。

他的父亲代替儿子来到了大学生就业之家，希望得到老师的指导。我把这位父亲请到我的咨询室，详细地了解了情况。

【咨询台】

老赵前来咨询的问题有两个：一个是关于残疾人创业的一些优惠政策，比如贷款额度、贷款利率、成立公司后赋税方面的优惠政策等。另一个是希望就业中心能帮助推荐工作，小赵本人虽然聋哑，但生活能够自理，能通过书写与别人进行沟通。根据其父亲介绍，儿子从高中起对美术、绘画特别感兴趣。高中时候创作的作品受到单位的表扬。现在手里有很多由他自己创作的作品。对于工作的具体要求没有限制，比方说企业的性质、工作地点、薪资待遇等，重要的是能够找一个接收他、给他发挥能力的平台。

我向他作了耐心的解释：①关于残疾人创业的政策。这方面我以前了解的不多，我们会迅速查询后告知他，如果方便也可以自己上网查询相关方面的政策规定，还可以到工商登记部门咨询。我们留下了他的联系电话，待找到资料后会主动给以答复。②关于推荐工作单位的事情。我当即把小赵的简历资料转至大学生就业之家学生推荐部，尽快给予推荐。就业中心也会留意相关的企业招聘信息，如果合适就会给予推荐。同时，小赵也可以到当地街道相关部门登记，多方寻求就业机会。

【咨询手记】

大学生创业应具体了解关于办理营业执照，注册资本，免征或优惠税赋的规定，贷款额度、期限，个人档案管理，风险评估，贷款担保等政策，这些在各地区政府机构都有详细条文，也可以上网查询。认真学习相关政策法规是成功创业的必要准备，可以得到政策法规的保护。为了弥补这次咨询的遗憾，我又编写了有关大学生就业和创业的政策汇编，以给他们提供全面、详细的帮助。

【知识链接】

残疾人就业问题

促进残疾人就业，直接关系到广大残疾人生活水平的提高。在当前就业形势严峻的情况下，残疾人就业更是不容乐观。现就如何做好残疾人就业工作谈点个人的粗浅看法。

1. 当前残疾人就业面临的压力

首先，从整个社会就业环境看，劳动力供大于求。一是我国人口众多，劳动力总量大，每年新生劳动力在不断增加。二是失业人员、下岗职工、农村剩余劳动力的增加，使劳动力供大于求的矛盾更加突出。三是从我县的情况看，一、二产业相对发达，适合残疾人就业的岗位很少。

其次，很多残疾人自身的素质和就业观念不能适应市场需求。一方面，残疾人普遍受教育程度较低，文化素质、职业技能等不能适应竞争机制下的就业需求。另一方面，部分残疾人"等、靠、要"的依赖思想严重，缺乏市场经济条件下的竞争意识和自强意识。

再次，残疾人就业服务体系不完善，就业市场建设滞后。现有的体系由于一些职能尚未发挥，存在着歧视残疾人的就业现象。就业信息与用人单位之间的信息不畅通，特别是部门之间、城乡之间、地区之间条块分割，资源不能共享。

2. 促进残疾人就业的思考

第一，政府在就业政策的宏观调控中，要更加关注残疾人就业。要认真落实好按比例安排残疾人就业的有关规定。工商、税务、财政要充分发挥自身职能，保证就业保障金足额上缴。在产业结构调整和深化企业改革中，政府要通过给予相应的政策上的扶持，使福利企业在改革中得到更好的发展，而不致使残疾人在企业改制中大批下岗。

第二，采取切实可行的措施，解决农村残疾人的就业问题。必须着力开展面向农村残疾人的职业技能培训，逐步形成"市场引导培训、培训促进就业"的良性机制。积极探索残疾人培训与劳动力转移相衔接的机制，把技能培训、就业介绍、就业服务管理融为一体，进而实现残疾人事业城乡协调发展。

第三，加强残疾人就业市场体系建设，全面改善残疾人就业服务。按比例安置残疾人就业，是保障残疾人就业的一项重大政策措施。因此，需要加强残疾人就业市场建设，完善就业登记、信息服务、中介、再培训等服务，打破部门之间、地区之间、城乡之间的隔离，将残疾人就业市场纳入社会劳动力市场体系建设当中。

第四，重视残疾人教育在提高就业能力方面的作用。对残疾人而言，提高自身素质，是其实现就业、参与社会生活的根本途径。因此要增加残疾人教育的投资，依法规范县、乡各级政府对残疾人教育的责任和义务，落实国家对残疾人教育的优惠政策和措施。重视残疾人职业教育，探索服务于残疾人就业的职业教育模式和途径。

第五，努力营造有利于残疾人就业的舆论环境。由于认识上的偏见，一些单位觉得残疾人有损单位形象，不愿意接收，有的单位宁可缴纳就业保障金也不愿为残疾人提供岗位，这使得残疾人在整个社会就业体系中处于极为不利的地位。因此需努力营造有利于残疾人就业的社会环境，使全社会充分认识到实现残疾人就业不仅是残疾人追求的目标，也是社会文明和谐的标志。

（摘自：http：//hi. baidu. com/yishuiyizhong/blog）

国家关于大学生创业有哪些政策

（1）大学毕业生在毕业后两年内自主创业，到创业实体所在地的工商部门办理营业执照，注册资金（本）在 50 万元以下的，允许分期到位，首期到位资金不低于注册资本的 10%（出资额不低于 3 万元），1 年内实缴注册资本追加到 50% 以上，余款可在 3 年内分期到位。

（2）大学毕业生新办咨询业、信息业、技术服务业的企业或经营单位，经税务部门批准，免征企业所得税两年；新办从事交通运输、邮电通讯的企业或经营单位，经税务部门批准，第一年免征企业所得税，第二年减半征收企业所得税；新办从事公用事业、商业、物资业、对外贸易业、旅游业、物流业、仓储业、居民服务业、饮食业、教育文化事业、卫生事业的企业或经营单位，经税务部门批准，免征企业所得税一年。

（3）各有商业银行、股份制银行、城市商业银行和有条件的城市信用社

要为自主创业的毕业生提供小额贷款，并简化程序，提供开户和结算便利，贷款额度在 2 万元左右。贷款期限最长为两年，到期确定需延长的，可申请延期一次。贷款利息按照中国人民银行公布的贷款利率确定，担保最高限额为担保基金的 5 倍，期限与贷款期限相同。

（4）政府人事行政部门所属的人才中介服务机构，免费为自主创业毕业生保管人事档案（包括代办社保、职称、档案工资等有关手续）2 年；提供免费查询人才、劳动力供求信息，免费发布招聘广告等服务；适当减免参加人才集市或人才劳务交流活动收费；优惠为创办企业的员工提供一次培训、测评服务。

（5）以上优惠政策是国家针对所有自主创业的大学生所制定的，各地政府为了扶持当地大学生创业，也出台了相关的政策法规，而且更加细化，更贴近实际。例如根据国家和上海市政府的有关规定，上海地区应届大学毕业生创业可享受免费风险评估、免费政策培训、无偿贷款担保及部分税费减免四项优惠政策。

第 2 编

我在大学生就业之家开展职业咨询的探索与实践

北京高校毕业生就业指导中心任占忠主任与
大学生就业指导老师、职业规划师和企业代
表研究就业指导工作

我是怎样努力做好大学
生就业指导工作的

大学毕业生是国家宝贵的人才资源。大学毕业生的就业问题一直得到党和政府的高度重视和社会各方面的关注，因为这既关系到我国经济发展和社会进步，又关系到高等教育体制改革目标的实现和高等教育学校的发展，同时也关系到大学生自身的发展成才和人生价值的实现，因此做好高校毕业生就业指导工作具有重要的现实意义和历史意义。我愿意兢兢业业、认认真真地做好我能做的一切，不辜负领导的期望和就业指导工作的重托。

一、探索与实践

2004年以来，我做了金融、建筑、营销、医药、旅游、研究生、信息、开发区、文体、汽车、民营、化工（其中金融、研究生各两场）专项招聘会及一些大型招聘会的现场职业指导咨询，另外，还在其他时日接待了众多上门咨询的学生和家长，对于咨询工作我已经逐渐形成了自己的风格，即精心准备、热情接待、细心倾听、耐心解答。比如参会前尽量多进行预想，了解招聘会专业情况，相关的学生专业，用人单位行业情况、用人要求，有关的就业政策，学生有可能问到的问题等；会上面带微笑，以良好的精神面貌真诚地面对每一位感到焦虑、迷茫、困惑、自卑、需要帮助的学生；对学生提出的方方面面的问题，给予分析、引导、解释，对所有咨询和旁听的学生有意识地宣讲就业指导的有关知识，使那些想问不知怎么问、问什么，或对就业知识了解不全面的学生都能得到特殊、有益的帮助；在有时间的情况下，与学生共同讨论一些问题，使他们达到互助、自助，深刻认识问题，增长就业能力的目的；对上门咨询的学生针对其需求作职业规划的深度指导。为了学生我在招聘会连续咨询五六个小时，嗓子哑了、腿麻了、饭也顾不上吃，使学生深受感动，得到了"热情、敬业、专业"的良好评价和感谢。

通过咨询，我对学生最关心的问题、不同阶段的问题、不同专业、不同就业方向、不同职位、不同核心知识及就业指导各方面的内容有了把握。但大学生的就业问题是复杂的、层出不穷的，与社会经济生活各方面息息相关，是非常广泛的。大学生对就业之家充满希望，每当面对学生一双双渴求帮助

的眼睛，我就感到自己的责任重大，心中升腾着"我拿什么奉献给学生"的强烈激情，更加鞭策我不可懈怠，要加倍学习、认真工作。

在北京高校毕业生就业指导中心"大学生就业之家"这个环境和平台上要做好就业指导工作，不仅要了解学生，还要了解学校和企业（用人单位），所以我就此作了三方面调研。在市场部领导刘老师的指引下，我利用空闲时间分别走访和联系了中国人民大学、中央民族大学、北京联合大学、北京建筑学院、中央财经大学、北京体育师范学院、北京工商大学、首都师范大学、北京理工大学、北京航空航天大学、首都经济贸易大学、北京信息工程学院、北京林业大学等并收集了各校的就业指导手册及毕业生专业介绍等。

针对高校，调研提纲的主要内容有：学校就业指导工作的状态，计划安排，学生就业特点、方向、趋势，开展就业指导、职业咨询、职业规划的必要性及方式方法，学校的专业设置及就业方向；对大学生就业之家的工作建议及合作项目等。通过与高校就业指导办公室的老师们进行业务交流，我看到作为第一线的就业指导工作是细致的、繁杂的，需要深入研究并不断创新。各高校对大学生就业之家高度信任和尊重，在学生中为我们做了极好的宣传，这些都是我们展开就业指导各项服务工作的良好基础。其中对我们有益的建议有：①应采取措施避免企业的虚假招聘信息；②以猎头方式为专业人才进行包装，宣传学校、专业及就业方向；③就业服务手册以具体、实用为好，少用广告；④利用教委的优势，整合学校力量，组织专家团巡回讲课；⑤跟踪用人单位，关键是要调查学生的录用情况，反映招聘工作效果。

针对用人单位，调研主要采取以下三种方式：①实地考察、采访；②通过招聘会与企业代表交谈；③代理招聘、跟踪用人情况。调研提纲主要内容是了解企业需求情况，招聘流程方式，岗位、职位说明，用人条件要求，企业状况，学生求职中最想知道的职业发展和待遇问题，针对大学生工作适应和择业招聘情况对我们就业指导的意见，针对学生知识结构等情况给学校的反馈意见，对大学生就业之家的工作建议。我希望通过了解用人单位，掌握不同行业的用人特点、职业核心素质，能够指导学生适应市场需求、成功就业、成功发展。通过与用人单位交谈，我感到他们很敬重我认真的工作态度，给我提供了很多真实的信息，通过交流也加深了用人单位对大学生就业之家的印象。

针对人才市场，调研的主要目的是向职业指导师学习，交流工作经验。我参观了国家人事部、北京市劳动局、北京市人事局的人才市场，了解了人才市场的运作形式、工作流程、服务项目、职业指导内容、收费情况、测评软件，收集了有关资料。我归纳出劳动局人才市场的特点如下：①整个人才市场为常设机构，天天为求职者服务。②企业用人信息公开，大屏幕显示用人单位名称、职位名称、联系方式、需求人数、专业等。信息丰富，每天保证 100 多条，数据即时更新。③全场服务形成闭环，路线清晰，项目明确，显示整体功能，方便求职者。④就业指导人员有从业资格，经验丰富。面对大学生的就业指导讲座的主要内容是就业方针、就业形势、人才供求情况的分析；面对企业的讲座的主要内容则是用人指导、调整规范用人标准和市场供求情况分析。指导师了解企业面宽，政策吃得透，学习精神强。人事局人才市场的特点有：①招聘会上企业到位率高，招聘信息用毕业生服务中心专用纸章、专用格式统一贴出。②召开招聘会的同时开设 7 项服务：职业测评，代理推荐；查找企业信息和输入个人信息；就业咨询；指导讲座；办理就业服务优惠卡；公布当月招聘会时间、用人单位信息；销售《毕业生需求信息》、《就业指导教程》等资料。③就业指导有固定教室，循环播放幻灯片，指导老师定期讲解。职业指导包括用人单位分析与毕业生就业途径；有一对一咨询室，进行个别指导；有测评室，配多台电脑，室外张贴测评方法、收费标准的详细说明。④不同的收费标准。优惠卡 35 元，可免一年周三定期招聘会门票，免费提供一项职业测评，提供就业指导，免费查询招聘信息等；测评分类收费，每类每项按往届生、未就业生、应届及在校生不同档次收费，全类全项往届生最高收费为 215 元，最低为在校、应届生，收费只有 5 元。每种人才市场都有可借鉴之处，我们的大学生就业之家人才市场除企业展台外目前最精彩、最火热的就是现场就业指导咨询，学生能与指导老师面对面地交流、吐露心声、寻求帮助。这一特点体现了大学生就业之家的氛围，体现了北京市教委就业指导中心"就业指导"这一核心词的教育优势，这是在别的人才市场见不到的，是市场部的创举。每种人才市场都有自己的特点，都应充分开发利用自己的资源。我们的资源是高校、是教育、是知识，应让就业指导深入到各项服务中，在"就业指导"上做足文章，办出我们的特色和品牌。

做好基础工作。①我在咨询中有记录、有录音，之后我会整理咨询手记、进行案例分析。②积累学校专业、就业方向、核心能力资料，并把它们汇集成册。③积累职业指导理论，进行信息跟踪学习，将取自不同资料的摘录、学习笔记、工作感悟汇集成册。④进一步学习《纵横职场》、《大学生就业指导教程》等职业指导书籍。总之，我越干越感到需要学习的东西很多，虽然过去曾经有些经验和理论，但事物总是发展变化的，还有更多的东西需要探讨。

二、设想与计划

（1）在充分学习调研的基础上，继续提高就业指导的现场咨询水平。立足于我的优质服务力求达到学生的高满意度，为我们人才市场招聘增加价值和效度作出一份努力。

（2）发挥人力资源管理顾问的作用，从就业指导的角度为企业做代理招聘，跟踪企业录用学生的情况。从中可加深与企业的联系；了解企业的真实情况，对学生做符合实际的就业指导；从企业招聘录用学生情况反馈招聘会、就业指导和学校教育的最终效果信息。

（3）研究分析大学生就业形势及政策，把握正确的工作导向，一方面提高自身就业指导的层次水平，更重要的是发现毕业生就业的新契机，为大学生就业之家献计献策。积极参加教育部大学生就业情况调研及北京高校毕业生就业指导中心的专家团活动，加强对就业指导的研究和探讨。

（4）参与大学生就业之家各服务项目，主动思考、提出见解，增大就业指导力度，体现北京高校毕业生就业指导中心与大学生就业之家的工作优势、特点，为提高社会经济效益作出智力贡献。

（5）编写就业指导案例分析。走进校园或企业讲解就业指导知识。

2005 年 1 月 20 日

职业咨询报告

　　大学生就业之家顺应学生、用人单位、学校的需求开展了多种就业指导服务，我主要做职业指导咨询、个性化推荐、代理招聘等工作。这一工作是在北京市教委高校毕业生就业指导中心层面开展的，接待的学生来自京内京外不同高校、不同专业，涉及全过程就业指导，它不同于在某一地区、某一学校、某一时段、某一局部问题的指导咨询，因此对它的总结、分析、思考更有意义。以下将从怎样咨询、什么人咨询、咨询什么、今后再怎样提高咨询水平四方面作分析报告。

1. 职业指导咨询方式

　　（1）招聘会现场即时咨询。我曾在大学生就业之家举办的金融、建筑、营销、医药、旅游研究生、化工机械、信息、开发区、金融、文体、汽车、民营企业等专场招聘会，及教委系统人才、实习、"成功之路"毕业生就业双选会等数百场招聘会上作现场咨询，答疑解惑，提出择业、就业的建议、分析等。

　　（2）预约深度咨询指导。预约深度咨询指导的对象主要包括：在现场咨询中感到还有更深刻的问题需要面对面地详细交谈，来到就业之家再次咨询的学生及家长；有需要进行职业测评、职业规划、心理咨询帮助等的学生；有特殊个性问题需单独指导的学生等。

　　（3）个性化推荐咨询。个性化推荐咨询主要是针对学生需求，对学生作全面了解，帮助其制订求职计划、提供就业指导信息、推荐到用人单位。

　　（4）代理招聘指导咨询。代理招聘指导咨询是指针对用人单位的需求，指导学生面试，帮助解决用人单位和学生在互选中出现的问题。

　　（5）校园咨询。春季，为抓紧"金三银四"的大好时机，我提出开展"春风化雨润心田，就业咨询进校园"的主题招聘会的工作设想，并走出去协助高校开展就业咨询，主动帮助学生、了解学生、了解学校。

　　通过这五种形式的咨询，我们共为几千名学生作了不同程度的就业指导，反映出不同的特点。招聘会形式咨询人数最多，涉及问题广泛；深度咨询面谈形式使咨询者受益最大，指导深刻、案例典型；个性推荐指导求职效果最明显；代理招聘咨询最能体现企业需求，指导针对性强；校园咨询最能了解

学校、学生特点，有利于点面结合、深化指导。

2. 受指导的来询者状况

（1）特征。①以北京学校本科生为主，但其他类型学生如往届未就业学生需求亦强烈、困惑更严重。②询求指导的学生人数京内多于京外，京外院校多于京内院校。因为最初的招聘会上，学生（以河北、东北院校居多）大量涌进北京求职，跃跃欲试在京发展，但用人单位要求北京户口的多，解决户口的少，在京就业困难，而后又转向本地或南方就业，随时间推移外地学生越来越少。③学历层次反映出本科学生较多。一方面说明就业群体及学校培养的学历群体以本科为主，本身数量比例大；另一方面说明以就业难易程度为前提，研究生总体就业状况要好些。④外地户籍学生较多。反映这些学生的求职竞争意识强，希望能通过就业指导得到有效帮助。北京户籍的学生多为二类、民办院校毕业，这些学生独立意识较强，能主动询求指导，不愿家长帮助要自主择业。但大多数北京户籍的学生在京就业相对容易，有家长的关系携助就业则更为优越。⑤因受招聘会专场影响，总体接受指导的男生多于女生，但旅游、医药专场女生多于男生。女生求职较难，相对在工科和信息类行业更难。工科行业是用人单位不愿接收女生，而信息类行业是女生不愿干，自认竞争不过男生，创新后劲差。

（2）人数。应届毕业生约占 97%，在校生（含一、二、三年级）1%，往届就业学生 0.5%，往届未就业学生 0.5%，学生家长 1%，也有少量的用人单位未作统计。

（3）学历层次。博士约占 1%，硕士约占 5%，本科约占 89%，大专高职约占 5%。

（4）生源。北京户籍学生约占 15%，外地户籍学生约占 85%。

（5）性别。女生约占 40%，男生约占 60%。

（6）学校

1）北京学校学生约占 83.5%，外地学校学生约占 16.5%。

2）学校所属分布：京内学校占 44%，京外学校占 56%。

3）咨询学生的学校涉及 22 个省市，包括北京、天津、河北、山西、江西、内蒙、辽宁、吉林、山东、黑龙江、上海、江苏、福建、河南、重庆、四川、广东、湖北、陕西、甘肃、广西、云南。

（7）专业

金融类：会计学、财政、投资银行、金融风险，财务管理，金融学，金融证券投资等专业。

建筑类：建筑环境与环境工程、水处理、结构工程、景观生态、供热通讯、建筑工程与高级装修、城市规划与设计、市政建设、地质工程、工民建等专业。

化工机械类：核工程技术、机械设计与制造、车辆与交通工程、林业机械、汽车、安全工程、光电子技术、控制探测、自动化、材料科学、机电工程、热能工程等专业。

医药类：心血管内科、神经内科、临床医学、护理、中医学、公共卫生事业管理、医学检验、生物医学工程、医学影像、医学信息、微生物学等专业。

旅游类：旅游管理、旅游英语、酒店管理、商务英语、文化旅游、饭店管理、国际旅游等专业。

管理类：工商管理、企业管理、信息管理、社会工作、国际关系、人力资源管理、文秘、管理科学与工程、信息管理、发展管理、劳动与社会保障等专业。

文体艺术类：音乐、运动训练、俱乐部经营管理、民族传统体育、舞蹈、文化传播、作曲、影视传媒、运动人体科学、艺术设计等专业。

信息类：电子信息工程、计算机科学与技术、计算机及应用、计算机软件、计算机网络、通讯技术、数据库与网络技术等专业。

营销类：电子商务、物流、市场营销、国际贸易、商品检验等专业。

经济类：经济学、数理统计、计划统计、信息统计、技术经济管理、教育经济与管理、产业经济学等专业。

语言类：英语、日语、法语语言及文学等专业。

法律类：法学、经济法、政治与财政学、思想政治教育等专业。

人文类：心理学、新闻学、哲学、历史等专业。

基础科学：比较教育学、教育学应用数学、生物等专业。

3. 寻求咨询指导的问题

（1）按时间段分

1）初入市场阶段（10～12月）

① 简历怎样制作才能引起企业的注意。

② 户口问题，首选解决北京户口的单位。

③ 外地外校学生多，希望得到在京锻炼与发展的机会。

④ 不知怎样询问企业"了解哪些信息对择业有价值"。

⑤ 怎样选择单位性质，国企、民企、外企、机关、事业单位哪种更好。

⑥ 所学专业适合在哪个领域找工作，做什么更能发挥自己的优势。

⑦ 求职意向怎样写，怎样回答薪酬问题。

⑧ 跨专业、非学校主流专业、非名牌学校怎样选工作。

⑨ 不清楚用人单位提供的职位是干什么的。

⑩ 女生就业为什么这么难，女生到哪里就业合适。

2）进入市场中期阶段（11月~1月）

① 就业政策、程序，怎样签协议，定向生、委培生就业政策，派遣证、档案如何处理等问题。

② 怎样面试。

③ 职业规划怎么做，何时做。

④ 哪里有更多适合自己的招聘信息。

⑤ 怎样考虑个人发展。

⑥ 怎样了解公司发展。

3）进入市场后期阶段（1~5月）

① 为什么简历投的多，有回音的少。

② 为什么多次面试没有成功。

③ 看到别的同学已签协议自己着急，或错过机会而后悔现在该怎么办。

④ 开始考虑留京还是到京外就业。

⑤ 到哪怎样实习更有利于专业实践和积累工作经验。

⑥ 出国还是考研。

⑦ 对大学生有什么创业政策，怎样创业。

⑧ 进入单位实习或就业应注意些什么。

（2）按职业指导内容分。在就业指导的8个方面（政策指导、择业指导、信息指导、规划指导、技巧指导、心理指导、适应指导、创业指导）中求职者咨询较多的问题类型依次是求职技巧、职业选择、政策权益、就业信息、心理帮助、职业规划，而对职业适应及学生创业的咨询较少。

以上说明了大多数毕业生面临就业急需解决的问题，但是在咨询中除了一些就业程序、政策问题外，其他问题都与就业观念、自我定位、生涯规划等深层次的问题有关。如在每次招聘会和全程咨询中每位咨询者都十分关心的简历问题，但这不仅是制作方法及技巧问题，而应是在总结大学四年全面情况的基础上，分析自己的兴趣、性格、爱好、气质等因素，充分了解自己有何优势，针对社会用人单位的需求和用人标准要求分析自己适合做什么，再拟定出自己的求职意向。怎样能使自己定位准确，怎样能突出自己的个性优势，怎样使用人单位满意，怎样体现自己的求职目标，怎样适应社会发展，写简历的过程就是思考的过程、成长的过程、职业规划制定调整的过程。因此，一个简历问题反映出的问题是深刻的、多方面的。这在求职者可能是无意识的，需要就业指导师给予启发和引导，这其中也折射出咨询的水平层次。

（3）按学历层次分。一般情况，研究生咨询人数、咨询问题较少，对自己的定位较清楚、理性，学习能力强，简历明晰，针对性强，只找自己关注的公司，能主动交流，择业重视发展，愿到研究所、设计院求稳定实惠。但有的学生缺乏职业规划，当初读研的目的是为文凭或躲避就业，毕业年龄大，无专业兴趣，创新激情减弱，就业就更显艰难。

本科生思想较活跃，择业面较宽，很多学生在校参与社会活动较多，更愿选择有挑战性的工作，如营销、市场开发等，而不愿单纯做技术工作，自认比研究生优势差。本科生自我定位能力较差，咨询中的择业问题较多，寻求咨询者也较多。

4. 关于就业指导咨询的思考

对大学生进行就业指导的方式很多，但咨询活动是一种互动形式的活动，在解决学生困惑、帮助求职择业的过程中起到了其他方式不可替代的作用。从上述受指导学生的情况看，绝大多数是应届毕业生，这一群体的特点是他们以对大学生就业形势和政策比较认可，在择业心态上比前几届学生更加实际。但是尚不成熟的大学生就业市场，沿袭计划体制的就业政策，学校教育对市场场需求滞后，就业指导工作的薄弱及学生自身思想观念、职业素质的欠缺，仍然给学生就业带来种种困惑。每次招聘会的咨询台前挤满了要求咨询的学生，大多数学生在咨询后心绪清朗、收获颇大；有些学生连续听几场咨询、了解其他学生提出的不同问题，得到不同的解答而深受启发；有的学生非常感慨"第一次感受到这样亲切的帮助"；有的学生咨询后以深深的鞠躬表示由衷地感谢；有的学生咨询后又转告其他同学来就业之家咨询或预约深度指导；有的学生从远郊区赶来专门找"蒋老师"。他们的问题涉及就业指导的各个方面，虽然学校已进行过普遍教育和各种知识的介绍，网上也有各种交流，但是学生们仍然要求咨询，说明大学生们更需要的是面对面的个性指导。他们希望这种指导是互动的，希望能直接针对自己的问题，亲耳听到就业指导专家的分析和建议，在心理上得到支持与帮助。

招聘会咨询是一种团体性、多向性的交流，当咨询的学生发现别人也有与自己相类似的苦恼时，会减轻原有的心理负担、消除孤独感，使紧张的情绪得到松弛。另外，从互动讨论的咨询中还可以受到启发与帮助，从而实现

咨询的目的，气氛也相对宽松自然。但是这种形式也有局限性：在多数人在场的情况下，有些学生容易产生顾虑，不愿当众倾诉自己的特殊问题；另外，有别人等候也来不及谈。所以团体咨询只能解决一些共同存在的表层问题，深层的、个性的问题则需要通过个别咨询、单独指导来解决。

职业指导和咨询所产生的社会效益、经济效益是多方面的，加强对大学生个性指导咨询的认识和提高，其工作水平至关重要。大学生就业之家开展的就业指导咨询充分体现了此工作在北京市教委高校毕业生就业指导中心的核心作用，它以贴近学生、帮助学生、全心全意为学生服务的形象出现在各个场所，宣传党和国家的就业方针政策及就业指导思想，旨在提高大学生就业能力，促进大学生就业；以反映用人单位信息，满足用人单位需求作个性化指导，代理招聘和全程服务起到培养新人成才的作用；吸引、联系用人单位接收更多毕业生，以专业化、职业化、专家化职业指导的发展思路和实践探索、经验积累为带动学校进行个性指导咨询，提高就业指导水平作预期拓展和示范；广泛接触学生、学校、用人单位，搜集大量职业指导信息，反馈于就业指导咨询、学校教学改革、用人单位人力资源管理、政府宏观调控调研，就业市场调整等方面；以指导咨询案例整理、信息分析等从微观到宏观深化职业指导理论为研究对象，学习借鉴国外职业指导经验，尝试建立中国的大学生职业指导模式。因此大学生职业指导咨询符合我国积极的就业方针，作用是多方面的，意义是深远的。

2005 年 10 月

大学生职业指导专业咨询志愿服务团成员、新浪网研发主任、职业规划师马月在大学生就业之家为未就业毕业生作团体辅导

职业指导工作的新进展

　　职业指导工作得到了领导的高度重视及同事们的大力支持，有了新的进展，我认为"做则常常成，行则常常至"，只要我们认准方向，坚持去做，不断克服困难、总结经验、研究问题、解决问题，就能把事情做成。大学生职业指导在国内还属探索阶段，各方机构都想参与大学生职业指导，但是只有把为学生服务作为宗旨，以具体的优质服务坚持下来，再不断研发新的服务产品才能在这个行业立住脚。我们大学生就业之家的本份和优势是作就业指导（职业指导），应该扎扎实实把这件事做好、做透，进而才能在市场造成影响，形成不可替代或引导潮流的势力，达到"事－市－势"的境界。这个过程一般比较长，因此要坚持、要研究、要探讨、要发展、要规划。我做的工作主要有：

　　1. 开展个性指导咨询活动

　　（1）个性化推荐指导。这是今年大学生就业之家主推的一个项目，对我本人也是今年以来投入量较大，做得比较辛苦的一项工作。围绕这一项目作职业指导咨询，我主要是在市场部刘老师的领导下开展了针对用人单位和学生的需求的面对面的个性指导咨询活动。这也是针对最近报纸上提到的"大学生就业指导教育急需细化"，因为高校中开展的就业指导教育整体而言不尽如人意，学校忙于群体大课教育，学生感觉如隔靴搔痒，针对性不强，缺乏个性化指导，难以满足青年学生成才和发展的需要。我们在市场部工作的基础上总结归纳出这种学生需要，从学生希望解决的个性问题入手，如我适合什么样的工作——职业方向定位，我有什么样的能力和潜力——个人能力和潜能评估，我所选择的职业发展前景如何——职业信息咨询，我怎样找工作——职业策略咨询，我的职业规划怎样制定——长期职业顾问，我如何才能面试成功——求职技巧咨询，我的求职心态健康吗——心理辅导。咨询方式包括个性职业指导咨询、代理招聘或个性化推荐职业介绍指导咨询、团体咨询、招聘会现场咨询、职业测评咨询。我尽力让每个学生都不同程度地得到职业指导咨询＋测评＋培训＋推荐四位一体的帮助，力求完成市场部个性化推荐的任务。

　　这类指导是建立在学生需求基础上的，我归纳为七个方面，包括就业准备、职业规划、求职策略、求职技能、心理辅导、权益保护、职业适应。它们是统领在职业规划下的针对学生不同类型、不同层面、不同角度问题的职业指导，使学生收益较大；同时，使我在面对各种各样的学生案例时对怎样深入作指导咨询，了解学生、用人单位和大学生就业的深度问题有了实际的认识，积累了经验。

（2）代理招聘。我曾做过的代理招聘包括对清华同方的后续招聘学生的个别指导，为中船物资公司及浦发银行、北京展览馆等单位推荐学生的个别指导，与恒基伟业可视简历合作对学生进行的个别指导。与上述情形大致相同，不同的是除个性指导外，代理招聘还包括以下特点：①针对共同问题进行集体指导和训练。如为清华同方续招测试工程师和人力资源管理员时，集体的面试指导和讨论，使准备应聘的同学对应聘单位有了初步的了解，应聘认识水平和技能有所提高。②在其他代理招聘选拔人选的面试中，对应聘学生进行分析指导、跟踪回访，试图进一步对学生进行全程深入的了解并加以指导。对用人单位在招聘选人的思路、标准、关注点、培养方式等方面也作进一步了解。③以代理招聘的单位做职业指导的基地，以点带面地了解一个行业的用人理念、核心技能、企业文化及对大学生的招选、使用情况；了解学生应聘就业的体会、成长经历、适应情况；真实反馈于就业指导（职业指导）、教学改革、市场调整，验证就业指导理论研究等。

（3）招聘会现场咨询。招聘会咨询是一个非常好的窗口，它既是北京市高校毕业生就业指导中心贴近学生、服务学生、贴近市场、服务社会（用人单位）的形象窗口，又是我们实际作就业指导，广泛接触学生，倾听学生的心声，真实地了解用人单位和学生的需要最有利的窗口。因为只有招聘会才能集中那么多来自于不同学校、不同专业、不同年级、不同学历、带着不同类型问题的学生，集中那么多不同行业、不同性质、不同规模、不同文化的用人单位，因此每一次招聘会我都会热情接待每一位来咨询的学生，并尽可能虚心地请教每一位用人单位的招聘代表。学生提出的问题就是我们要研究的课题，用人单位的建议就是我们改进工作的方向，我感觉受益是非常大的。但是这种咨询因现场人多、时间紧迫，不便了解学生更多的信息，学生也不便透露个人信息，因此这种咨询指导是表浅的，如需解决个性问题还需个性指导咨询。

（4）校园咨询，走访学校就业办。我感到三月、四月是大学生就业指导的一个特殊阶段，不能错过，因为此时正是各大高校过年后的新学期，又有大批考研没有成功的学生需要就业，掀起了毕业生择业双选的第二个高潮。

趁这个机会，我分别到清华大学、北京理工大学、中国人民大学、北京工商大学、首都师范大学、北京劳动关系学院参加了校园招聘会；与就业办主任或老师探讨了高校就业指导工作及学生就业的特点等；直接进入了四所院校作校园咨询。在下半年，应学校邀请，配合就业工作做了以职业指导咨询案例为内容的讲座。

（5）关注实习。大学生实习环节的缺失越来越成为一个社会问题，学校培养人才与实际严重脱节。学校人才培养定位目标单一，大批理论人才不能适应社会需要，给毕业生就业带来了很大的困难，这也是我们作指导咨询时学生常常要提到的问题。我也曾设想过怎样建设大学生实习基地、如何实习等问题。在咨询中，应该加强实习指导、调查了解实习情况、总结宣传实习典型案例。

（6）整理指导咨询资料，统计数据，归纳问题。在对学生的指导咨询中，信息是多方面的，需要提炼和整理的东西很多，如概况报告、问题解答汇编、反馈信息分类分析、典型案例、职业指导手记、职业指导讲稿及论文等。

（7）搜集行业、企业信息。包括：行业背景，发展趋势，企业文化、用人理念，招聘方式，甄选标准，学校专业适合的行业、职业，专业岗位、职业岗位描述，职业供求状况等。

（8）关注各时段的大学生就业问题。例如，参加组织已就业毕业生、未就业毕业生座谈，新生入学职业规划访谈、实习问题咨询等。

（9）讨论制定个性化指导推荐工作流程，为完善改进个性化推荐工作出谋献策。

2. 调研活动

要做好指导咨询、个性化指导推荐的前提是认真的调查研究，否则就可能是误导。因此我一方面积极参加有组织的调研活动，一方面通过咨询、走访和收集资讯来进行调查研究。调研是我们总结提高工作水平、深入研究问题的重要手段，更是作职业指导和职业咨询的基础。每年我们都应有所调查研究，在实际中发现问题、分析问题、全面准确地认识问题。

（1）调研活动。上半年主要是参加了北京高校毕业生就业指导中心的大学生就业状况调研会和人民大学举办的就业论坛，对大学生就业状况及其问题有了总体的把握。

（2）调研内容。在全年的学生咨询中，与学生互动调研的主要内容是：了解大学生就业遇到的各类问题、各时段问题、各学历层次问题、各类型学校问题、各专业学生的流向、学生求职中反映的市场问题、学校的教育问题、各行各业的招聘方式、企业信息、受学生欢迎的有效的职业指导的内容和形式等。

（3）对社会就业指导咨询机构的调查比较。通过与"家和业"咨询公司、众诚策略公司、智慧之光咨询公司、大同文化公司、白玲工作室、北森管理技术公司等机构和劳动部所属职业指导职业介绍所，国家人事部、高教部大学生就业指导机构的接触，分析、比较出不同的指导方法、受众群体、指导效果，取长补短，总结适合大学生的职业指导模式。

3. 学习的主要知识

大学生职业指导是一门边缘学科，需要指导人员具有相应的综合知识，即使我有较丰富的职业经验和人生阅历，几十年的人事管理和领导经验，心理学、职业指导的知识积累，但学习的任务还是相当繁重的，不可掉以轻心。

（1）在实践中学。多接触学生，向服务对象学习，了解有关职业规划、择业就业及职业发展等情况；多与社会职业指导咨询机构、学校就业指导中心、用人单位交流、调查，共同探讨有关职业指导的问题。

（2）通过阅读来学习。我利用空余时间主要阅读并学习了职业指导书籍《纵横职场》、北京大学的《大学生就业指导教程》、《教育学》、《心理学》、北京师范大学心理系研究生班的《心理咨询理论与技术》、教委的《大学生就业指导》、劳动部编译的《国际职业指导丛书》、中国人民大学的《中国就业战略报告——大学生就业》、劳动部推荐的国际 7 版畅销书《职业指导——职业生涯规划教程》、《大学生职前教育丛书——行业视窗》、《全球职业规划师讲义》，《职业指导人员——国家职业标准》等书。

（3）通过其他途径学习。跟踪搜集学习网络、报刊、广播中关于大学生就业指导的文章和信息。参加人事部人才培训组织的"职业生涯设计"与"世界就业发展政策和中国就业政策研究"讨论会，收看职业指导专家讲座的卫星录像等。

4. 写的主要文章

（1）《职业咨询报告》。

（2）《大学就业之家个性化面对面职业指导案例》。

（3）《职业规划与就业准备——职业指导咨询案例分析讲座讲义》。

（4）《大学生就业之家职业指导流程及形式介绍》（宣传版）。

（5）《代理招聘工作汇报》。

（6）《个性推荐指导工作汇报》。

（7）《职业指导阶段汇报》。

（8）刊登在媒体的文章。包括《职业规划越早就业越主动》、《有业不就，再就业更难》、《注水简历泡掉工作》、《有的放矢才能成为第一眼人才》、《职业门诊：定位不清影响工作》、《肆业生就业》、《职业适应是职业发展的前提》等。

5. 感受和困惑

大学生就业指导工作要想做好做透需要掌握方方面面的信息、知识及技能。劳动部系统开展的职业指导工作已有十年的历史，十年的培育、十年的研究奠定了十年的基础，有系统领导、有工作标准、有知识技能培训、有经验交流，有市场、有分工，已经形成了比较规范、专业、职业化的就业指导，有很多方面值得遵循和借鉴。但是大学生就业指导与劳动部系统就业指导的受众群体不同、培训内容不同、指导模式不同，完全按劳动部的做法不太适合大学生就业指导工作的开展，因此我感觉作大学生，就业指导咨询是就业指导的核心，但很少有这方面的交流探讨、专业指示和培训。我既要想办法搜集信息、学习知识，提高自身的指导咨询水平，又要与各界业内人士沟通交流，探讨研究职业指导模式，还要缺乏信息、技术等支持的情况下完成所在部门的就业推荐指标。总的来说，我压力很大，工作起来缺乏方向感、专业感和职业指导深入探讨发展的氛围。

6. 工作设想

（1）继续在充分学习和调研的基础上，作好个性化推荐指导，提高职业指导咨询水平，力求以我的优质服务达到学生的高满意度。

（2）更突出职业发展、职业规划的职业顾问式职业指导，与典型行业、企业建立职业指导联系，进行密切互动。如把握专业、行业就业状况分析；根据学生就业发展中的问题设立追踪调查项目等。从微观到宏观拓展职业指导内涵。

（3）研究分析大学生就业形势及政策，把握正确的工作导向，一方面提高自身职业指导的层次水平，更重要的是发现毕业生就业的新契机，为大学生就业之家献计献策。积极参加和开展大学生就业情况调研及高校毕业生就业指导中心组织的专家团活动，加强对职业指导的研究和探讨。

2006 年 1 月

与国际职业规划大师在一起

职业咨询的春天

在中心领导的关怀和支持下，大学生就业之家成立了职业咨询部。在中心各部门的相互配合下，我作为职业咨询部的负责人，带领着新员工努力践行中心文化精神，热情认真地为大学生和企业服务，为职业咨询、个性推荐的项目进展和完成中心下达工作任务积极探索、开拓进取，取得了相应的成就。在不到一年的时间里，我们作了最为全面的探索与实践，为大学生就业之家开展就业指导工作奠定了坚实的基础。

1. 工作成就

（1）创立职业咨询部。根据中心领导创建部门要高质量、高定位的思路，面向社会公开招聘，在一百多位（其中不乏北大、清华、北师大的毕业生）的应聘者中选拔出招聘职业指导助理，经中心领导面试审定，到位上岗，集中进行部内新人学习培训。6月初中心调整出临时办公室，开始实行部门工作启动方案。

（2）建立职业咨询部工作标准、流程。从部门建设考虑在调研学习的基础上首先做好本部门的工作标准流程，对实行规范管理打下基础。

（3）探索并开展职业咨询活动

1）开展了与就业推荐结合的求职学生日常接待咨询、电话咨询、个性深度预约咨询、招聘会现场咨询、媒体咨询，共接待咨询学生、家长约2 000人次。

2）推行未就业毕业生帮扶计划，策划并举办了暑期未就业毕业生团体咨询辅导，问卷调查满意率约为95%。

3）召开就业指导咨询研讨会并成立了近50人的专业咨询志愿服务团，全面开展职业咨询各项活动。

4）为迎接新一届毕业生进入求职市场，策划开展了"就业，你准备好了吗"系列职业咨询服务活动，丰富了咨询内容和咨询形式。在大学生就业之家和北京中医药大学等7所高校举办了21场讲座，大学生听众近万人，现场反应满意率约为90%。

5）从倡导学生、学校、用人单位诚信就业、诚信招聘，从加强企业与学校供需信息交流的目的出发，与促进会合作策划并举办了诚信论坛暨校企信息发布会。两部门员工艰苦奋战，在中心领导的具体关怀下取得非常好的社会效益。我部门人员策划大会校企信息交流，策划并组织评选最受大学生欢迎的百强诚信招聘企业，策划并组织在清华大学举行的诚信企业颁奖盛典，招收占百分之八十的学校参会代表、占百分之五十的企业参会代表，为大会顺利召开起到关键作用，作出重大贡献。充分表现出听从指挥、任劳任怨、忍辱负重、扎实肯干、不抢风头、顾全大局的高尚品德和职业咨询专业人员的思维及行动能力。

6）为扩大及提升职业咨询队伍，策划申报北京高校辅导员入职资格认证项目，经大量调研学习，拟定出培训认证实施方案、考试大纲、培训大纲草稿并编拟人格测评、教学计划、笔试面试题库和组建培训认证专家队伍等。

（4）探索并开展就业推荐工作

1）与就业指导咨询结合重新研讨个性推荐模式、流程、工作标准。

2）建立学生求职接待室、企业代理招聘接待室。

3）修改完善信息库，开发搜集学生信息 10 000 余个、企业信息几百个，岗位需求近千个。

4）接待推荐、代企业面试、咨询指导学生及接待企业上千人次。

5）执行未就业毕业生帮扶计划。策划组织代理招聘现场咨询会，为企业代理招聘参会学生近百人，对 80% 的学生进行了现场面试，为 23 名同学提供了参加企业面试的指导和相应的就业指导，最终有 12 名同学通过此活动求职成功，获得了工作机会。这是一次真正意义上的对未就业毕业生的就业援助行动。

6）为激发工作思路、搭建企业人脉、积累市场资源，召开了"应届毕业生的招聘与培养研讨会"，进一步加大了代理招聘力度。

7）年底开展对学生应聘和用人单位代理招聘信息回访等活动，作出年度个性化推荐项目及工作开展的分析报告。

8）全年共为 136 家用人单位的 912 个职位，推荐学生 1028 人次。

2. 工作探索和感受

理论上谈职业指导咨询工作是重要的，但在近半年的实践中却是艰辛的，我部门全体人员以极其认真负责的态度全身心投入工作，克服地下室工作条件带来的不便和身心不适，潜心研究、苦练内功，做出了应有的努力，受到学生和企业的欢迎，取得了较好社会效应。

一个项目的运作从酝酿、调研、分析、立项到试行、培育、调整、运作需要一定时间的过程和投入，才可看到预期的效果。

在职业咨询和个性推荐的运作过程中，最大的困难是缺乏作规范咨询和真正有效代理招聘的技术及有经验的人员，现有人员的培养、实质工作进展还需一定时间的积累和技术研发过程，因此两个项目现仍属试行阶段。特别是在个性推荐过程中，由于需要大量的企业需求信息和学生求职信息，但由于部门利益的牵制，整合中心内部信息资源难以凑效，必须靠自己的力量重新开发，因此作为新部门在开发信息、整合资源上耗费很多人力物力和更多的时间。职业咨询部从最初组建思路上、人员配备上、知识结构上、工作项目上倾向于专业研究和事业服务的性质，如果在开发市场、资源整合、规模效应等方面进行业绩考核需重新定位、适应和转型，否则部门工作无法开展。急功近利既不能发挥专业人员的专业优势，无法有效推进项目研究运作，也不能在为学生服务的项目中取得应有的社会效益和经济效益。受到"中心"文化和运营机制的制约，我们在《中心成立职业咨询部的意义、现状及探索》的报告中对咨询部建制的建议有以下两条。

（1）以事业服务型为导向建制

1）重点以大学生就业之家为场地，通过开展政府最关心的、学生最需要的、有社会发展潜力的职业咨询，包括个性辅导、接待咨询、诊断咨询、信息咨询、政策咨询、择业指导、用人指导一条龙的专业服务。

2）系列研发职业咨询技术、测评方案、人职匹配模型、职业规划设计、供需信息分析等，为中心的可持续发展培养形成自己的就业指导专家队伍、核心技术和竞争力。

3）个性推荐是个很好的服务项目，主要是通过就业指导咨询帮助学生提高就业和职业发展能力，从而进行自主择业；推荐是援助那些困难的学生，通过推荐积累一手资料，研究分析学生就业与企业招聘的对接问题，为实现代理招聘打基础。

4）定位为事业服务、专业研究部门和人员类型。

（2）以营利为导向建制

1）考虑咨询指导或者与代理招聘结合、或者与就业指导教师（含辅导员）培训结合。使职业咨询能发挥功能效应又有可营利项目的支持。

2）集中人员优势开发教材编制和编写职业咨询方面的相关书籍。

3）与专业机构合作开发由企业赞助的大型校园活动，取得市场效应。

4）职业咨询会强化学生个体辅导和在中心内的各项服务，要注重高校群体规模，作学校层面的交流、咨询；职业规划发展教育引导，为学校做代理职业指导，争取政府和高校的经费支持。

5）个性推荐做成代理招聘，关注的重点不是学生而是企业，不是帮助学生找企业而是帮助企业招学生，主观为企业、客观为学生，最终考核是看从企业那里赚了多少钱，探索与社会专业机构的合作之路。

6）定位为组织、协调、开发、策划、工作咨询、市场拓展部门和人员类型，为半营利考核。

3. 对未来工作思考

在北京地区高校毕业生就业工作总结研讨会上，北京市教委的张国华主任强调要加强"就业指导的针对性，就业辅导要真正贴近、帮助学生，促进学生就业，让学生得到实惠"。为贯彻会议精神，顺应社会、学校、企业和广大高校毕业生的呼声和需要，为高校毕业生提供优质的职业指导服务，思考计划如下。

（1）职业指导咨询。

1）接待与初访。按照已制定的《学生求职接待流程》对求职大学生进行接待和初访，从而分析出求职学生的困惑属于哪类问题，便于进行分流处理。

2）个性咨询。按照已制定的《职业指导咨询标准和流程》为在求职准备及求职期间遇到各种困惑和问题的高校毕业生提供规范、优质的就业指导咨询服务。

3）团体咨询。为在求职方面有着共同困惑和问题的毕业生举办系列专题小组活动，如求职方法训练小组、求职心理素质提升小组、求职简历撰写小组等，运用社会工作和心理学的专业方法设计活动内容，开展团体咨询。

4）职业指导测评。继续为高校毕业生提供职业兴趣、职业能力和职业价值观的测评，并为学生解读分析报告。

5）开展就业信息查询。就业信息是广大求职大学生最需要的，将设立就业信息查询室并组织专门人员全面关注就业动态，为大学生提供尽可能多的就业市场信息，创造更多的就业机会，为应届大学毕业生提供有效的服务。

6）发展职业指导咨询专业服务团。继续发展服务团成员，特别是在职业指导领域有专长的、高水平的专家，作为我部门的专家库资源。

7）个性指导专业能力提升活动。为贯彻上级关于"加大就业指导力度，强化个性化服务"的指示，开展主题为"个性指导，和谐就业"的活动，对高校职业咨询工作人员情况进行专家讲评、个案督导、辅导培训、论坛交流、评选表彰、实地考察等。

8）校园职业指导咨询会。为了推动北京高校的职业指导咨询活动，我们与北京各高校的就业指导中心合作，举办了为期两个月的校园职业指导咨询活动。咨询师将主要依托本部门组建的职业指导咨询专业志愿团和各高校的职业指导工作人员。

9）学生就业能力提升培训。这种培训主要是针对学生在个性推荐中产生的问题设置各种训练营等活动。

10）职业咨询师培训。为了配合教育部正在制定的职业咨询师资格认证，我部门充分发挥其在就业指导咨询方面的职能优势，拟在 2007 年组织开展北京各高校就业指导人员的职业咨询师资格认证培训。本培训将严格根据职业咨询师资格认证要求，对资格申请者的知识要求、技能要求、职业素养等核心竞争力进行培训和考核，考核合格者颁发相应的证书。2006 年已作了相应的准备和调查。

11）北京高校辅导员资格认证及培训。为贯彻北京市教育工委已实施的"辅导员上岗资格认证制度"，探索建立统一的准入资质，逐步提高辅导员的准入门槛，把好高校辅导员的准入关，本部门已在 2006 年制定了《北京高校辅导员资格认证及培训实施方案》、《北京高校辅导员资格认证考核大纲》和《北京高校辅导员资格认证培训大纲》。本部门将在 2007 年按照 2006 年制定的有关方案进行辅导员资格认证培训的试点，初步形成辅导员资格认证和培训的体系。

（2）就业推荐。其主导思路是寻求突破，寻求工作思路上的突破，寻求服务形式和服务模式上的突破，寻求推荐工作取得效果和效益方面的突破。要实现这些突破，准备先采取"走出去"或者"请进来"的战略，引进市场化运作模式，走合作之路。关于开展对外合作的具体方式，初步设想可以有以下几种。

1）战略合作。我们希望能够与规模效应、品牌价值、市场影响力等方面都具备优势的专业招聘机构形成战略合作。借助对方的网络、信息、市场、经验和人员方面的优势以及我们在品牌和校园渠道方面的优势，共同形成合力来开展专门针对大学毕业生的企业代理招聘服务。关于这方面的合作目前已经取得联系并且有意向合作的机构有智联招聘、中华英才网和英才网联。当然，与这些机构的前期沟通我们只是进行了初步的探讨，相互表明了合作的意愿，有关合作的具体方式和细节还有待进一步商榷。我们的目的是通过这种合作能够与专业机构形成战略联盟，双方共同来开展工作，在这个过程中，我们学习了代理招聘工作采用商业化运作的模式和方法，积累了市场经验，进而锻炼队伍并取得经济收益。

2）流程合作。如果说第一种方式战略合作无法实现的话，我们设想的第二种合作方式是与专业招聘机构形成流程合作。所谓流程合作，即合作双方各自保持工作的独立性不变，只是在代理招聘的流程中合作，对方负责上游即开发企业市场各环节的工作，而我方负责代理招聘下游即根据企业需求来配置学生的各环节工作。我们双方的工作既有联系又保持各自的独立性，大家优势互补、资源共享，共同完成为企业的代理招聘工作并共享收益。

3）人力资源合作。在前两种合作方式的实现都比较困难的情况下，我们可以考虑第三种合作，即人力资源合作。如果市场上专业招聘机构的网络、信息、市场等资源优势都无法为我所用，那我们可以考虑从专业机构中特聘有经验的专业人员来指导我们按照市场化运作的模式来开展代理招聘工作，让我们的专职工作人员从中学习、锻炼和成长，使得我们的代理招聘工作在有经验的专业人士的带领下开展起来。

但是，从目前情况来看，我们推荐工作的主要服务对象是中小型民营企业以及在专业、学历和自身条件等方面都不占优势的毕业生同学。完全市场化的、成本较高的代理招聘的服务模式也许并不完全适合他们，并且，我们新的工作模式从规划设计到运作实现也还需要一段时间。所以，在近期内，目前的这种主要以服务于中小型企业为主的、半公益性的"个性化推荐"服务还要继续开展，只是在工作方式上要有所改变，要结合我们的资源、环境和人员状况，制定出明确的服务流程和标准，确保我们服务工作的规范化。

职业咨询个性指导、个性推荐工作，不论是对中心还是对大学毕业生，都是一项非常必要的、有价值、有意义的工作。只要我们善于转换工作思路、开拓创新，善于突破障碍、战胜困难，坚持做下去，虽然路还很长，但是靠我们坚定的信念、专业的水平和脚踏实地的工作、不懈的努力，我们相信，这项直接为学生服务的、体现就业指导核心内涵的工作一定能取得更大的进展！

2007 年 1 月

北京高校毕业生就业指导中心副主任王智丽
老师在大学生就业指导专业咨询志愿服务团
年会上讲话

就业指导向职业规划转型升级

 今年中心出于营利考虑最后决定将原职业咨询部和市场部合并，为减轻部门领导及工作人员的精神压力和经费、营利的压力，我作了以下几方面的努力。向领导请示争取公益项目费、争取公益指标、未就业毕业生专项费等，减免部门人头营利指标；向中心提出把两个研究生安排好，费用由中心支出；另对其他人员努力妥善安置；在部门内全力支持部门领导完成部门工作，积极提供资源、信息、思路，如就业指导咨询问答手册资料、高校毕业生广告信息编制、辅导员项目渠道信息及资格认证培训调研资料、志愿服务团专业咨询人员和培训老师专家信息、未就业毕业生帮扶暨职业规划活动方案等。这些举措在今年为部门拓展业务，获取更大效益已作出成果，形成新的亮点；在工作关系方面作到服从领导、主动沟通、胸怀坦荡、尽力而为，对年轻人宽容、尊重、欣赏、学习、关爱。

 我作为部门负责人之一，努力完成了职业规划服务暨未就业毕业生帮扶就业指导各项工作。

 （1）我主要是将大学毕业生就业准备的应知应会编制成问答手册初稿，做了基础材料收集整理、整体系列框架设计、具体编写等工作。这种构思和内容经调查得到学生和就业指导老师的认同。

 （2）开展学生个性咨询和招聘会咨询。

 （3）根据新的就业促进法和国办发（2007）26号文件，受中心领导委托作调研、思考并写出《未就业毕业生帮扶方案》，为贯彻落实文件精神做好未就业毕业生帮扶工作，较早地提出思路和方案。

 （4）针对市场部就业指导工作新情况主动写出《市场部就业指导工作意见》，思考如何使就业指导工作更有针对性，如何使就业辅导真正贴近、帮助学生、促进学生就业、让学生得到实惠。切实加强针对高校毕业生的就业服务，为高校毕业生提供政策咨询、就业指导、求职推荐等多种服务。重点帮助家庭困难的未就业高校毕业生落实就业。这些都为部门部署全局工作提供了参考意见。

 （5）六月份开始参加大学生就业力诊断系统课题活动。我利用大部分业余时间阅读相关测评文献，研究课题研发方案，与学校代表、企业代表座谈，与成功和不成功就业的学生个别访谈，进行专项费申报等。我还把这些与本部门的未就业毕业生帮扶活动进行有机结合，如针对未就业毕业生帮扶计划策划就业讲座和工作坊、团体辅导活动等；为帮助未就业毕业生了解企业，请企业共同参与就业指导咨询，帮助学生提高就业能力，进而帮助推荐工作的"用心构建大学生就业绿色通道的就业指导企业行"（未就业毕业生帮扶计划系列活动）策划构思等，以课题内容指导部门就业指导工作实践。

（6）参加全球职业规划师培训。我在身体欠佳、时间紧、课量大、路程远、天气热、自支费用高的情况下克服困难坚持学习，目的是提高自身就业指导服务的水平、更新知识、扩大拓展社会资源、将大学生就业指导活动向职业规划转型升级。为开展工作做好知识技能、理论方法、信息资源的准备。

（7）策划组织职业规划服务暨未就业毕业生帮扶就业指导活动项目。经调研访谈相关机构和专业人员，形成《2007年就业指导与市场部职业规划服务具体方案——暨未就业毕业生帮扶实施方案》、《大学生就业之家未就业毕业生团体辅导（工作坊）方案》、网上及场地广告宣传文案及展板、一拉宝设计、各种通知、表格、咨询师背景介绍等。我还组织实施了各项就业指导活动，主要围绕招聘会，利用学生众多的机会，开展多项活动，产生了较好的服务效应。①招聘会咨询共接待学生约2 200人次，这项活动让现场学生感觉受益很大，能够面对面地与职业咨询师、规划师、企业经理交谈，解除困惑。对于很多毕业生来说还是第一次，因此非常感谢就业之家提供的个性就业指导服务。②就业指导讲座接待学生约550人次，这项服务主要是针对学生在就业求职阶段急需了解的在咨询中提炼的共性问题，如"如何应对企业招聘面试"，"怎样在招聘会上找工作"，"如何找到适合自己的职位及面试关键点"等。因讲座比较有针对性又可现场提问，受到未就业毕业生的欢迎，经现场调查，大多数学生表示有不同收获，对帮助学生提高就业能力起到较好的作用。③工作坊辅导接待学生约130人次，这项服务是专门针对未就业毕业生量身定做的系列活动，比较深入地引导学生解决其缺乏系统职业规划、职业方向模糊、缺乏自我认识、自信心不足、已有就业尝试但因为种种不适应而又处于待业择业状态、就业思路狭隘影响就业等实际问题。通过辅导使毕业生达到掌握系统化的职业生涯规划流程和方法，达到为自己确立职业目标，并作出行动计划书，了解职业探索方法，并由此找到目标公司，了解其工作的情况，找到自己的职业兴趣和可迁移技能，并根据此找到适合的目标职业和目标公司，学会有效的简历撰写方法和面试技巧，进而进行自荐工作的目标。其效果比一对一咨询更能起到学生相互启发、相互帮助，提高自助能力的作用。④进行大学生就业指导、大学生心理健康测评。初次调查测评后的学生，多数感到对了解自己的性格和职业选择有较大帮助。⑤新编写的就业指导手册在了解政策、求职技能方面更有时效性，受到学生欢迎，这项服务在职业规划服务区分模式中属自助性服务，可让学生自己寻找学习相关的知识，减免个性咨询的工作量，便于为更多大学生服务。⑥未就业毕业生就业技能培训。经在各次讲座和工作坊的调查，多数同学感到需提高沟通技能，这是一项达到就业成功和就业稳定的重要能力，也是企业认为大多数毕业生缺乏的软实力。我们将此作为培训内容，试验作了一场大学生就业技能拓展训练营。

（8）在2006年的基础上，我们发展了大学生就业指导专业咨询志愿服务团，我筹备召开了年度工作会，总结回顾去年活动情况，学习新就业促进法和劳动合同法，布置服务活动项目。服务团是我们开展各项活动的资源支持，依靠的专业力量，加强凝聚力是一件重要的工作。我一方面与他们多沟通联系，建立友好的感情基础，以自己的人格魅力感染他们；另一方面我也为他们的志愿精神所感动，尽可能为他们提供交流学习、加强实践的机会，如组织观摩、约请督导点评、交流咨询收获、会诊咨询问题等。

（9）应各方邀请参加会议、座谈、调查、专业交流等。

（10）整理基础资料。如非正式测评工具及咨询表格、案例整理回访等。

我来中心工作的这几年，在大学生就业指导咨询、就业推荐、职业规划服务、拓展开发新的业务渠道、整合社会资源等方面作出了一定的贡献，付出了较多的心血。我不断地学习相关的知识技术，思考、策划、组织、操作各种就业指导向职业规划转型升级的活动，中心领导和全体人员给予我较高的评价和特别的尊重；广大毕业生的欢迎、职业规划业内专家的认可，让我非常感动，也让我心存感激，没有他们我将一事无成。就业指导和职业规划服务是一项知识性和技术性较强的工作，需要有一些价值观认同，能忍受孤独、偏见、责难，真正热爱并乐此不疲去研究、琢磨、实践的人坚持做下去。这在中心来说是两个层面的工作：一方面是引领北京各高校就业指导职业规划职业发展教育的指导、交流、研究、推动工作；另一方面是在大学生就业之家开展各种真正帮助毕业生的就业指导职业规划活动。这些都需要在中心形成合力，做出规划，确定项目，选配合适的有研发力量和开拓精神及服务意识的，对事业谦卑、敬重、踏实做事的人。我希望北京高校毕业生就业指导中心越办越好，有更多的年轻人得到成长！

2007年12月

参 考 文 献

[1] 李开复. 一网情深 [M]. 北京：人民出版社，2007.

[2] Norman C Gysbers，等. 职业生涯咨询——过程、技术与相关问题 [M]. 侯志瑾，译. 北京：高等教育出版社，2007.

[3] Nadene Peterson，Roberto Gortez Gonzalez. 职业咨询心理学——工作在人们生活中的作用 [M]. 时勘，等译. 北京：中国轻工业出版社，2007.

[4] 戴安·萨克尼克，威廉·班达特，丽莎·诺夫门. 职业指导——职业生涯规划教程 [M]. 李洋，等译. 北京：中国劳动社会保障出版社，2005.

[5] 姚裕群. 职业生涯规划与发展 [M]. 北京：首都经济贸易大学出版社，2003.

[6] 张文永. 你的职业在哪里 [M]. 上海：东华大学出版社，2004.

[7] 王沛. 大学生职业决策与职业规划 [M]. 北京：科学出版社，2007.

[8] 于鲁文. 心理咨询导语 [M]. 北京：清华大学出版社，2000.

[9] 岳晓东. 登天的感觉——我在哈佛大学做心理咨询 [M]. 上海：上海人民出版社，2004.

[10] 卫保玲. 职业指导操作实录 [M]. 北京：华龄出版社，2003.